भालचन्द्र जोशी

17 अप्रैल, 1956 को जन्मे भालचन्द्र जोशी पेशे से इंजीनियर रहे हैं। आठवें दशक के उत्तरार्द्ध में कहानी लेखन की शुरुआत। आदिवासी जीवन पद्धति तथा कला का विशेष अध्ययन। निमाड़ की लोक-कलाओं और लोक-कथाओं पर काम। चित्रकला में रुचि। देश के प्रमुख अखबारों के लिए समसामयिक विषयों पर लेखन। कुछ समय तक लघु पत्रिका 'यथार्थ' का सम्पादन। इसके अतिरिक्त 'कथादेश' के नवलेखन अंक (जुलाई, 2002) एवं 'पाखी' के प्रेम विशेषांक (अगस्त-सितम्बर, 2020) का सम्पादन। टेलीविजन के लिए क्लासिक सीरीज में फिल्म लेखन। कुछ कहानियों का भारतीय भाषाओं के अतिरिक्त अंग्रेजी भाषा में अनुवाद।

उनकी प्रकाशित कृतियाँ हैं—'नींद से बाहर', 'पहाड़ों पर रात', 'चरसा', 'पालवा', 'जल में धूप', 'हत्या की पावन इच्छाएँ' (कहानी-संग्रह); 'यथार्थ की यात्रा' (कथा-आलोचना); 'प्रार्थना में पहाड़', 'जस का फूल' (उपन्यास)।

उन्हें मध्य प्रदेश हिन्दी साहित्य सम्मेलन के 'वागीश्वरी पुरस्कार', इंडिपेंडेंट मीडिया इनिशिएटिव सोसायटी, दिल्ली के 'शब्द-साधक जनप्रिय लेखक सम्मान', म.प्र. अभिनव कला परिषद भोपाल द्वारा 'अभिनव शब्द-शिल्पी सम्मान', 'जल में धूप' कहानी-संग्रह के लिए 2013 के 'स्पंदन कृति सम्मान', 'हत्या की पावन इच्छाएँ' कहानी-संग्रह के लिए 2014 के 'शैलेश मटियानी कथा पुरस्कार' से सम्मानित किया गया।

सम्पर्क : 'एनी', 13, एच.आई.जी. ओल्ड हाउसिंग बोर्ड कॉलोनी, जैतापुर, खरगोन–451 001 (म.प्र.)

ई-मेल : joshibhalchandra@yahoo.com

तितली धूप

भालचन्द्र जोशी

राजकमल पेपरबैक्स

राजकमल पेपरबैक्स में
पहला संस्करण : 2022
दूसरा संस्करण : 2025

राजकमल पेपरबैक्स : उत्कृष्ट साहित्य के जनसुलभ संस्करण

राजकमल प्रकाशन प्रा.लि.
1-बी, नेताजी सुभाष मार्ग, दरियागंज
नई दिल्ली-110 002
द्वारा प्रकाशित

शाखाएँ : अशोक राजपथ, साइंस कॉलेज के सामने, पटना-800 006
पहली मंजिल, दरबारी बिल्डिंग, महात्मा गांधी मार्ग, प्रयागराज-211 001
1, अनमोल सोराबजी सन्तुक लेन, धोबी तलाव, मरीन लाइंस, मुम्बई-400 002

वेबसाइट : www.rajkamalprakashan.com
ई-मेल : info@rajkamalprakashan.com

बी.के. ऑफसेट
नवीन शाहदरा, दिल्ली-110 032
द्वारा मुद्रित

मूल्य : ₹250

TITLI DHOOP
Stories by Bhalchandra Joshi

ISBN : 978-93-93768-08-7

आत्मन और शुभमन के लिए

एक दिन मैं नहीं रहूँगा, ये नन्हे बड़े हो जाएँगे और
उम्मीद है कि ये साहित्य की दुनिया के
अनुरागी नागरिक होंगे!

क्रम

तितली धूप

"मैडम! उस आश्रम तक तो गाड़ी से जाना सम्भव नहीं है। पहले सड़क थी, अब टूट-फूट गई है, कार वहाँ तक जाएगी नहीं।" ट्रैवेल एजेंट ने एक बार सामने खड़ी जींस और टॉप पहने लड़की को देखा और फिर कहा।

"फिर?"

"फिर यही कि जहाँ तक कार जाएगी यानी नदी के पुल के पार तक वहाँ छोड़ देंगे। वह भी पूरा पहाड़ी और जंगल का रास्ता है। तीस किलोमीटर का सफर भी तीन घंटे में पूरा होगा।"

ट्रैवेल एजेंट हाथ की उँगली की अँगूठी को घुमाता रहा।

"वहाँ से कितनी दूर पैदल जाना पड़ेगा?" लड़की ने बगैर चिन्ता किए इत्मीनान से पूछा।

"लगभग पन्द्रह किलोमीटर। लेकिन आपको आश्रम तक पहुँचते-पहुँचते रात हो जाएगी।" एजेंट ने वस्तुस्थिति स्पष्ट की, "रास्ता घने जंगल और छोटी-बड़ी पहाड़ियों से होकर जाता है।"

रात उसने इसी पहाड़ी कस्बे में रुकना तय किया। सैलानियों की नजर से अछूता था इसलिए अभी शहरी गन्दगी इस पहाड़ी कस्बे तक नहीं आई थी। लोग भले थे और मुनासिब सलाह देते थे। इसी कारण ट्रैवेल एजेंट ने उसे जब आश्वस्त किया कि आप रास्ते के लिए एक कुली साथ रख लें, क्योंकि इन पहाड़ी पगडंडियों पर चढ़ते समय आपके लिए छोटा बैग भी भारी वजन रहेगा तो उसने कुछ देर संकोच किया तो एजेंट ने तुरन्त आश्वस्त किया कि "डरें नहीं, हमारे हिमाचल प्रदेश में

गरीबी है, बेईमानी और बदमाशी नहीं। कुली से आपको कोई खतरा नहीं।" यह सुनकर उसे अच्छा लगा और आश्वस्त भी हुई। किस तरह एक छोटी ट्रैवेल एजेंसी चलानेवाला व्यक्ति पूरे पहाड़ी प्रदेश की ईमानदारी और भलमनसाहत की जिम्मेदारी ले रहा था। वह किस आत्मविश्वास के साथ पूरे प्रदेश के जनसाधारण की ईमानदारी और भलमनसाहत का प्रतिनिधित्व करने को प्रस्तुत था।

सुबह वह जल्दी उठी। तैयार होकर होटल से नीचे उतरी तो कार के पास एक युवक कुर्ता-पाजापा और ऊनी जाकिट पहने साथ ही गले में लापरवाही से मफलर डाले ठंड की उपेक्षा करता खड़ा था।

वह युवक भूषण आगे ड्राइवर के साथ बैठा। वह पीछे अकेली बैठी। रास्ते में वह जितना पूछती, भूषण उतना ही जवाब देता था। ड्राइवर लगभग चुप था। लड़की को देखते ही मैदानी युवकों वाले स्वत:वाचाल हो जानेवाले उत्साह की जगह उसमें एक पहाड़ी संकोच था। भूषण के पहनावे में गरीबी की स्थायी छवि थी तो व्यवहार में भी एक सहज संकोच और विनम्रता थी। रास्ते में खाने के लिए वह टिफिन साथ लाई थी।

कस्बा पीछे छूटने पर भी इक्का-दुक्का मकान पहाड़ी पर लटकते दिखाई देते थे। उनकी बनावट में एक अजीब-सा साहस और विश्वास था। अन्तरा ने पिछले दिन से यह मार्क किया था कि मकान पहाड़ी के किनारे पर खाई में लटकते से बने हुए थे, लेकिन निवासियों के चेहरे पर गहराई का खौफ नहीं था।

रास्ता चढ़ाई का था और पहाड़ी पर सँकरी-सी सड़क कोई बेहतर नहीं थी। बेहद ऊबड़-खाबड़ थी। कार बेहद सावधानी के साथ धीमी रफ्तार से चल रही थी।

सुबह के आठ बज रहे थे, लेकिन सुबह की धूप को लम्बे चीड़ के पेड़ों ने जमीन पर उतरने की अभी अनुमति नहीं दी थी। नीचे जमीन की हरी घास पर उतरने को आतुर वह जंगली धूप पेड़ों की ऊँचाई पर चमक रही थी। वहीं कहीं किसी पेड़ की असावधानी से धूप का एकाध रेला बहकर पेड़ के बीच तक कहीं टहनियों तक आ गया था। यहाँ तक आते-आते धूप का रंग थोड़ा बदलकर मटमैला हो गया था। धूप के उस रेले को पेड़ ने आधी दूर से पहले ही सोख लिया था और एक नम धूप पेड़ के उस अधबीच ऊँचाई पर पेड़ के भीतर धँस रही थी। धूप पीता

हुआ पेड़ पुराना था, ऊँचाई ज्यादा हो गई थी। पेड़ की छाल में सख्ती खत्म होकर सिलवटों की शक्ल में आकर पपड़ियाँ झर रही थीं। ये सिलवटें पेड़ की उम्र की भी थीं और मौसम की मार की भी। पेड़ इन सबसे निश्चिन्त खड़ा था। वह ऊँचाई में गर्वित और तने की सिलवटों में विनम्र था। सिलवटों की पपड़ियाँ झर रही थीं और नीचे से पेड़ की एक भिन्न खाल निकलकर सामने आ रही थी जो पेड़ की बढ़ती उम्र का बयान करना चाहती थी।

अन्तरा ने कार का शीशा खोल रखा था। एक तीखी हवा उसके गालों से टकरा रही थी जो उसे भली लग रही थी। हवा की तेज ठंडक में भी एक मोहक स्पर्श था जो उसे सम्भावित सफर की मंजिल पर पहुँचने की आश्वस्ति की पुलक से भर रहा था।

फिर उसने सिर कार की पिछली सीट पर टिका लिया। उसे किसी ने सहसा ही बताया था। शायद किसी पार्टी में। वह आदमी पीकर लगभग बहक की हालत में था इसीलिए वह गर्व के हासिल में गोपनीयता की शपथ भंग कर रहा था। उस आदमी ने अन्तरा को बताया कि शेखर की न मृत्यु हुई है और न गुम हुआ है। वह हिमालय के घने जंगलों में किसी दूरस्थ पहाड़ी के एक सामान्य-से आश्रम में रहता है। पूरा पता उस आदमी को मालूम नहीं था या नशे की बहक में आधा-अधूरा पता बताया। वह उसी अधूरे पते पर पूरा भरोसा करके यहाँ चली आई थी। अन्तरा ने शेखर से ही संगीत सीखा था, बल्कि सीख रही थी। इस बीच शेखर से अन्तरा के रागात्मक सम्बन्ध जो एक निर्णायक बिन्दु पर पहुँच ही रहे थे कि उसके पहले ही शेखर का घर-परिवार, बल्कि पूरी सामाजिक दुनिया से अदृश्य हो जाना विस्मित कर देनेवाला था। निजी सम्बन्धों की आकुलता और दुख के अलावा अन्तरा यह भी जानना चाहती थी कि क्योंकर एक प्रखर मेधावी, विलक्षण प्रतिभा का संगीतकार अपनी जानी-पहचानी दुनिया और कठिन श्रम से अर्जित संगीत साधना, समृद्धि और अपार राष्ट्रीय-अन्तर्राष्ट्रीय लोकप्रियता को छोड़कर पहाड़ों और जंगलों की शरण में आ गया, क्यों?

इस क्यों पर आकर जब अन्तरा ठिठकती तो उसका दुख काँच हो जाता। लगता जरा-सी आँच या ज्यादा ठंडक पर तड़क जाएगा। वह दुख का अन्त चाहती थी। दुख के टुकड़े मन में धँसे रहे तो जीवन जीना मुश्किल होगा, यह बात वह जानती

थी। यही भय उसे था। इसी भय से छुटकारा पाने वह इतनी दूर चली आई थी।

उसने एक लम्बी साँस ली और कार की खिड़की से बाहर देखा। ऊपर पहाड़ी से बहता साफ पानी एक पतली धार की शक्ल में नीचे सड़क किनारे के पत्थर पर गिर रहा था। उसने कार रोकने को कहा; और उतरकर पानी के निकट गई। वह अँजुरी में पानी लेकर बस, पीना ही चाहती थी कि भूषण ने उसे टोका, "मैडम जी, ये पानी मत पीना। ऊपर की बर्फ से पिघलकर आया है। आप बीमार हो जाएँगी।"

पानी उसकी अँजुरी में था जो उँगलियों की सन्धि से बाहर जाने का रास्ता बना रहा था। सिर्फ अँजुरी के बीच की खाली जगह में थोड़ा पानी था। ठंडा और साफ। उसकी अँजुरी में हल्का-सा कम्पन हुआ और उसने पानी नीचे छोड़ दिया। उस अनाम पत्थर पर प्रकृति के साथ उसने भी अभिषेक कर दिया।

किस प्रार्थना में? उसने खुद से पूछा। भीतर भी पहाड़ी से गिरते पानी जैसी कोमल आवाजें थीं, कोई पानी की तरह साफ जवाब नहीं।

"मैडम जी, आपके लिए हम पानी की बोतलें लेकर आए हैं।" भूषण ने कहा तो वह चौंक गई। उसने स्वीकृति में सिर हिलाया और भूषण के हाथ से पानी की बोतल ले ली। थोड़ा पानी पीकर बोतल वापस भूषण को थमा दी।

ऊँची पहाड़ी को काटकर बनी सड़क से पहाड़ी और ऊँची नजर आ रही थी। ऊँची पहाड़ी पर ऊँचे दरख्त थे, खुद को उसने ऊँचे दरख्त के अन्तिम छोर से देखा, आँखें बन्द करके तो खुद को एक रंगीन धब्बे की शक्ल में पाया। लेकिन उसकी आकृति बौनी नजर नहीं आ रही थी। यही प्रकृति का बड़प्पन है कि वह अपनी ओर से व्यक्ति को छोटेपन का अहसास नहीं कराती क्योंकि वह जहाँ खड़ी थी वहाँ से गहराई में झाँकने पर खुद को ऊँचाई पर महसूस कर रही थी।

अन्तरा की हथेलियों से छूट चुका पानी एक मीठी नमी छोड़ गया था। उसने आगे बढ़कर उस धूप को जो दो पेड़ों की सन्धि रेखा के सहारे साफ पानी की पतली धार की तरह घास पर उतर आई थी, अपनी हथेलियों पर ले लिया। धूप की घास पर हथेलियाँ रखते ही धूप तितली की तरह उड़कर उसकी हथेलियों पर आ गई। उजली धूप नम हथेलियों पर फैल गई। धूप में अभी आँच नहीं थी इसलिए वह भी हथेलियों की नमी में घुलने लगी। उसने हथेलियों को अँजुरी की तरह सिकोड़ा तो धूप अँजुरी में भर गई।

क्या धूप का भी अभिषेक सम्भव है? अन्तरा ने सोचा, फिर घास से हाथ हटाकर धूप फिर से घास पर गिराने लगी। धूप वापस घास पर लेट गई थी। जाने क्या सोचकर वह वापस पलटते हुए ठिठक गई और फिर से धूप में हथेलियाँ आगे बढ़ाईं तो लेटी हुई धूप तत्काल घास से उठकर वापस उसकी हथेलियों में आ गई। उसने मुट्ठियाँ बन्द कर लीं। धूप अब उसकी नम मुट्ठी में बन्द थी। घास के कुछ तिनके भी मुट्ठी में बन्द थे। अन्तरा को लगा, प्रकृति का एक छोटा-सा हिस्सा, इस जंगल का एक छोटा-सा हिस्सा उसकी मुट्ठी में बन्द है। वह खुश हो गई।

वह वापस कार में आकर बैठ गई। कार फिर रेंगने लगी। कार चलने लायक सड़क जहाँ खत्म होती थी वहाँ एक छोटी-सी पहाड़ी नदी थी जिस पर लकड़ियों का एक पुल बना था। पुल के बाद एक कमजोर-सी लगभग नजर न आनेवाली पगडंडी थी जो जल्दी से घने जंगल में दाखिल होकर गुम हो गई थी। उसने कार से उतरकर देखा, नदी का पाट चौड़ा नहीं था, लेकिन नदी में वेग था। नदी के किनारे नदी से थोड़ी दूर थे, जो खाली हिस्सा था, नदी ने वहाँ से बहने का मन छोड़ दिया था, पानी की धारा नदी की पूरी चौड़ाई में नहीं बह रही थी। वह किनारों की काफी जमीन छोड़कर बीच नदी में बह रही थी।

नदी रेतीली नहीं थी। बड़े-छोटे असंख्य पत्थर थे, लेकिन मैदानी नदियों की भाँति काई लगा सूखता हरापन या कालिमा नहीं थी, बल्कि पत्थर सफेद थे। सफेद पत्थरों की अनगिनत संख्या ने छोटी-सी नदी का सौन्दर्य बढ़ा दिया था। सफेद पत्थर अपने उजलेपन में एक खूबसूरत सादगी से भरे-भरे लग रहे थे। बहती हुई साफ नदी की धारा जैसे सफेद चादर पर पिघला काँच बह रहा हो। उसे अचरज हुआ कि नदी के बाद शुरू होनेवाला जंगल नदी की स्वच्छ खूबसूरती के प्रति सजग था क्योंकि पेड़ के इक्के-दुक्के पत्तों के अलावा जंगल की कोई पूँजी नदी में बिखरी नहीं थी। नदी के पास जो समृद्धि थी, वह उसकी अपनी थी।

कार पलटकर चली गई। कार कल दोपहर को उसे लेने इसी जगह आएगी, ऐसा ही तय हुआ था। भूषण ने उसका बैग उठा लिया और उसके पीछे-पीछे पुल पार करने लगा। अन्तरा ने कस्बे से चलने से पहले ही सोचा था कि क्या वह शेखर को एक रात में वापस चलने के लिए तैयार कर लेगी या और रुकना पड़ेगा? उसने कार के ड्राइवर से कहा था कि शाम तक इन्तजार करे, यदि वह नहीं लौटती

है तो वापस लौट जाए और अगले दिन फिर आ जाए। उसे भरोसा था कि इतना समय पर्याप्त है।

पुल पार करते ही सामने जंगल था। घना और हरीतिमा से भरा ऐसा जंगल जिसकी वनस्पति में प्रबल आकर्षण था। नदी अब पीठ पीछे बह रही थी। नदी का नम दुलार बहती हवा के साथ महसूस हो रहा था।

सहसा अन्तरा को खयाल आया। उसने पीछे चलते भूषण से पूछा, "तुम्हें ही मेरे साथ जाने के लिए क्यों भेजा, दूसरा कोई क्यों नहीं?"

"मैडम जी, मैं ही इस आश्रम का रास्ता जानता हूँ। इस आश्रम में जरूरत की चीजें मैं ही लेकर जाता हूँ और किसी ने यह आश्रम नहीं देखा है।" भूषण ने कहा तो वह आश्रम और शेखर के बारे में पूछना चाहती थी फिर रुक गई। उसे भूषण से इस तरह बातें पूछना ठीक नहीं लगा। कुछ देर बाद तो वह खुद आश्रम में होगी। सारी बातें, चीजें वह खुद अपनी आँखों से देखकर शेखर से पूछना और जानना चाहती थी।

थोड़ी देर बाद उसने भूषण को आगे किया कि वह चलते हुए रास्ता ठीक से देख नहीं पाती। भूषण आगे चलने लगा और वह उसके पीछे चलने लगी। भूषण अपनी पहाड़ी विनम्रता और संकोच के साथ चल रहा था और चुप था। रास्ते में ढेरों खूबसूरत अनाम जंगली फूलों के पेड़ और पौधे थे, जिन्हें देखकर वह सुखद अचरज से भर रही थी। प्रकृति को जितना समझ लो वह उतने ही रहस्य फिर अपने भीतर से पैदा कर लेती है। वह हर पल मनुष्य को खुश रखने के जतन में लगी रहती है। प्रकृति अपने असीम संसार से सौन्दर्य के नित नए रहस्य मनुष्य की खुशी के लिए प्रकट करती रहती है। हिमाचल प्रदेश को जैसे उसने अपने वरदान से इसीलिए फलीभूत किया था। पेड़ इतने ज्यादा थे कि जमीन पर घास घनी नहीं हो पाई थी। पेड़ों के आसपास और रास्ते पर भी हल्का उजाला फैला हुआ था। उस नीम उजाले की प्रेमिल नमी में जंगल का खामोश संगीत भी घुला हुआ था। जंगल में बहती हवाओं में एक ऐसा जंगल राग मौजूद था, जिसे इस तरह का जंगल ही तैयार कर सकता था। जो कभी पंचम पर नहीं जाता था। हमेशा मद्धम पर रहता था। वह भी कुछ इस तरह कि सुननेवाला सुन सके। राग के बहने में बाधा न हो इसलिए पेड़ सतर्क और खामोश खड़े थे। वे श्रोता भी थे और राग के प्रहरी भी।

भाँति-भाँति की जाति और प्रजाति के पेड़ और असंख्य जातियों के फूल और पत्तियाँ; एक भरा-पूरा जंगल का कुनबा, सैकड़ों सालों से सभी बगैर किसी वाद-विवाद के साथ रहते आए हैं। एकदम साथ—लगभग सटे हुए। इनमें से किसी को भी किसी से कोई शिकायत नहीं है। एक-दूसरे की छोटी-बड़ी या जल्दी नष्ट हो जानेवाली जाति-प्रजाति से घृणा या अलगाव नहीं है। अहंकार नहीं है। अपनी ऊँचाई में और संलग्नता में उनके बीच एक प्रेम राग बज रहा था।

रास्ते में वे लोग रुके। अन्तरा ने टिफिन खोला तो भूषण ने बेहद आग्रह के बाद बहुत संकोच से दो चपाती और थोड़ी सब्जी ली। अन्तरा ने उसे बमुश्किल समझाया कि वह दो लोगों का खाना लेकर साथ चली है और पानी भी। खाना खाकर अन्तरा एक पेड़ से पीठ टिकाकर अधलेटी हो गई। उसकी पीठ ने जैसे घास की नम खुशी को महसूस किया। पेड़ का सख्त तना अन्तरा के फैले बालों की खुशबू से बहकने लगा। कुछ पत्तियाँ अन्तरा के चेहरे पर आकर गिरीं। भूषण दूर एक दूसरे पेड़ के नीचे हाथ मोड़कर उसका तकिया बनाकर लेट गया था। उसके चेहरे पर थकान नहीं थी। उसके चेहरे पर अन्तरा की थकान को लेकर चिन्ता थी। अन्तरा ने जितना सोचा था, रास्ता उससे भी ज्यादा लम्बा और कठिन चढ़ाई का था। जंगल की खूबसूरती मदद नहीं करती तो देह जल्दी थक जाती, लेकिन मन में जंगल के सौन्दर्य की खुशी थी इसलिए वह देह को थकान से बचा रही थी।

क्या बात करेगी वह जाते ही शेखर से?

विश्राम के अवकाश में मन उसी चिन्ता पर पहुँच गया था। इतने सालों बाद कैसे सामना करेगी उसका? वह खुद तो ठीक है, लेकिन शेखर उसका सामना कैसे करेगा? सोचते हुए वह ऊँघने लगी। भूषण ने उसे जगाया।

"मैडम जी, चलें? पहाड़ों पर रात जल्दी होती है। अभी भी हमें बहुत दूर और ऊँचाई पर चलना है।" भूषण के चेहरे पर बहुत संकोच था। जैसे उसने अन्तरा को जगाकर अपराध किया हो।

अन्तरा ने थकान को परास्त करने के लिए एक लम्बी साँस ली और फिर कहा, "चलो, चलते हैं।" कहकर वह उठ खड़ी हुई। उसने सिर उठाकर पहाड़ी की ऊँचाई को देखा। वह आश्रम उसी ऊँचाई पर कहीं इसी घने और खूबसूरत जंगल में है।

थकान पैरों में थी, मन में नहीं, इसलिए वह चल रही थी। ऊँचाई में खिंचाव

था जो थकान पर मन को ठहरने नहीं देता था। वे चलते रहे। ऊँचाई अब करीब थी। साँझ के आने की आहट महसूस हो रही थी। धूप अब पेड़ों की ऊँचाई पर भी नहीं थी। पेड़ के तने तो धूप को पहले ही सोख चुके थे। तब प्रकट हुआ प्रकृति का वह विलक्षण जादू। पहले पूरब से पंछियों के हल्के से कलरव की आवाज आई। जाने क्या गुनगुना रहे थे। फिर थोड़ी देर बाद वह कलरव खत्म हुआ तो दक्षिण में उससे थोड़ी ऊँची आवाज में पंछियों की चहचहाट शुरू हुई। किसी भी पंछी की आवाज ऊपर-नीचे जाती थी और न भटकती थी। सभी पंछी एक साथ, एक सुर में गा रहे थे। उनके चुप होते ही उससे थोड़ी ऊँची आवाज में यह क्रम पश्चिम में शुरू हुआ जो एक विलम्बित लय पर खत्म हुआ। तब उत्तर दिशा से पंछियों का गान शुरू हुआ जो तेज कलरव के उपरान्त भी कहीं छिटका हुआ नहीं था। इतने पंछी, लेकिन सबकी आवाज में एक लय थी। उस तेज कलरव के बाद चारों दिशाओं में एक साथ पंछियों का सामूहिक गान शुरू हुआ। पूरा जंगल साँस रोके यह गायन सुन रहा था। अन्तरा मुग्ध खड़ी थी। सामूहिक गान में सारे स्वर एक लय पर स्थिर हो जाएँ यह बरसों की तपस्या में भी कठिन था। लेकिन इस जंगल में यह सहज घटित हो रहा था। प्रकृति के पास संगीत का यह अक्षय कोश है। जो लोग प्रकृति को समझ लेने का दावा करते हैं, अन्तरा को लगा कि वे अभी कितने नासमझ हैं।

वे दोनों जब आश्रम पहुँचे तो देखा साँझ आँगन में बिखरी पड़ी थी। उस आश्रम के चारों ओर बहुत लम्बी-चौड़ी जमीन थी जिसके चारों ओर बाँस और लकड़ी के पटियों से चारदीवारी बना दी गई थी। उस आश्रम की चारदीवारी के भीतर सहज ही कुछ पेड़ प्रवेश पा गए थे और अनेक रंगीन फूलों के पौधों की क्यारियाँ बना दी गई थीं। लम्बे-चौड़े आँगन में खरगोश भीतर-बाहर दौड़ रहे थे। एक हिरण अजनबी आगन्तुकों को देखकर चौकड़ी भरता हुआ जंगल में अदृश्य हो गया। अन्तरा को अचरज हुआ कि आश्रम इन मासूम जीवों के लिए भी खुला आमंत्रण रखता था। एक गाय जरूर कोने में बँधी थी। जिसके पास एक बछिया दूध पीते-पीते रुककर इन दोनों को देखने लगी। एक व्यक्ति लकड़ियाँ काट रहा था। एक व्यक्ति पीछे जा रहा था। दोनों ठिठककर उत्सुकता से इन्हें देखने लगे। लकड़ी काटनेवाला भूषण को पहचान गया। वे दोनों पहाड़ी बोली में बात करने लगे। फिर भूषण ने पलटकर अन्तरा को बताया कि गुरुजी तालाब किनारे संध्या-साधना के लिए गए हैं।

वह भीतर आकर आश्रम की बैठक में बाँस की कुर्सी पर बैठ गई। भूषण लाख कहने पर भी कुर्सी पर नहीं बैठा, वह जमीन पर उकड़ूँ होकर बैठ गया था।

काफी देर हो गई थी। भीतर एक और व्यक्ति था, जिसने एक दीपक जलाकर बैठक में रख दिया। जरूरत भर रोशनी हो गई। आधे चाँद की रोशनी आँगन में फैली थी। वह भी जरूरत भर रोशनी ही थी। अन्तरा दोनों कोहनियों को जोड़कर हथेलियों पर माथा टिकाकर झुक गई जिससे थकान कम होने लगी, लेकिन मन की बेचैनी नहीं।

कुछ देर बाद वह आया। पहनावा और दूसरे बदलाव से वह हिचकिचा गई। शेखर के बाल थोड़े-बहुत सफेद थे ज़ो उसके गोरे रंग पर फबते थे, लेकिन इस व्यक्ति के बाल कन्धे तक लटक रहे थे और दाढ़ी के बाल भी सफेद थे। माथे पर लम्बा-सा तिलक था। एक शॉल लपेट रखी थी और रेशमी धोती पहन रखी थी। दाढ़ी ज्यादा लम्बी नहीं थी, शायद तराशी हुई थी जो नई पीढ़ी के फैशन के हिसाब से बहुत हल्की या घनेपन को नकारती होनी चाहिए, वैसी नहीं थी। हल्की-सी लम्बी लेकिन साधुओं की लम्बी दाढ़ी देखने की अभ्यस्त आँखों के हिसाब से दाढ़ी छोटी थी। लेकिन एक बात थी कि बड़ी और चमकदार आँखें वैसी ही थीं।

वह खड़ी हो गई। भूषण ने झुककर पैर छुए। शेखर ने उसे देखकर दोनों हाथ जोड़कर नमस्कार कहा।

"शेखर! यूँ अजनबी की तरह क्यों देख रहे हो?" शेखर की आँखों में अपने लिए अजनबीपन देखकर अन्तरा के स्वर में बेचैनी आ गई।

"देवी! मेरा नाम शेखर नहीं है। मेरा नाम वासुदेव है। वासुदेव राज ऋषि। मैं आपको नहीं पहचानता हूँ। कृपया अपना परिचय दें।" उस आवाज में पहाड़ों की हवा की नमी और एक कुँआरी भद्रता की गम्भीरता थी। कोई और समय होता तो वह उसके देवी सम्बोधन पर हँसती, लेकिन आश्रम की सादगी, वाणी की गम्भीरता और व्यक्तित्व की गरिमा ने कुछ ऐसा माहौल तैयार कर दिया कि हँसना तो दूर वह चुप खड़ी रही।

"मैं...मैं...अन्तरा!" काफी कोशिश के बाद वह बोली।

"भला नाम है। इतने कठिन परिश्रम से यहाँ तक आने का कोई विशेष प्रयोजन होगा?" वह उसी गम्भीर आवाज में बोला।

कुछ देर की चुप्पी के बाद उसने अपने भीतर थोड़ा साहस इकट्ठा किया और बोली, "कैसा भी अभिनय कर लो, कैसी भी भाषा सीख लो, लेकिन मेरा मन कहता है, तुम ही शेखर हो।"

उसके चेहरे पर एक महीन, लेकिन बड़प्पन भरी मुस्कान आई फिर बोला, "आपका मन ऐसा क्यों कहता है, मैं नहीं जानता; किन्तु मैं झूठ क्यों बोलने लगा?"

"यही तो मैं नहीं जानती। क्यों सब कुछ छोड़कर भाग आए? सुख-समृद्धि और अपार यश? फिर कहाँ खालीपन रह गया था, जिसका भराव इन पहाड़ों में ही सम्भव था? बताओ शेखर, क्या कारण है जो सब कुछ होते हुए साधु हो गए?" अन्तरा के स्वर में एक करुण याचना उतर आई।

"अन्तरा जी! इस बार उसने देवी की जगह नाम लेकर सम्बोधित किया, "भाग जाने से कोई साधु नहीं बनता और साधु बनने के लिए भागने की जरूरत नहीं होती, किन्तु यह बात फिर कभी। मैं इतना अनुरोध फिर दोहराऊँगा कि मैं शेखर नहीं हूँ।" कहकर उसके चेहरे पर अन्तरा के लिए एक मार्मिक करुण भाव आ गया, "आपके दुख से मैं विचलित हूँ, लेकिन मैं सच से कैसे पलट जाऊँ?"

अन्तरा नहीं मानी। बहस का एक सिलसिला शुरू हो गया। अन्तरा के हर एक दुखी प्रश्न और उत्तेजित तर्क का जवाब वह शान्ति और धैर्य से दे रहा था। काफी देर की बहस के बाद अन्तरा हताश होने लगी, तब वह स्वर में एक तरल विनम्रता के साथ बोला, "आप यथार्थ का सामने करें। मैं आपके चित्त की शान्ति के लिए प्रार्थना करूँगा।" कहकर वह पलटने लगा फिर ठिठक गया, "और हाँ, मैं साधु नहीं हूँ। सच्चा साधु बनना एक सामान्य व्यक्ति के लिए अत्यंत कठिन काम है। वह बुद्ध के लिए सम्भव था। शेष लोग तो सिर्फ प्रयत्न करते हैं।"

अन्तरा के ठहरने की व्यवस्था अतिथिशाला में थी। भोजन कक्ष में उसने और भूषण ने भोजन किया। शेखर या वासुदेव...क्या कहे अन्तरा, वह साथ में भोजन के लिए नहीं आया। अन्तरा को बताया गया कि वे बाद में भोजन करेंगे। भोजन करके अन्तरा बाहर आँगन में आ गई। बाहर आते ही वह अवाक् जंगल को देखने लगी। हजारों, बल्कि लाखों सितारे जंगल की हल्की हवा में तैर रहे थे। दोपहर की हरीतिमा एक हल्की कालिमा में तब्दील हो चुकी थी। पेड़ों की लम्बाई अँधेरे में नजर नहीं आ रही थी, लेकिन रंगीन फूलों के अनगिनत पौधों पर तारे जिस तरह तैर

रहे थे या कुछेक जो ठहरकर टिमटिमा रहे थे वह जीवन का कभी ना भुलानेवाला दृश्य था। स्वप्न दृश्य की भाँति। बाद में किसी को कहो तो विश्वास न करे। क्या प्रकृति अपना सारा सौन्दर्य इन्हीं पहाड़ों को देने पर उतारू है? या शायद सभी दूर ऐसा होता होगा।

तभी वह व्यक्ति जो कुछ देर पहले लकड़ी काट रहा था वह गाय को चारा डालने आया तो अन्तरा ने देखा, उसके लिए यह दृश्य सहज और सामान्य था। वह पलटने लगा तो अन्तरा के पूछने पर उसने बताया, "ये तारे नहीं, जुगनू हैं, रात में जंगल को रास्ता बताते हैं।"

"जंगल को रास्ता बताते हैं? जंगल कहाँ जाता है?" अन्तरा ने विस्मय से पूछा।

"ये सारे पेड़, ये वनस्पति सभी एक-दूसरे से मिलने इधर-उधर जाते हैं। दिनभर के थके ये पेड़, ये वनस्पति इनका भी एक-दूसरे से बातें करने का, मिलने-जुलने का मन करता है। वापसी में रास्ता ना भटकें इसलिए जुगनू इन्हें रास्ता दिखाते हैं।"

वह अवाक् उस आदमी को देखती रही। फिर धीरे-धीरे उसका मन भी उस आदमी की बात पर भरोसा करने के लिए राजी हो गया। निश्चित रूप से ऐसा ही होगा, उसने सोचा।

हवा के चलने से हिलते हुए पत्तों पर एक अनाम राग बज रहा था। उस मोहक राग को गाती-बजाती सारी वनस्पति मुदित मन से डोल रही थी। रात की रफ्तार धीमी हो गई थी और वह जंगल में बजते उस राग को ध्यान से सुनने लगी थी। जैसे रात उस राग से कदमताल करके समय का रास्ता तय करना चाहती हो।

तभी आहट हुई। कन्धे पर एक शॉल डाले, शेखर खड़ा था। अन्तरा सोच रही थी, अब इसे क्या कहूँ, शेखर या वासुदेव? चेहरे पर उस राग जैसी ही मोहक मुस्कान थी। आकाश का चाँद शेखर की दोनों आँखों में डोल रहा था।

"किसने सिखाया होगा प्रकृति को संगीत...यह राग...?" सहसा अन्तरा के मुँह से निकला।

"प्रकृति ही प्रकृति को सिखाती है। दिन भर झरते पत्तों के साथ रात को उम्रदराज होती वनस्पति सुबह फूलने को उत्सुक वनस्पति को सिखाती है।" शेखर के चेहरे पर मुस्कान में कोई कमी-बेशी नहीं हुई थी, "प्रकृति खुद अपनी गुरु है। वह खुद अपनी शिष्य है।"

"सचमुच!" अन्तरा मुग्ध भाव से वनस्पति और उसमें डोलते सितारों को देखते हुए बोली।

शेखर दो कदम आगे आकर अन्तरा की ओर देखे बगैर बोला, "प्रकृति के पास इस संगीत-समृद्धि के साथ अपार धैर्य है। चरम अनुभूति के साथ ऐसी परम संतुष्टि कहीं और देखी है?" अब शेखर के स्वर में एक किस्म का गर्व था, "इस सांगीतिक प्रस्तुति में धन की इच्छा नहीं, यश की कामना नहीं। श्रोता की दरकार नहीं। वही वादक, वही गायक और वही श्रोता है। जो इसे सुन-समझ ले, उसे और कुछ सुनने-सुनाने की इच्छा कहाँ रह जाएगी?"

अन्तरा कुछ कहना चाहती थी, तभी शेखर दूसरे हाथ में पकड़ी शॉल उसके कन्धे पर धरकर बोला, "ठंड है, इसे लपेट लीजिए।" उसने शॉल खोलकर लपेट ली। शेखर पलटकर वापस चला गया। अन्तरा लेकिन इस अप्रतिम सांगीतिक दृश्य को इतनी देर तक देखना चाहती थी कि फिर जीवन भर यह दृश्य उसकी आँखों में ठहर जाए। स्मृति का अमिट हिस्सा।

जाने कब तक वह खड़ी रही। पता नहीं कितना समय गुजरा। तभी गाने की आवाज आई। वह चौंक पड़ी। भीतर से गाने की आवाज आ रही थी।

"नमन करूँ मैंऽ सऽद्गुरु चरणाऽ"

यह तो शेखर की आवाज है। राग खमाज की बन्दिश आगे बिलकुल वही—सा सा नि नि, ध ध म ग, ग म प ध, सा नि सा—वह ये आरोह-अवरोह कैसे भूल सकती थी? गुरु वंदना है यह। शेखर का प्रिय राग। वही गायन, वही वाद्य-संगीत।

वह दौड़कर शेखर के कमरे के पास पहुँची—गाने की आवाज भीतर से आ रही थी, "सब दुख हरणाऽ भव निस्तरणाऽ"

सा सा ग म, ग ग नि सा, नि नि सा, नि सा नि ध

इस आरोह-अवरोह पर अन्तरा का धैर्य टूट गया। वह दरवाजा खटखटाने लगी। भीतर गायन में व्यवधान पड़ा।

अधीर अन्तरा ने दरवाजा भड़भड़ाना शुरू कर दिया।

कुछ देर भीतर कमरे में खामोशी छाई रही फिर किसी के उठने, चलने-फिरने

की आवाजें आईं। कपड़ों की सरसराहट की आवाज आई। कुछ देर बाद दरवाजा खुला। दरवाजे पर शेखर था।

"क्या बात है अन्तरा जी? क्या संकट आ गया?" दरवाजा खोले शेखर ने पूछा। उसके दोनों हाथ किवाड़ पर टिके थे जिससे भीतर दाखिल होना या झाँकना थोड़ा कठिन हो गया। अन्तरा ने महसूस किया, इस बार शेखर ने उसे देवी नहीं, नाम लेकर सम्बोधित किया। वह उद्विग्न हो गई।

"यह गुरु वंदना शेखर गाता था यानी तुम। अब तुम झूठ नहीं बोल सकते हो।"

"मैं कहाँ झूठ बोल रहा हूँ?" शेखर शान्त स्वर में बोला।

"तो क्या यह गायन शेखर का नहीं है?" अन्तरा के स्वर में मार्मिक उत्तेजना अभी भी थी।

"बिलकुल, यह शेखर जी का गायन है।" कहकर शेखर दरवाजे से हट गया और वापस कमरे में पलट गया तो अन्तरा भी उसके पीछे-पीछे कमरे में दाखिल हो गई।

"तो पहले क्यों नहीं स्वीकारा कि तुम शेखर हो?" अन्तरा बोली।

"मैं तो अभी भी कहता हूँ कि मैं शेखर नहीं हूँ। यह गायन शेखर जी की आवाज में है। वह देखिए सी.डी. प्लेयर, उसी से मैं शेखर जी की बन्दिशें सुनता रहता हूँ।"

कमरे में लकड़ी के चौकोर आसन पर एक दीपक जल रहा था जिसकी नाजुक-सी रोशनी शेखर के चेहरे पर जाकर ठहर-सी गई थी। उसके चेहरे पर एक स्निग्ध उजास था। शेष कमरा रोशनी के खिलाफ दृढ़ प्रतिज्ञ-सा अँधेरे की शरण में था।

अन्तरा अवाक्-सी सी.डी. प्लेयर को देखती रही। उसकी उत्तेजित खुशी कमरे के अँधेरे में घुलने लगी।

"अन्तरा जी, आप विचलित हैं कि शेखर के लिए आपकी तलाश अधूरी है। आप कुछ पाने के लिए विचलित हैं। मेरा विचलन कुछ भी नहीं के लिए है।"

"योगी जी!" पहली बार अन्तरा ने सम्बोधन बदला, "मैं अध्यात्म के इस शिखर पर अभी पहुँची नहीं हूँ। पहुँचना भी नहीं चाहती हूँ।" अन्तरा के स्वर में हल्का-सा व्यंग्य था।

"हमारे-आपके चाहने से क्या होता है अन्तरा जी!" बहुत शान्त और थिर आवाज में वह बोला, "चाह एक भ्रामक पद है जो भविष्य के गर्भ में

अन्तर्धान है। और हाँ...मैं योगी नहीं हूँ। मैं तो महज एक जिज्ञासु हूँ। जो कुछ जिज्ञासाएँ पूर्ण हुईं तो नवीन जिज्ञासाओं की पूर्ति के लिए थोड़ी साधना करता हूँ। इसमें संगीत बहुत मदद करता है। संगीत उँगली पकड़कर मुझे विचलन से बाहर ले जाने का रास्ता दिखाता है।" कहकर वह चुप हो गया। कमरे में चुप्पी छा गई। अन्तरा कुछ नहीं बोली एक करुण पराजय की लम्बी थकान उसके चेहरे पर थी।

"आप यहाँ पूजा-पाठ करते हैं?" अन्तरा ने कमरे में देखा, जहाँ उसे कोई ईश्वर की मूर्ति या चित्र नजर नहीं आया या शायद अँधेरे की वजह से।

"मेरी आस्था संगीत में है। कला में है। कला जिसका हाथ पकड़ लेती है उसे फिर पृथक् से किसी ईश्वर की जरूरत नहीं होती है। जो गुणीजन हैं, जो कलाकार, संगीतकार हैं, ईश्वर को मानें या ना मानें लेकिन वे जीवन में अकेले होते हैं। उनके लिए कला ही ईश्वर होती है।" अन्तरा की समझ में कुछ आया, कुछ नहीं आया, लेकिन वह गरदन हिलाकर चुपचाप उस कमरे से निकलकर अपने कमरे में आ गई। उसका मन एक गहरे दुख से भरा था।

सुबह जल्दी उठते ही वह तैयार हो गई। अब यहाँ ठहरने का कोई कारण नहीं था। भूषण भी तैयार हो गया था। उसी ने बताया कि "गुरुजी साधना कर रहे हैं उनसे जाने की अनुमति मैं ले आया हूँ। फलाहार करके हम चल देंगे।"

उस आश्रम से अन्तरा और भूषण बाहर निकले तो चलते-चलते काफी देर हो गई थी। तभी दूर...बहुत ऊपर से गाने की आवाज आई जो जंगल के चुप्पी भरे सघन सन्नाटे में इतनी दूर भी साफ सुनाई दी। अन्तरा ठिठक गई।

सा नि ध नि रे रे सा; रे ग म; ग म प
ध प म; रे रे सा; ग म प ध प म; प ध...

राग अहीर भैरवी अन्तरा के मुँह से सहसा निकला। शेखर का प्रिय गान। कुछ क्षण वह अधीर हुई फिर एक लम्बी साँस ली और सोचा कि योगी जी सुबह से संगीत सुनने बैठ गए हैं। संगीत सुनते हुए साधना कर रहे हैं।

वह फिर भूषण के पीछे चल दी। लम्बे पेड़ों के कारण धूप पूरी तरह नीचे जमीन पर नहीं थी। यहाँ-वहाँ धूप के टुकड़े थे जैसे मुट्ठी भर धूप थोड़ी-थोड़ी दूर पर रख दी गई हो।

नीचे पुल के पास पहुँचे तब तक शाम के चार बज गए थे। कार तैयार खड़ी थी।

"चलिए मैडम, थोड़ी देर में अँधेरा हो जाएगा। खराब रास्ते पर कार चलाना मुश्किल रहेगा। एक तो यहाँ बिजली भी नहीं है।" ड्राइवर ने भूषण के हाथ से बैग लेकर कार में रखा। अन्तरा ने चुपचाप स्वीकृति में गरदन हिलाई और कार की ओर बढ़ी तो सहसा चौंककर वहीं थम गई। स्तब्ध। अचरज के साथ।

"क्या कहा, यहाँ बिजली नहीं है?" अन्तरा ने ड्राइवर से पूछा।

"तो फिर ऊपर आश्रम में भी बिजली नहीं होगी?"

"बिलकुल मैडम!" इस बार भूषण बोला, "जब नीचे इधर के गाँव में बिजली नहीं है तो इतनी दूर, इतनी ऊँचाई पर एक आश्रम के लिए बिजली कैसे और क्यों ले जाई जाए? वहाँ आश्रम में बिजली नहीं है तभी तो दीपक या फिर लालटेन जलाकर रोशनी की गई थी।"

कार का दरवाजा पकड़े अन्तरा स्तब्ध खड़ी थी। उसे आश्रम में क्यों ध्यान नहीं आया कि कमरे में लालटेन और दीपक रखकर रोशनी की जा रही है तब सी.डी. प्लेयर के लिए बिजली कहाँ से आएगी?

वापस आश्रम लौटने का कोई अर्थ अब नहीं रह गया था। वह चुपचाप कार में बैठी तो भूषण आगे की सीट पर बैठ गया। कार चल पड़ी। कुछ ही देर में हल्का-सा धुँधलका हुआ तो अन्तरा ने देखा, पहाड़ियों पर बसे इक्के-दुक्के मकानों में से धुआँ उठने लगा था। सुबह की खूबसूरती को अब धुँधलका ढक रहा था। हवा में एक बोझिल नमी थी।

एक पत्ता चाँद

बारिश तेज हो गई। कुछ देर पहले नदी के दूसरे किनारे पर नजर आ रही बानी अब एक रंगीन धब्बा हो चुकी थी। कुछ देर पहले वह इसी पार थी। नाव में भीड़ थी। एक ही व्यक्ति के लिए जगह थी। मैंने जिद की तो बानी चली गई। मैं काफी देर तक नाव में खड़ी बानी को देखता रहा था। कुछ देर बाद तो ऐसा लगा जैसे नाव नहीं, बानी ही पैदल नर्मदा पर चलती हुई उस पार जा रही है। मैं नर्मदा के पानी पर बानी के पैरों की छाप खोजने लगा। पानी लगी मिट्टी पर चलते हुए पैर थोड़े धँस जाते हैं। मैंने सोचा, बानी के पैर भी नर्मदा पर दौड़ते हुए थोड़े धँसे होंगे, लेकिन जल पर बानी के पैरों के निशान नहीं थे। उसके पैर नर्मदा की जलराशि में धँसे नहीं होंगे या फिर बारिश ने मिटा दिए हैं।

बानी ने बताया था, नर्मदा कितने भी गुस्से में हो, कितनी भी उफान पर हो, उसे डर नहीं लगता है। नर्मदा और बानी के बचपन से गहरे और आत्मीय सम्बन्ध रहे हैं। जैसे कहें कि जन्म से ही गहरे सम्बन्ध हैं। बानी तो कई बार कहती है कि मुझे लगता है मैं अपनी माँ की नहीं, नर्मदा की बेटी हूँ।

"लेकिन नर्मदा तो चिर कुँवारी है।" मैंने उसे रोका था।

वह क्षण भर चुप रही थी फिर बोली थी, "तो क्या हुआ? वह माँ नहीं बन सकती थी, लेकिन माँ कहीं तो जा सकती है।"

बानी की बातें सुनकर मेरे मन से नदी का डर पूरी तरह से तो नहीं गया, लेकिन उससे उस तरह का प्रतिवाद करना बन्द कर दिया। जब बानी की बातें भरोसे से भीगने लगीं तो मुझे भी नदी में, उफनती नदी में सौन्दर्य नजर आने लगा।

मुझे यह बात भी ठीक लगी कि नदी की बाढ़ में बस्ती का पानी से घिर जाना नदी का दोष नहीं है।

"बताओ तुम, बस्तियों में बाढ़ का पानी आ जाए तो इसमें नदी का क्या दोष?" बानी ने उसकी बात का विरोध किया था।

"बस्तियाँ बरसों पुरानी हैं।" मैंने बानी को समझाना चाहा था।

"कितनी पुरानी? नदी तो हजारों बरस से बह रही है। हमने उसके किनारों पर गाँव बसाए। उसके विस्तार के रास्ते पर बस्तियाँ बसाईं।"

वह नदी के खिलाफ कुछ भी नहीं सुनना चाहती थी। मैंने उसे बहुत समझाया था कि गाँवों में बाढ़ का पानी घुसने से लोगों को परेशानी होती है, लेकिन नदी के प्रति उसका लगाव जिद की हद तक था।

"नदी के किनारे रहने का सुख उठाने के लिए समझो यह छोटी-सी कीमत है।" वह हँसकर बोली थी।

नर्मदा की बाढ़ उसके मन को अदम्य उत्तेजना से भर देती है। घर से हम लोग सिर्फ नर्मदा के इस तट तक आए थे, लेकिन उफनती नर्मदा में बानी के लिए क्षिप्र खिंचाव था। वह दूसरे तट पर जाने के लिए बेचैन हो गई। नाव में एक ही व्यक्ति के लिए जगह खाली थी तो वह उसकी परवाह किए बगैर नाव में बैठ गई। जाने कौन-सी अजान बुलाहट थी उस कोलाहल करती जलराशि में कि बानी नाव में सवार हो गई। जो मेरे लिए भय था वह उसके लिए आनन्द था। जिन लहरों में मैं काल का नर्तन देख रहा था, बानी उसमें प्रत्यक्ष सौन्दर्य का दृश्य देख रही थी।

मैं बारिश से बचने के लिए तट पर पेड़ के नीचे आ गया। बारिश के कारण तट निर्जन हो गया था। धीरे-धीरे मुझे लगने लगा कि बाहर से ज्यादा बारिश मेरे भीतर हो रही है। माहौल में नमी का स्पर्श बस चुका था। मेरे भीतर एक हरा जंगल है जो निरन्तर इस बारिश में भीग रहा है। मैं कोशिश करूँ तो भीतर के इस सूने जंगल में उतर सकता हूँ। भीतर की बारिश में अकेले भीगना चाहता हूँ। फिर लगता है, भीतर का कोई एक हिस्सा ऐसा भी है, जो अभी भी सूखा है। बारिश भीतर के जंगल के उस हिस्से तक नहीं पहुँची है। बहुत मुमकिन है कि उस हिस्से पर बारिश हुई हो, लेकिन बारिश के बाद पेड़ों पर ठहरी रह गई हो और नीचे जमीन और जंगल की जड़ें सूखी रह गई हों। जैसे कपड़ों पर बारिश की बूँदें गिरें और देह की त्वचा

सूखी रह जाए। कई बार तो देह की त्वचा पर बारिश की बूँदें गिरती रहती हैं फिर भी मन का हिस्सा सूखा रह जाता है।

बादल कुछ घने हो गए तो पेड़ के नीचे हल्का-सा धुँधलका बढ़ गया। हल्के अँधेरे में भी बारिश नजर नहीं आती है, लेकिन बारिश के होने का एहसास बना रहता है। बानी इस समय मेरे साथ नहीं है, लेकिन उसके साथ होने का एहसास है। जैसे बानी मेरे भीतर है। मेरे भीतर अँधेरे में हो रही बारिश को मैं सुन रहा हूँ। फिर लगा, बानी भीतर हो रही बारिश में भीग रही होगी। वह मेरे भीतर भीग भी रही है और बारिश को सुन भी रही है। अँधेरे में हम दोनों बारिश का संगीत सुन रहे हैं।

मैंने पेड़ की छाया से निकलकर हथेली बारिश को सौंपी तो बारिश की बूँद मेरी हथेली पर गिरी। हथेली के दबाव के साथ उस बूँद को मैंने अपने धड़कते सीने पर रख दिया। यह सोचकर कि उस बूँद की नमी को बानी भीतर बैठे महसूस करेगी। बारिश की उस एक बूँद की नमी में वह मेरे धड़कते दिल की आँच भी महसूस कर रही होगी। भीतर के सूने, अँधेरे जंगल में मैं भी अकेला भीग रहा हूँ, वह भी अकेली भीग रही है। फिर यह लगा कि भीतर बैठी बानी जैसे जंगल में किस तरफ है यह मुझे जंगल में भटककर पता लगाना है। मैं बारिश के बीच पेड़ के नीचे अचल खड़ा था।

क्या बानी भी नदी के दूसरे तट पर अकेली खड़ी भीग रही है? मैं पेड़ की छाया से बाहर आया। पेड़ के नीचे बारिश नहीं थी। पेड़ के बाहर बारिश थी। भीतर और बाहर दो हिस्से थे। भीतर के हिस्से में पेड़ था, जहाँ बारिश पेड़ के ऊपर रुकी थी। पेड़ के बाहर बारिश थी। मैं भीतर से बाहर आया। मैं दौड़कर तट पर गया। बानी दूसरे तट पर एक रंगीन धब्बा बनी भीग रही थी। मैंने आसमान की ओर सिर उठाकर देखा था। कुछ बूँदें मेरे चेहरे पर, कुछ मेरे मुँह के भीतर गिरीं। मुँह में गिरीं बूँदें कंठ के रास्ते नीचे उतर गईं।

मैं वापस पेड़ के नीचे आ गया। बानी वापस मेरे भीतर के जंगल में ठहर गई। मेरे कंठ से उतरीं पानी की बूँदों का स्वाद बानी के कंठ में भी ठहर गया होगा। उसे भी मेरी आसक्ति का स्वाद महसूस हो रहा होगा। मैं उससे कहना चाहता था कि इस स्वाद में शताब्दियों का प्रेम घुला है। इन बूँदों में एक महासागर छिपा है। फिर मुझे लगा, ऐसा कहना अस्वाभाविक और अति रोमानी लगेगा।

मैं थककर वापस लौटा तब तक बारिश धीमी हो गई थी। दूसरे तट पर रंगीन धब्बा दिखाई देना बन्द हो गया था, तभी लौटा। कपड़े बदलने के बाद भी मुझे नमी का एहसास हो रहा था। भीगे कपड़े आँगन की रस्सी पर लटके हैं। भीगे कपड़ों में भी मेरा कुछ हिस्सा रह गया होगा। वह बचा हुआ हिस्सा भीगे कपड़ों में दुबका नमी से बचने की पुकार लगा रहा होगा।

घर में सभी लोग सो गए थे। मुझे रह-रहकर बानी की चिन्ता हो रही थी। मैं दो बार उठकर खिड़की से झाँक चुका हूँ। जैसे यहाँ घर से ही नदी का दूसरा तट और फिर वहाँ से बानी का घर दिखाई दे जाएगा। यह मुमकिन नहीं था। विवश मैं हर बार खिड़की से लौटकर कुर्सी पर बैठ जाता था। नींद नहीं आ रही थी। नींद बाहर आँगन में खड़ी बारिश में भीग रही थी। सम्भवत: भीतर तो आ गई थी और मेरी आँखों की कोर पर बैठी मेरे भीतर हो रही बारिश में भीग रही है। यदि भीतर भी उतर गई तो भीतर के जंगल में भटककर गुम हो जाएगी। पूरी रात जाग कर काटनी होगी। बानी इस समय सो रही होगी। उसके हिस्से की बारिश भी मेरे भीतर के जंगल में हो रही है।

एकाएक आहट हुई। आहट घर के दरवाजे पर नहीं। आहट मेरे भीतर के जंगल के मुहाने पर हुई। मैं चौंक गया। पहले मुझे लगा कि नींद जंगल में भटक गई है और आवाज लगा रही है। ध्यान से सुना तो लगा आवाज नींद की नहीं, बानी की थी। आवाज अब करीब से आ रही थी।

मैं जंगल के मुहाने पर पहुँचा तो देखा बानी खड़ी है। मैं चकित रह गया।

"तुम्हें नींद नहीं आई?" मैंने जंगल के मुहाने पर खड़ी बानी से पूछा।

"नींद तो भीग गई है। जंगल में भटकते हुए ठिठुर रही है।" कहकर वह हँस पड़ी। उसकी हँसी में गीलापन नहीं था। उसकी हँसी एकदम उजली और खिली-खिली धूप-सी थी।

"इस रास्ते क्यों लौटीं?" मैंने पूछा।

"क्योंकि मुझे मालूम था कि इस रास्ते से तुम मेरी आवाज सुन लोगे।" कहकर वह मेरे करीब आ गई। उसकी भूरी आँखों में एक धुँधला जंगल था। उसकी गोरे रंग की देह पर पानी की बूँदों के टूटने के निशान थे। उसके रक्ताभ कपोल बारिश में धुलकर उजले हो गए थे। उस पर बारिश की रगड़ नहीं, जल का दुलार था।

मैंने उसे हाथ पकड़कर जंगल के मुहाने से घर के दरवाजे के भीतर खींच लिया। उसकी देह बारिश में धुली ताजा वनस्पति की तरह कोमल थी और जल की बूँदों की भाँति तरल और टूटने को आतुर। उसकी देह पर बारिश का जल था, लेकिन वह खुद एक अजान आँच में थरथरा रही थी। वह आँगन में खड़ी हो गई और साड़ी को घुटनों तक उठाकर निचोड़ने लगी। साड़ी की सिलवटों में बह रही एक अदृश्य नदी साड़ी से निकलकर उसकी मुट्ठियों से होती हुई पैरों पर गिरने लगी। उसके पैर और ज्यादा उजले हो गए।

वह आँगन से भीतर के कमरे में आई तो भीतर का कमरा भी गीला होने लगा। निचोड़ने से साड़ी से पानी की एक धारा निकली थी शायद नदी अभी भी साड़ी में बह रही थी। नदी साड़ी में बह भी रही थी और बरस भी रही थी। कमरा गीला न हो इसलिए वह फिर आँगन में उतर गई। जैसे नदी कमरे से आँगन में उतर गई। मैं थोड़ी देर तक आँगन में बह रही नदी को देखता फिर धीरे-धीरे आगे बढ़कर नदी के करीब आ गया। बानी के भीतर बहती नदी देह के तट तोड़ने को आतुर थी। मैं भीग रहा था और तप रहा था। मैं जितना भीग रहा था उतना तप रहा था। मैंने बानी के कन्धे पर हाथ धर दिए। उसका सिर मेरे सीने से आ लगा। बहती हुई नदी की धारा बदल गई। नदी धीरे-धीरे अब मुझमें भी बहने लगी। मेरी देह का हर हिस्सा अब नदी के हवाले था। नदी अब मुझसे होकर बह रही थी। नदी का वेग भी बढ़ने लगा।

नदी की एक तेज लहर मेरे होंठों से टकराई। उस उफनती और वेगवती लहर में एक ऐसी तड़प थी जो होंठों से टकराकर वापस नहीं लौटती थी, बल्कि वहीं से किसी दूसरी जगह का रास्ता तलाशने लगती थी। उफनती हुई नदी के बहाव में एकाएक दो भारी चट्टानें मेरे सीने से आकर टकराईं। मुझे लगा कि उन भारी चट्टानों के भीतर भी जैसे एक नदी उफन रही थी। उन दो ठोस भारी पत्थरों के भीतर जैसे ठोस नदी कैद थी।

बानी की देह से कपड़े बहकर आँगन में फैल गए थे। बानी की देह की नदी का उफान उसकी आँखों में दिखाई दे रहा था। उसकी आँखों में एक अबूझ और गहरा भँवर था जो आँखों से उतरकर देह के दूसरे हिस्सों पर उतर रहा था। मुझे लगा, उस भँवर में एक ऐसा खिंचाव था जो उसमें डूब जाते और गुम हो जाने के लिए उकसा रहा था। मेरी देह के कपड़े बह रहे थे। कच्चे आँगन की जमीन पर

पानी का बहाव बढ़ने लगा। नदी मेरे भीतर, मेरे ऊपर से बह रही थी। मैं आकंठ नदी में डूबा था। दो भारी पत्थरों का दबाव मेरे सीने पर था, लेकिन शायद जल में डूबे होने के कारण उसका भार नहीं महसूस हो रहा था, लेकिन देह का रेशा-रेशा उस दबाव की उत्तेजना में था। बहती हुई नदी में पता नहीं कौन से खनिज एकाएक घुल गए थे कि बानी की देह की नदी एकाएक ज्यादा उजली और पारदर्शी हो गई थी। चट्टानें जल से धुलकर बेहद उजली और लवण स्वाद से भरी और भारी हो गई थीं। नदी के उफान में मैं चट्टानों के दबाव से निकला तो अगली लहर के धक्के से पलट गया और चट्टानों के ऊपर औंधे मुँह गिरा। मेरा सिर अब चट्टानों के बीच फँसा था। उजली और धुली हुई चट्टानों की धड़कनों का राग मेरे कानों में बज रहा था। उस राग में एक बेकली थी जो देह की नदी में घुल रही थी। नदी छटपटा रही थी। वह अपनी बेकली से छुटकारा पाने के लिए उस राग को वापस बानी की देह की नदी में विसर्जित करना चाहती थी। इन सबके बीच नदी का एक अदृश्य और अनबजा गर्जन था जो तट के सारे बंध तोड़ने को उतावला था। फिर मुझे लगा, जैसे नदी अपनी बेचैनी में उन दो पत्थरों या चट्टानों में दाखिल हो गई जिनमें धड़कनों का राग बज रहा था। तेज लहरों का गर्जन जैसे तट से टकराता है वैसे ही वे पत्थर अपने भीतर उफनती नदी का वेग सँभालने में असमर्थ हो रहे थे। उफनती लहरों का दबाव उन पत्थरों में से होकर मुझे महसूस हो रहा था। वे चट्टाननुमा दो भारी पत्थर नदी के वेग और बहाव से भर आए थे। हर अगली लहर के साथ वे भारी पत्थर साँस की सतह पर आते फिर नीचे तल में धँस जाते। अजीब बात यह थी कि मैं चट्टानों के ऊपर था फिर भी चट्टानों का भार मुझे लग रहा था। मैंने उस अजान और गोप्य भँवर में गिरने से पहले इतना महसूस किया कि चाहे यह जीवन का अन्तिम क्षण हो, लेकिन इस राग की बेकली को दूर करने की इसके अलावा कोई राह भी नहीं है।

नदियों के उफान और लहरों के उग्र घमासान के बाद एक भीगा हुआ सन्नाटा फैल गया। नम मिट्टी में लिथड़ी दोनों की निर्वस्त्र देह बाढ़ के बाद तट की वनस्पति के अवशेष की भाँति पड़ी थीं। एक-दूसरे की देह के तट से लौटती नदी देह के ऊपर से गुजरते हुए हाँफ रही थी। उसी के साथ बानी की देह की दो चट्टानें मेरे सीने के नीचे दबी हाँफ रही थीं। यह एक गहरे उफान के बाद की थकान थी।

मैंने सिर उठाकर देखा, अब हम आँगन में नहीं, नदी के गीले तट पर थे। पता नहीं, एक-दूसरे की देह की नदी को हम नदी में विसर्जित करने के लिए यहाँ आए थे या फिर नदी का बहाव हम दोनों को इस तट पर छोड़ गया था। मैं देखकर खुश हो गया कि मैं नदी के दूसरे तट पर था। सम्भवतः जंगल का रास्ता एक दूसरे तट तक आता है। यह भी हो सकता है कि नदी हमें यहाँ तक छोड़ गई हो। मैं उठकर नदी तक गया। नदी में जल की सतह पर बानी के जाते हुए पैरों के निशान थे, आते हुए पैरों के निशान नहीं थे। फिर मुझे याद आया, बानी नाव से गई थी। फिर एकाएक मुझे यह भी याद आ गया कि मैं दूसरे तट पर बानी के साथ हूँ तो यह बानी के पहले तट से आने के निशान हैं जो अब दूसरे तट से उलटे दिखाई दे रहे हैं। मैं बानी के आते हुए पैरों के निशान को दूसरे तट से देख रहा हूँ।

बानी उठकर कपड़े पहन रही थी। तब मुझे ध्यान आया कि मैं निर्वस्त्र हूँ। मुझे भी कपड़े पहनना है। कपड़े रेत में शंख की सीपियों के साथ धँसे थे। मैंने कपड़े खींचकर हाथ में लिए और कुछ देर खड़ा रहा। नदी का बहाव अब उग्र नहीं था। जल की सतह के ऊपर से देखने पर उसकी उग्रता का अनुमान लगाना भी कठिन है। कहते हैं, नर्मदा का बहाव सतह के नीचे बहुत तेज होता है। नर्मदा अपने आवेश के अतिरेक में भी उग्रता को सतह के नीचे रखती है। एक सतह नीचे। सम्भवतः यह प्रेम और ममता को बचाए रखने के लिए सतर्कता हो।

मैं कपड़े पहनने लगा। फिर हम दोनों तट पर बैठ गए। बहती हुई नदी कनखियों से हमें देख रही है। आगे बढ़ते हुए भी पीछे पलटकर देख रही है। बानी का हाथ मेरे हाथ में है। उसका सिर मेरे कन्धे पर टिका है। वह गहरे अनुराग से नदी को देख रही है। उसके पैरों से टकराते नदी के जल में जाने कौन-सा सन्देश था कि वह आहिस्ता से मुस्करा रही है।

बादल छँट गए थे। एक हल्की नीली रोशनी नदी की सतह पर फैल गई थी। जिसकी प्रतिच्छाया तट पर बिछ रही थी। बानी उठी और नदी के तट पर बिछी महीन रेत पर टहलते लगी। उसके टहलने से रेत पर बिछी रोशनी क्षण भर के लिए रेत में धँस जाती थी फिर कदम उठाते ही वह कदम के निशान पर ठहर जाती थी। बानी ने हाथ के संकेत से उसे पास बुलाया। उसने टहलते हुए तट पर आदर से सिर झुकाए खड़े पेड़ से एक बड़ा-सा पत्ता तोड़ लिया।

"मुझे प्यास लगी है। नदी से एक पत्ता पानी ले आओ।" कहकर उसने पत्ता मेरे हाथ में दे दिया।

"मैं नदी से एक पत्ता नहीं, एक चाँद पानी भरकर देता हूँ।" कहकर मैं पलटने लगा तो उसकी विस्मित हँसी ने मुझे रोक दिया।

"एक चाँद पानी...?" वह मेरे हाथ से पत्ता लेकर उसे प्याले की शक्ल में ढालने लगी।

मैं उसे वापस नदी किनारे ले आया। चाँद भी नदी किनारे की जलराशि में काँप रहा था। मैंने बानी के हाथ से पत्ते का प्याला लेकर नदी में चाँद की जगह पर डुबोकर उसमें पानी भरा और क्षण भर पत्ता वहीं पकड़े रहा। अब चाँद पत्ते के प्याले में था।

"हम लोग बचपन में माँ के साथ पानी भरने आते थे तो सारे बर्तन इसी तरह चाँद से भरते थे। हमारे घर चाँद का पानी रहता था।" कहकर मैंने उसे एक पत्ता चाँद से भरा पानी दिया। बानी के चेहरे से अब विस्मय नदारद था। वह खुश हो गई। उसकी खुशी चाँद से भरी थी। एकाएक उसका चेहरा भी चाँद हो गया। उसके चेहरे के आलोक में नदी की जलराशि बिल्लौरी हो गई। नदी के तट की रेत काँच-सी चमकने लगी।

हम दोनों टहलते हुए रोशनी का पीछा करते तट से थोड़ी दूर चले गए। यहाँ झाड़ियों की संख्या बहुत कम थी। पेड़ बिलकुल नहीं थे। गीली जमीन दूर तक निर्जन और वनस्पति विहीन थी।

"नगर के जिम्मेदार लोग बता रहे थे यहाँ बस्ती बसेगी। नगर-विस्तार यहाँ तक होगा।" मैंने बानी को बताया।

बानी के चेहरे का चाँद क्षण भर के लिए धुँधला हुआ।

"उनके नगर बसाने से पहले हम यहाँ जंगल लगा दें तो कैसा रहे?" बानी के पास एक विकल समाधान था।

"हम दोनों मिलकर कितने पौधे लगा पाएँगे?" मैंने अपनी असमर्थ जिज्ञासा रखी जिसमें उसे उसके समाधान को रद्द करने के संकेत दिखाई दिए।

"कहते हैं कि खरदूषण ने एक रात में एक नगर बना दिया था तो हमारे पास भी एक रात है। नगर बसाने से आसान जंगल लगाना है। यह नदी का इलाका है।

यह हिस्सा नदी की सम्पत्ति है। यहाँ बस्ती नहीं, जंगल बस सकता है।" बानी के चेहरे की रोशनी थोड़ी तमतमा रही थी।

"जंगल बसता नहीं है। जंगल लगाया जाता है।" मैंने उसके वाक्य को दुरुस्त किया।

"नहीं, जंगल भी बसता है। जंगल की भी अपनी एक बस्ती होती है।" उसकी जिद मुस्कराने लगी।

उसने मेरा हाथ पकड़ा और पौधे लगाने की तैयारी करने लगी। उसने वहीं कहीं से एक नुकीला पत्थर उठाया और गड्ढा तैयार किया। खोजकर एक पौधा लाई और वहाँ रोप दिया। पहला पौधा रोपते ही नदी के असंख्य जीव बाहर आए। कोई पास के जंगल से पौधा लाया। कोई गड्ढे करने लगा। कोई पौधे लगाने लगा। एकाएक सारे प्राणी जैसे इसी काम में जुट गए। फिर तो पास के जंगल से भी प्राणी आकर जुटने लगे। पहली शुरुआत बानी ने की थी जो मुझे कठिन काम की शुरुआत लग रही थी, लेकिन अब तमाम गोचर-अगोचर प्राणी इसी प्रयोजन में जुट गए थे। छोटे-मोटे कीड़े-मकोड़े और पंछी जैसे एकाएक इसी काम के लिए कटिबद्ध हो गए थे। रात थी कि खत्म नहीं हो रही थी। बानी के चेहरे की रोशनी हर प्राणी के चेहरे की रोशनी हो गई थी। मैं थककर चूर जब तट की रेत पर मूर्च्छा में गिरा तो असंख्य प्राणियों का शोर धीमा होता गया।

सुबह होश आया तो देखा, मैं और बानी नदी तट के एक नए और घने जंगल में थे। नदी बहुत धीमे-धीमे शान्त बह रही थी। जंगल की कोमल छाया नदी की जलराशि पर गिर रही थी।

पहाड़ पर ठहरी नींद

वह एक फरेबी शाम थी। धूप जाने की तैयारी में उजाला समेट रही थी और रात के आने की आहट नहीं थी। बर्फ के पहाड़ अपनी सफेदी खोकर एक अजीब-से धुँधले रंग में डूबे उदास नजर आ रहे थे। घुमावदार सड़कें हल्की-सी बारिश की वजह से एक मासूम नमी से भरी थीं, जिन पर नंगे पैर चलना अच्छा लग रहा था। लम्बे ऊँचे चीड़ के पेड़ एकदम सीधे तने खड़े थे लेकिन उसमें दर्प नहीं, बल्कि जल्दी से रात के अँधेरे में गुम हो जाने की व्याकुल पीड़ा थी। घाटी के घरों से उठता धुआँ शाम के धुँधलके में धँसता जा रहा था।

धूप जब पूरी तरह गुम हो गई तो शाम एक मटमैली झीनी चादर-सी तन गई। इस मटमैली-सी धुँधली शाम में कोई साफ दिखाई नहीं दे रहा था। किसी के होने का अहसास था या फिर किसी के होते हुए भी ना होने का अहसास था। यह भ्रम की स्थिति नहीं थी। शाम का जादू था। अब बर्फ के पहाड़ सिर्फ क्षितिज पर अटकी एक आकृति भर रह गए थे जैसे कोई चित्रकार पूरी पेंटिंग बनाकर पहाड़ बनाना भूल गया और बाद में याद आते ही फिर बचे रंगों से पहाड़ बनाए जो थे और नहीं भी थे। हवा में एक भली-सी नमी थी जो सड़क पर चलते हुए अपनी नमी को देह के भीतर तक नम कर रही थी।

करीब के पेड़ भी जैसे इस धुँधलके में छिपने के लिए सड़क के किनारे से पीछे सरक रहे थे। लग रहा था पेड़ जैसे गलत जगह पर खड़े हो गए थे और रात के डर से शाम से ही दौड़-भाग कर अपनी जगह बदल रहे थे। सड़क से लगे जंगल में ऐसी ही भाग-दौड़ की सरसराहट थी। कोई वाहन आता तो थोड़ी देर के

लिए पूरे दृश्य को रोशनी से भर देता था और जब तक कोई ठीक से जंगल या पहाड़ों को देखे शाम का धुँधलका रोशनी को बेदखल करके फिर से जंगल और पहाड़ों पर काबिज हो जाता।

"तू यूँ एकाएक नहीं मिलता तो मुझे तो खबर भी नहीं हो पाती।" नंदिता ने कहा और शायद मुस्कराई भी थी लेकिन धुँधलके में मुस्कान नजर नहीं आई पर उसके होने का अहसास था।

"मेरा भी यहाँ आना कोई योजनाबद्ध नहीं था। बस एकाएक प्रोग्राम बना और चल दिया।" अर्पित ने भी मुस्कराकर कहा लेकिन उसकी मुस्कान भी वह देख नहीं पाई बस उसके होने का अहसास था।

"यानी बेवजह आ गया?" नंदिता ने पूछा।

"पहाड़ों पर जाना बेवजह ही होता है। वजह देखो तो घूमने-फिरने के अलावा और क्या हो सकती है?" अर्पित ने कहा और नंदिता की ओर देखा। हल्की नीली साड़ी में वह सुन्दर नजर आ रही थी। इतने बरसों के बाद भी उसके सौन्दर्य में कोई कमी नहीं आई। लम्बे समय बाद देखने के कारण या पहाड़ों की सर्द हवाओं का असर था, नंदिता के चेहरे पर एक अजीब-सी शुष्क उदासी थी। इस धुँधलके में भी उसके गालों में पड़नेवाले भँवर नजर आ रहे थे। उसकी खूबसूरती आज भी उतनी ही मोहक और बहकानेवाली थी। बावजूद इसके उसके चेहरे पर एक खूबसूरत बर्फीलापन था जो नजर नहीं आता था, लेकिन महसूस होता था।

"उस लड़की का क्या हुआ?" नंदिता सूनी-सूनी आँखों से उसकी ओर देखते हुए बोली, "आज भी वहीं है या किसी और के साथ शादी करके चली गई, तेरी कहानियों की नायिकाओं की तरह?" कहकर वह हँसी। उसकी सामान्य-सी हँसी भी घाटी में एक अजीब सी आवाज के साथ गूँजने लगी। उसकी हँसी में अर्पित को एक करुण ध्वनि का भी अहसास हुआ।

"सब लोग अपनी-अपनी तरह अपनी सुविधा से जगह खोज लेते हैं। मार्केट में अभी लेखक का रेट बहुत कम चल रहा है।" कहकर अर्पित भी हँसा।

वे दोनों घाटी उतर गाँव में आ गए थे। गाँव में शाम जा चुकी थी।

"मैंने तुझसे तो पूछा ही नहीं, तू इन पहाड़ों में क्या कर रही है?" अर्पित ठिठक गया।

“जिन्दगी खोज रही हूँ या समझ ले जिन्दगी का नाटक खेल रही हूँ।” वह बहुत ही सपाट स्वर में बोली।

“दार्शनिक हो गई है? फिलॉसफी झाड़ रही है।” अर्पित ठिठककर बोला।

“हाँ यार! जीवन पर जब वक्त की धूल जम जाती है तो दार्शनिकता या फिर मन की निर्ममता ही उसे साफ कर पाती है।” नंदिता ने उसका हाथ पकड़ा और थोड़ा खींचकर चलने का संकेत दिया।

अर्पित फिर कहना चाहता था कि फिलॉसफी से बोर मत कर लेकिन कह नहीं पाया। नंदिता के स्वर में किताबों में दबी दार्शनिकता नहीं थी, बल्कि एक डरावना-सा बीहड़ था। किस बात का दुख है इसे? नंदिता अच्छा-भला शहर, अच्छा-भला घर छोड़कर यहाँ इन पहाड़ों की गरीबी में क्यों आ गई? अर्पित ने पूछा नहीं, उसे लगा वह खुद बताएगी।

“मैं यहाँ घाटी में बच्चों के लिए एक स्कूल चलाती हूँ। लगभग निःशुल्क। पहाड़ों में गरीबी इतनी है कि स्कूल से ज्यादा जरूरी मजदूरी करने जाना इन्हें ठीक लगता है।”

“वो तो ठीक है, लेकिन म.प्र. से इतनी दूर मनाली के इस छोटे-से गाँव में तेरा होना मुझे अजीब लग रहा है।” अर्पित ने अपना अचरज छिपाया नहीं।

“यार, मध्य प्रदेश के उस छोटे से शहर में रुककर करती भी क्या? तू तो शहर छोड़कर चला ही गया था। हिसाब में मतलब है कि गणित में तू हमेशा से अव्वल रहा है।” कहकर वह थोड़ा रुकी फिर कुछ देर की खामोशी के बाद बोली, “मैं तेरे जैसा हिसाबी जीवन नहीं जी सकती थी। जीवन गणित नहीं, एक खूबसूरत कविता है।”

“जीने के लिए व्यावहारिक होना पड़ता है।” अर्पित ने उसकी ओर देखा, उसकी चुप्पी के बाद फिर बोला, “और व्यावहारिकता ही फ्यूचर का प्लान बनाती है। अच्छे फ्यूचर के लिए जीवन के फ्यूचर का हिसाब-किताब लगाना ही पड़ता है।”

“बड़ा सयाना हो गया रे! लड़की छोड़कर गई उसके बाद यह जीवन दर्शन समझ में आया या पहले ही सयाना हो गया था?” वह हँसी, खुलकर हँसी।

“समझ ले, लड़की छोड़कर गई तो मेरे पास अपने जीवन के हिसाब-किताब, फ्यूचर की प्लानिंग की पुस्तक छोड़ गई।” अर्पित कुछ क्षण चुप रहा फिर बोला,

"मुझे लावण्या के छोड़कर जाने का अब उतना दुख नहीं है। उसने हिसाब-किताब लगाया और जो बेहतर लगा वह चुन लिया। मैं उसके गणित की गणना में फिट नहीं हो रहा था।" इस बार अर्पित एक सूखी हँसी हँसा जो तपेदिक के मरीजों की सूखी खाँसी की तरह थी।

"तूने शादी कर ली?" अर्पित ने पूछा।

"कहाँ यार, तू उस साँवली लम्बे बालों वाली लड़की का दीवाना था और उस समय में कॉलेज में तुझसे बेहतर विकल्प नहीं था।" कहकर वह उसके कन्धे पर हाथ मारकर हँसने लगी।

"यार, हमारी दोस्ती में प्रेम सम्भव नहीं था।" अर्पित बोला। वह कुछ और कहता, तभी नंदिता ने कहा, "लो घर आ गया।" कहकर वह मुख्य सड़क से बाईं ओर एक कच्ची गली में मुड़ गई, उसका हाथ थामे हुए। गली के आखिरी कोने पर उसका एक बहुत ही सामान्य-सा घर था। उसने बताया कि यही घर उसका स्कूल भी है।

"बच्चों को पढ़ाती हूँ तब तक स्कूल। बच्चों की या स्कूल की छुट्टी हो जाती है तो स्कूल फिर घर बन जाता है।" वह दरवाजे पर लटका ताला खोलते हुए बोली। ताला और दरवाजा दोनों इतने पुराने थे कि ताला जिस मुश्किल से खुला, दरवाजा भी उसी मुश्किल से, एक खरखराती आवाज में। उस आवाज में दरवाजे के पुरानेपन की चरमराती चीख उसे साफ-साफ सुनाई दी। मकान का भीतरी हिस्सा उतना पुराना और खँडहर नहीं लगा, जितना बाहर से देखकर सोचा था।

ढेर सारी किताबें, बेतरतीब कॉफी के प्याले, यहाँ-वहाँ फैले अखबार, खाने की जूठी प्लेट्स, गिलास और कुछ कपड़े, सब कुछ बेतरतीब था। लगता नहीं था कि यहाँ एक बेहद पढ़ी-लिखी, सम्भ्रान्त और किसी समय की सफाई को लेकर बेहद सजग और नकचढ़ी लड़की रहती है।

नंदिता ने कुर्सी पर से कपड़े उठाए और पास पड़े स्टूल पर रख दिए। खटिया के बिस्तर पर पड़ीं किताबें और कपड़े भी हटाकर एक खुली अलमारी में डाल दिए।

"यह तू है?" अर्पित ने अचरज से पूछा।

"क्यों, ऐसा क्यों पूछा?" नंदिता चादर की सिलवटें मिटाते हुए बोली।

"तू समझी नहीं?" अर्पित को फिर अचरज हुआ, "अरे, तू इतनी सफाईपसन्द

थी कि हरी घास पर बैठते हुए भी पहले रूमाल बिछाती थी।" नंदिता कुछ नहीं बोली। बस, मुस्करा दी।

"याद नहीं?" अर्पित ने दोबारा पूछा।

"याद है, लेकिन बेहद पुरानी बातें हैं। लोग कहते हैं समय हर जख्म भर देता है, लेकिन मुझे लगता है समय सिर्फ जख्म पर पर्दा डालता है, झीना-सा। परदे के पीछे जख्म पुराना लेकिन ताजा रहता है।" कहकर उसने प्लेट्स और चाय के प्याले उठाए और भीतर एक किचननुमा कमरे में रख आई। उसे अचरज हुआ कि स्मृतियों को नंदिता जख्म कह रही थी। क्या स्मृतियों के पास कोई जख्म होते हैं? अलबत्ता जख्मों की स्मृतियाँ जरूर होती हैं।

"क्या पियेगा?" उसने भीतर के कमरे से लौटते हुए पूछा।

"कॉफी पी लूँगा।" अर्पित ने सहज ही कहा।

"तेरे मुँह से शाम के समय कॉफी पीने की बात शोभा नहीं देती।" वह हँसकर बोली।

"मेरे पास ओल्डमंक रम है, पियेगा?" फिर उसके जवाब की प्रतीक्षा किए बगैर अलमारी से ओल्डमंक की बोतल निकाली। दो साफ गिलास लेकर आई फिर भी उसे नैपकिन से साफ किया और उसकी ओर देखकर कहा, "नीट पीने की आदत छोड़ दी या कुछ मिलाने के लिए लाऊँ?" नंदिता ने गिलासों में रम डालते हुए पूछा।

"यार, मैं कहूँगा तो तू भरोसा नहीं करेगी, लेकिन मैंने पीना छोड़ दिया है।" वह ऐसे संकोच से बोला जैसे पीना छोड़कर कोई अपराध किया हो। वह आँचल मुँह में दबाकर हँसने लगी। जैसे कोई मजाक सुन लिया हो।

एक गिलास उसके हाथ में थमाकर कहा, "समझदार लोग, सयाने लोग ऐसी बचकानी बातें नहीं करते।" कहकर उसने अपना गिलास उसके गिलास से टकराकर कहा, "चीयर्स! तेरे मनाली आने की खुशी में।"

वह नंदिता को जानता था। एक बार उसने जब तय कर लिया तो उसे पीना ही पड़ेगा।

"ओके!" कहकर उसने भी अपना गिलास उसके गिलास से टकराया। एक अजीब-सी खनक रात के सन्नाटे में गूँजी।

"पहाड़ों पर रात जल्दी हो जाती है। सूरज को पहाड़ों से नीचे उतरने की सुविधा रहती है।" उसके रात के बारे में सोचने को वह भाँप गई थी।

"और दिन भी देर से निकलता है।" नंदिता ने कहा तो वह प्रश्नवाचक दृष्टि से उसे देखने लगा।

"क्योंकि सूरज को पहाड़ों से उतरने में जो सुविधा है सुबह उन्हीं पहाड़ों के शिखर के ऊपर निकलना कठिन रहता है। ऐसी चढ़ाई से वह भी हाँफने लगता है।" कहकर वह कुछ देर रुकी फिर बोली, "सच! सुबह की हवा को ध्यान से महसूस करना, उसमें सूरज के हाँफने की आवाज साफ सुनाई देगी। वैसे बता, आजकल वह लड़की है कहाँ, जिसके लिए तू आहें भरता था।" वह व्यंग्य से मुस्कराकर बोली।

"मैं कई बरसों से नहीं मिला। सुना है, किसी शहर के कॉलेज में लेक्चरर है। और क्या पता, चली भी गई हो। इतने बरसों में इतिहास इतनी गलियाँ बना देता है कि न चाहकर भी आदमी उसमें भटक जाता है।" कहकर अर्पित ने एक घूँट लिया और गिलास टी-टेबल पर रख दिया, "तू ही बता, कुछ गलत कहा मैंने?"

"नहीं यार, तू ठीक कहता है। हमारा वर्तमान जब बिगड़ता है तो सिर्फ फ्यूचर ही नहीं बिगड़ता, हमारे अतीत पर भी खरोंच के निशान आ जाते हैं।" कहकर वह देर तक गिलास को देखती रही फिर धीरे से एक घूँट लिया। फिर नंदिता को लगा माहौल बोझिल हो रहा है तो अकारण हँसकर बोली, "छोड़ यार, वो क्या शेर है... हर किसी को मुकम्मल जहाँ नहीं मिलता।" कहकर उसने गिलास उठाकर ऐसी व्यस्तता जताई जैसे रम का घूँट लेना बहुत श्रम का काम हो।

"नंदिता!" अर्पित ने एक ऐसी आवाज में कहा जो प्राय: दूसरों के दुख से आहत होकर एक भिन्न ध्वनि बन जाती है, "दरअसल मैं तेरे लायक नहीं था, न आज हूँ। मैं जीवन में तुझे भी दुख ही दे पाता। मुझ जैसे लोग कभी सुखी नहीं रह सकते हैं। दुखों के मुहल्ले में रहकर दुख के साथ ही उठना-बैठना पड़ता है।" अर्पित ने कहा और बहुत अपराधबोध के साथ नंदिता को देखने लगा।

"छोड़ यार! तू तो बहुत गम्भीर हो गया। मेरे लिए तो सारी बातें अतीत का ऐसा हिस्सा हैं जिन्हें सिर्फ याद किया जा सकता है, चाहकर भी दुबारा जिया नहीं जा सकता है।" कहकर वह खाली गिलास भरने लगी, "अब जो कुछ है, मेरे लिए वर्तमान है। भविष्य के भारी दरवाजे पर वजनी ताला लगा है। यहाँ पिछली दुनिया से

दूर बच्चों को पढ़ाकर खुश हूँ।" कहकर वह सिर्फ पलकें झपकाती रही। दोनों चुप हो गए। काफी देर की खामोशी के बाद नंदिता ने पूछा, "किस सोच में डूब गया?"

"नहीं, डूबने लायक तरल यादें साथ नहीं लाया हूँ।" कहकर वह एक मद्धिम-सी हँसी हँसा।"

"तू गिलास खाली कर तब तक मैं कुछ बनाती हूँ।" कहकर उसने अपना गिलास खाली किया और दूसरे कमरे की ओर चल दी।

"क्यों व्यर्थ मेहनत करती है। कहीं बाहर चलकर खा लेंगे।" अर्पित ने कहा तो वह दूसरे कमरे से बोली, "घर का खाना छोड़कर होटल में क्यों खाएँ?" कहते-कहते वह किचननुमा कमरे से देहरी पर आ गई, "इस समय मनाली के बाजार में पर्यटकों और लोकल लोगों की इतनी भीड़ रहती है कि खाना खाने से पहले धक्के खाने पड़ते हैं।" कहकर वह वापस भीतर चली गई।

वह अपना गिलास भरकर किचन के दरवाजे पर आकर खड़ा हो गया, "मैं कुछ मदद करूँ?"

उसने भौंहें उठाईं और होंठ टेढ़े करके अचरज और हास्य के मिश्रण की मुद्रा में कहा, "तुझे आता क्या है? चल प्याज और टमाटर काट दे।" कहकर उसने प्याज और टमाटर की प्लेट उसकी ओर बढ़ा दी। वह भी किचन में रखी दूसरी टेबल के पास खड़ा होकर प्याज काटने लगा, "देख अर्पित, आज का खाना हम सिर्फ पेट भरने के लिए खा रहे हैं, इसमें स्वाद तलाश करने की कोशिश मत करना।"

"वह तो मैं तेरे कहने से पहले ही समझ गया था।" अर्पित प्याज और टमाटर काटकर वापस पहले वाले कमरे में आ गया। दोनों गिलास भरे, एक गिलास किचन में नंदिता को थमाकर आया और वापस लौटकर अपना लाल मफलर उतारकर पलंग के कोने पर डालकर अपनी पहली वाली कुर्सी पर गिलास थामे बैठ गया।

"नंदिता!" उसने किचन की ओर मुँह उठाकर कहा, "कभी कॉलेज के दोस्तों की याद नहीं आई?"

"क्यों नहीं आएगी? और तुझे कैसे भूल जाती?" किचन की व्यस्तता को स्थगित करते हुए उधर से नंदिता की आवाज आई, "यार, व्यक्ति चाहे रहे न रहे, लेकिन प्रेम कभी नहीं मरता है।"

"पुराना जुमला है।" अर्पित ने हँसकर कहा।

"हाँ, लेकिन इस पुराने जुमले के नएपन को महसूस करने के लिए पुराना होना पड़ता है।" बर्तनों की खनक के साथ नंदिता की हँसी भी इस कमरे तक आई, "एक सामान्य-सी बात को समझने के लिए किसी अजान टीचर को बहुत बड़ी ट्यूशन फीस देनी पड़ती है।"

"छोड़ यार!" अर्पित उसकी बात को रद्द करनेवाले अन्दाज में बोला, "प्रेम सिखाया नहीं जाता है।"

"हाँ।" वह संजीदगी से बोली, "लेकिन प्रेम उपहार में भी नहीं मिलता है।"

"यार नंदिता!" अर्पित रम का घूँट लेकर बोला, "तुम इतनी गुणी, इतनी सुन्दर हो, कौन तुझसे प्रेम नहीं करेगा? मेरा दिल तो तेरा नाम सुनते ही धड़कने लगता है।"

उधर से उसने किसी बर्तन को घंटी की तरह बजाया और बोली, "दिल का तो काम ही है धड़कना, लेकिन अफसोस यह है कि तेरा दिल मेरे लिए नहीं धड़कता।"

"ऐसी कोई बात नहीं है यार! तू इजाजत दे तो मैं आज भी तुझसे प्रेम कर सकता हूँ।" कहकर वह जोर से हँसा। उधर से भी नंदिता की हँसी की आवाज आई।

"झूठ मत बोल।" वह बोली।

"यार, मैं सच कहता हूँ।" वह लम्बी हँसी को एक संक्षिप्त-सी मुस्कान में बदलकर बोला।

"रहने दे यार!" वह उधर से हँसते हुए बोली, "तुझे झूठ बोलना आज भी नहीं आता और ज्यादा जोर मत दे इस बात पर।"

"क्यों?" अर्पित ने गिलास टेबल पर रखकर किचन की ओर देखते हुए पूछा।

"तेरे झूठ पर भी भरोसा होने लगेगा।" कहकर वह जोर से हँसी, "तू क्या समझता है, तू ही फिल्मी संवाद बोल सकता है।"

"यार नंदिता!" वह हार माननेवाले अन्दाज में बोला, "तू मेरी अच्छी दोस्त है। मैं समझता हूँ दोस्ती तो प्रेम से ज्यादा बड़ी होती है। दोस्ती में अपेक्षाओं के दबाव नहीं होते हैं।"

"मतलब?" वह किचन के दरवाजे पर आकर खड़ी हो गई।

"क्या है कि प्रेम में भावुक अपेक्षाएँ बहुत होती हैं। आधी रात को फोन किया जाता है। जानू, एक बार खिड़की के नीचे आ जाओ। मैं तुम्हें देखना चाहती हूँ। सारे

काम छोड़कर इसी तरह के नखरे या भावुकताएँ झेलनी पड़ती हैं।" वह समझाने के अन्दाज में बोला।

"तो?" नंदिता ने पूछा।

"तो क्या? वह उसके अचरज को रद्द करते हुए बोला, "दोस्ती में इनकार की गुंजाइश होती है।"

वह थोड़ी देर उसे देखती रही फिर ठंडी आवाज में बोली, "इनकार की गुंजाइश नहीं, जिम्मेदारी से बचने की गुंजाइश रहती है। प्रेम के आवेग को झेलने की शक्ति हर किसी में नहीं होती है।"

वह कुछ कहता उसके पहले ही वह पलटकर किचन में चली गई।

फिर वहीं से बोली, "प्रेम किसी भी भाषा में उच्चारित किया जाए, आवाज कंठ की अपेक्षा दिल की खाई से निकलकर आती है तो भाषा आड़े नहीं आती। व्यक्ति उस प्रेम को समझ लेता है।"

अर्पित ने कन्धे उचकाए और टेबल से गिलास उठा लिया।

उसने कमरे को ध्यान से देखा। उसने पुस्तकें, प्लेट्स, प्याले, कपड़े आदि हटा दिए थे फिर भी इस घर में एक अजीब-सा उदास सन्नाटा लगता था। मिट्टी और लकड़ी की मूर्तियाँ, लैम्पशेड आदि तमाम एक कमरे के लिए स्वाभाविक चीजों को वह देख रहा था, लेकिन उसे लगता था कि ये सब उसके छूते ही भरभराकर गिर जाएँगी। मर जाएँगी। उसे निर्जीव वस्तुओं को देखते हुए लगता था कि उन मूर्तियों और तस्वीरों में जान है जो अभी बोल पड़ेंगी, लेकिन ऐसे जीवन से भरे घर में करुण चुप्पी क्यों है? खिड़कियाँ बन्द हैं, लेकिन फिर भी उन पर सफेद पर्दे डले थे। सफेद रंग नंदिता को शुरू से प्रिय था। उसे अचरज हुआ जब एक फूलदान में उसने रजनीगंधा के फूल उनकी लम्बी पतली शाखाओं सहित रखे देखे। रजनीगंधा से एक मोहक खुशबू उठ रही थी। ऐसे खुशबू जो उसने पहले कभी महसूस नहीं की थी। थोड़ी देर पहले कमरे से सीलन की बू थी, वह एकाएक गायब हो गई थी। फिर उसे लगा कि रजनीगंधा के फूलों से मोहक गंध नहीं, बल्कि मादक खुशबू आ रही थी। एक ठंडी और सुकून देनेवाली खुशबू। उसे लगा देर तक इसी फूलदान के करीब बैठे रहें।

बाहर चल रही हवाएँ शायद थोड़ी तेज हो गई थीं। बन्द खिड़की-दरवाजों से ऐसे टकरा रही थीं कि तेज सरसराहट की आवाज आती थी। कभी लगता बाहर कोई है जो दरवाजे भड़भड़ा रहा है, लेकिन दरवाजे भड़भड़ाने की आवाज में तेजी नहीं थी। जैसे कोई बहुत धैर्य से दरवाजे-खिड़की बजा रहा है।

उसने चुपचाप अपना गिलास खाली किया और उठकर दरवाजे तक आया और धीरे से दरवाजा खोला, बाहर कोई नहीं था और न कोई हवा चल रही थी। गली के दो कुत्ते थे जो गली के छोर पर खड़े होकर उसे देखते हुए गुर्राने लगे थे। उन कुत्तों की गुर्राहट में एक अजीब-सी प्रतिहिंसा की ध्वनि थी। कुत्तों की आँखें गुस्से से या सर्दी के मारे लाल हो रही थीं। कुत्ते उसकी ओर देखते हुए और गुर्राते हुए गली में पलट गए, अब वे दिखाई नहीं दे रहे थे और न उनकी आहट सुनाई दे रही थी। गली में एक दारुण सन्नाटा था जो किसी भी सामान्य व्यक्ति में भय की सिहरन पैदा कर दे। रात ज्यादा नहीं हुई थी पर सभी घरों के दरवाजे बन्द थे। हालाँकि उसे मालूम था कि पहाड़ी लोग जल्दी सो जाते हैं। जागते भी हैं तो किसी कारणवश सामूहिक रूप से या फिर अपने घर के भीतर दरवाजे बन्द करके जागते हैं, बातें करते हैं।

कितनी अजीब-बात थी, मनाली जो खूबसूरती का दूसरा नाम माना जानेवाला शहर है। इस शहर की गलियों में ऐसा भयावह सन्नाटा है।

"खाना मैंने टेबल पर लगा दिया है।" अचानक नंदिता की आवाज आई और वह चौंक पड़ा। दरवाजा बन्द किया और टेबल तक आया। दाल-सब्जी और रोटियाँ थीं। शायद चावल भी बनाए थे। अकेली लड़की ने कितनी जल्दी कितना खाना बना लिया है? खाने से पहले दोनों ने बोतल खाली करते हुए दो गिलास फिर तैयार किए और खाली बोतल को टेबल के कोने पर रख दिया।

कुछ देर वह चुप रही फिर कमरे के अँधेरे कोने को देखते हुए बोली, "अर्पित, पुरुष के लिए अक्सर स्त्री या उसका प्रेम एक जरूरत होता है। यदि स्त्री सुंदर हुई तो विजय भाव का मैडल, लेकिन स्त्री के लिए प्रेम एक सम्पूर्ण जीवन होता है। इसीलिए स्त्री के बारे में यह बात सच के ज्यादा करीब है कि वह प्रेम के एक क्षण में पूरा जीवन जी लेती है।" नंदिता ने कहकर उसकी ओर देखा। वह चुप रहा, क्योंकि वह जानता था कि बात अभी पूरी नहीं हुई है।

"अर्पित, प्रेम एक पानी का घर है।" वह बहुत तरल आवाज में बोली, "और पानी के इस घर की पानी की दीवारों में दरवाजे भी पानी के होते हैं, इसलिए प्रेम तरल होता है। शायद इसलिए प्रेम का प्यासा या प्रेम की प्यासी जुमला बना है।"

"प्रेम का भूखा भी तो कहा जाता है।" अर्पित ने कमरे की वजनदार गम्भीरता को तोड़ना चाहा।

"नहीं।" वह गरदन इनकार में हिलाकर बोली, "प्रेम का भूखा जुमला तो भक्ति के लिए है। ईश्वर के लिए है। भक्ति में भूख लगती है और प्रेम में भूख मर जाती है।" कहकर वह चुप हो गई। गिलास उठाकर धीरे से रम का सिप लिया।

"नंदिता!" अर्पित बोला तो उसे अपनी आवाज पर अचरज हुआ जैसे दूर कहीं पहाड़ों से भटककर यह आवाज आई, "अतीत के दुखों को पूँजी नहीं बनाना चाहिए। स्मृतियों का खजाना तैयार करो, स्मृतियाँ मूल्यवान होती हैं। स्मृतियाँ हमें खींचकर सुख के नए अहसास के पास ले जाती हैं और दुख हमारे लिए एक नया अँधेरा एकान्त निर्मित करता है।"

"हाँ, तू ठीक कहता है।" नंदिता के स्वर में तसल्ली थी।

"और फिर पता नहीं मुझे ऐसा क्यों लगता है कि तू मुझसे छिपाकर कोई दुख पाल रही है।" अर्पित ने धीरे से कहा।

"ऐसी कोई बात नहीं यार! प्रेम पर व्याख्यान देने और सुनने का मन हो गया था।" कहकर वह जोर से हँसी जैसे हँसी से कमरे की गम्भीरता को टुकड़े-टुकड़े कर देगी।

फिर बोली, "चल गिलास खाली कर। खाना ठंडा हो रहा है।" अब उसके चेहरे पर फिर वही मोहक मुस्कान थी।

दोनों ने थोड़ी देर में गिलास खाली किए और इत्मीनान से खाना खाया। खाना सचमुच स्वाद से भरा था।

"तू इतना अच्छा खाना बनाना कब सीख गई?" अर्पित ने सिर्फ आँखें उठाकर पूछा।

"अकेलापन सब सिखा देता है।" कहकर फिर टेबल पर झुक गई और खाना खाने लगी।

"ये अकेलापन तूने चुना है नंदिता!" अर्पित ने उलाहना दिया।

"चयन की सुविधा दुनिया में किसी को नहीं है। एक क्षण भी अपने चयन से कुछ नहीं कर सकते हैं।" कहकर वह माहौल के भारीपन को शायद हल्का करने के लिए हँसी और बोली, "तू चला गया तो सब कुछ चला गया। तूने तो खीर जमीन पर बिखरा दी।" वह मुस्कराई।

"मतलब?" अर्पित ने पूछा।

"न वह लेक्चरर लड़की तुझे मिली और न तू हमें मिल पाया।" वह ऐसे बोली जैसे अपने कहे का मजा लेना चाहती हो।

"तूने किसी की तरफ ध्यान ही नहीं दिया। सैकड़ों दीवाने तेरे कदमों में लोट जाते।" कहकर वह हँसा, "मुझमें क्या धरा है? इतना साधारण कि एक लड़की आसानी से मुझे छोड़कर चली गई।"

"तू खास है। औरों से अलग। इतना अलग कि तुझ जैसा कोई नहीं।" फिर वह भर्राई आवाज में बोली, "सच कहती हूँ, तुझ जैसा कोई नहीं। तू खुद भी नहीं।" कहकर इस बार वह हँसी नहीं। चेहरा एक अव्यक्त पीड़ा से भर गया। अर्पित चुप हो गया। हँसी-मजाक में ही बातें गम्भीरता की ओर पलट गई थीं। नंदिता का चेहरा भावहीन था। चुपचाप खाना खाती रही।

"मैं खास इसलिए था कि तूने मुझसे दोस्ती की या मजाक में जिसे तू प्यार कह रही है। तेरी संगत ने मुझे खास बनाया, वरना मैं तो बिलकुल साधारण हूँ। न शक्ल, न अक्ल।" कहकर अर्पित ने नंदिता का हाथ थपथपाया जिसमें नंदिता के लिए तसल्ली की चाह थी कि वह बात को समझ जाए। बदले में वह सिर्फ मुस्कराई। उसकी मुस्कान में उसे दी जा रही तसल्ली के लिए भरोसा नहीं था।

नंदिता कॉलेज के दिनों में भी बहुत सुन्दर थी। कॉलेज में लड़के उसके दीवाने थे। हालाँकि आज भी उसकी खूबसूरती में कोई कमी नहीं थी। लेकिन एक अजीब-सा ठंडापन था। वह हँसती भी थी तो उसकी आँखें नहीं हँसती थीं। उसकी आँखों में मोहक उजाड़ था। लुभावनी-सी वीरानगी थी।

खाना खत्म करके अर्पित प्लेटें उठाकर किचन में रख आया। नंदिता ने मना भी नहीं किया। टेबल साफ करने वह नैपकिन से हाथ पोंछकर उसके पास आई।

"तुझे याद है, तेरी उस लेक्चरर लड़की, क्या नाम था उसका? हाँ, लावण्या!

उसका नाम तूने पॉलिएलथिया पेड़ पर नुकीले पत्थर से गोद दिया था जो कॉलेज के पीछे के ग्राउंड पर कोने में था।"

"हाँ याद है।"

"वह पेड़, वह नाम अभी भी है?"

"हाँ, लेकिन पहुँच से बाहर।"

"मतलब?" नंदिता की आँखें अचरज से फैलकर और खूबसूरत हो गईं।

अर्पित हँसा, फिर बोला, "जब नाम गोदा था तब पेड़ छोटा था। अब इतने बरसों में पेड़ ऊँचा होता गया और नाम भी। अब सब कुछ पहुँच से बाहर है। वह तो पहले से एलीट क्लास की थी। पहुँच से बाहर। करीब होने का भ्रम तो सिर्फ मुझे था।" कहकर वह क्षण भर के लिए कमरे के अस्त-व्यस्त सामान में गुम-सा हो गया। फिर रुककर बोला, "पेड़ ऊँचा हुआ तो भ्रम भी दूर हो गया। पेड़ ऊँचा हुआ तो उसका नाम भी ऊँचा होता गया। इतने नीचे से मैं ठीक से पढ़ भी नहीं पाता हूँ सिर्फ उस नाम का उस पेड़ पर होने का अहसास है।"

नंदिता ध्यान से सुन रही थी, धीरे से बोली, "होने या न होने का अहसास ही सब कुछ बदल देता है। कभी-कभी तो पूरी दुनिया ही बदल देता है।" कहकर वह चुप हो गई। थोड़ी देर की चुप्पी रही फिर वह हँस पड़ी। अर्पित भी हँसने लगा। दोनों की हँसी कमरे के हल्के उजाले में पृथक्-पृथक् अवसाद घोलने लगी।

"अब चलूँ मैं?" सहसा अर्पित ने पूछा।

"आज का दिन मतलब आज तेरा पूरा समय मेरा है।" कहकर उसने बाहर का दरवाजा खोला और कहा, "चलो मन्दिर तक घूम के आते हैं।"

"इस समय?" अर्पित थोड़ा अचकचा गया।

"इस समय में क्या खराबी है?" नंदिता ने सहज स्वर में पूछा।

"बाहर तेज हवाएँ चल रही हैं। कैसे चलेंगे और कहाँ?" अर्पित ने पूछा।

"मन्दिर चलते हैं। यहाँ हिडिम्बा देवी का मन्दिर है। बहुत प्रसिद्ध। मनाली आए और यह मन्दिर भी नहीं देखा तो तू एक पौराणिक आख्यान को साक्षात् देखने से वंचित रह जाएगा।" कहकर वह उसका हाथ पकड़कर लाई और बाहर का दरवाजा बन्द किया, "तू मन्दिर से अपने होटल चले जाना, मैं वापस आ जाऊँगी।" कहकर वह गली में आगे बढ़ी पर उसका हाथ नहीं छोड़ा।

"तुझे नींद नहीं आ रही है?" चलते हुए अर्पित ने पूछा।

"नहीं, नींद कहीं बर्फ के पहाड़ों में दबी है या वहाँ रुकी हुई है।" कहकर वह दूर अँधेरे में डूबे बर्फ के पहाड़ों को देखती रही फिर जैसे आगे कुछ बोलते-बोलते रुक गई।

वह मुस्कराकर बोला, "आज तो तूने गम्भीरता के अपने खुद के सारे रिकॉर्ड तोड़ दिए।"

बदले में नंदिता भी हँसने लगी।

उसे अचरज हुआ कि अब न हवा चल रही थी न पेड़ों की सरसराहट थी। एक तल्ख चुप्पी भी जैसे उनके साथ चल रही हो जो नंदिता की हँसी से महज क्षण भर के लिए टूटी थी। उसे लगा कि आसपास न सिर्फ घरों में लोग सोए हैं, बल्कि घर भी सोए हैं। नंदिता शायद अँधेरे में चलने की अभ्यस्त थी। नंदिता उसका हाथ थामे चल रही थी और उसे लग रहा था कि अँधेरे में नंदिता नहीं है सिर्फ एक हाथ है जो उसका हाथ पकड़े चल रहा है। फिर धीरे-धीरे हाथ के स्पर्श का अहसास भी खत्म हो गया और उसे लगा सिर्फ अँधेरा उसका हाथ पकड़ के चल रहा था। हालाँकि वक्त ज्यादा नहीं हुआ था लेकिन फिर भी इतना कम नहीं गुजरा था कि उसे साधारण समय कहा जा सके और फिर पहाड़ों की रात तो तेजी से पहाड़ों और बस्ती पर अपना कब्जा जमाती है।

अर्पित को सारा कुछ अजीब लग रहा था हालाँकि इसमें अजीब होने जैसी कोई बात नहीं थी। नंदिता शुरू से ही ऐसी बिंदास थी। फिर भी कुछ ऐसा था नंदिता के व्यवहार में जो उसे असहज लग रहा था, लेकिन वह उसे व्यक्त नहीं कर सकता था। वे दोनों बीच बाजार से नहीं गुजरे। पीछे एक गली से होकर वे दोनों मन्दिर की सीढ़ियों तक आए। मन्दिर एक छोटी-सी पहाड़ी के ऊपर था। वे लोग सीढ़ियाँ चढ़ रहे थे तभी एक कुत्ता अर्पित की ओर भौंकता हुआ आया। अर्पित डरकर भागने लगा। नंदिता ने उसका हाथ अभी भी नहीं छोड़ा था इसलिए नंदिता ने उसे वापस खींच लिया। नंदिता ने पलटकर कुत्ते को ऐसी डाँट लगाई जैसे किसी स्कूली बच्चे को डाँट रही हो। कुत्ता भी सहमकर चुप हो गया। कुत्ता आगे नहीं बढ़ा। वे लोग मन्दिर की सीढ़ियाँ चढ़ते रहे, कुत्ता अभी भी वहीं खड़ा था और एक अजीब-सी करुण आवाज में भौंक रहा था।

"कुत्तों से डरकर भागना नहीं। रुक जाओ। हमारे रुकने से कुत्ते का साहस खत्म हो जाता है। फिर वह भौंकता रहेगा, लेकिन झपटेगा नहीं," नंदिता ने कहा तो क्षण भर के लिए उसका हाथ नंदिता के हाथ से छूट गया। चारों तरफ गहरा और स्याह अँधेरा था। ऐसे में उसे कुत्ते का करुण रुदन और उसकी आवाज सुनकर दूसरे कुत्तों का रुदन भी शुरू हो गया। अँधेरा ऐसा था कि एक कदम भी आगे बढ़ना उसके लिए मुमकिन नहीं था। तभी नंदिता ने उसका छूटा हाथ फिर पकड़ लिया। अब उसका साहस धीरे-धीरे लौटने लगा। नंदिता के कोमल हाथों में उसका हाथ जिस तरह से गिरफ्त में था उससे लगता था कि जैसे उसे डर हो कि दुबारा हाथ नहीं छूट जाए।

अर्पित को फिर भी यह बात जरूर खटक रही थी, कुछ ऐसा हो रहा है या होने जा रहा है जो उसकी समझ से बाहर है। कुत्ते ही नहीं, पेड़ भी अपनी जगह खामोश और एक-दूसरे के पीछे छिपने की कोशिश करते दिखाई दे रहे थे जबकि पेड़ों को ऐसे ही क्रम में लगाया गया था कि एक लम्बी कतार में दिखाई दें। लेकिन अर्पित को वो ऐसे डरे हुए लग रहे थे जैसे एक-दूसरे के पीछे छिपने से किसी बड़े तूफान से बचा जा सकता है जबकि हवा का कोई मामूली-सा झोंका तक नहीं महसूस हो रहा था। बस, माहौल में एक नमी थी जो गरम कपड़ों के बावजूद पसलियों तक पहुँचकर पहाड़ों की ठंडक कैसी होती है, समझा रही थी।

आकाश में एक तारा भी नहीं था और चाँद भी दिखाई नहीं दे रहा था। रात इतनी उजाड़ और विधवा-सी लग रही थी जैसे उसका सारा लावण्य अपहरण कर लिया गया हो। एकदम सूखी और रंगहीन रात थी।

ऊपर मन्दिर में कुछ लोग थे जो देवी दर्शन के बाद बाहर सीढ़ियों पर आकर बैठ गए थे। अर्पित को अचरज हुआ कि ऐसी ठंड और रात को ये लोग कैसे एंजॉय कर रहे होंगे। सीढ़ियाँ गीली नहीं लेकिन ठंडी थीं। सीढ़ियों के पुराने पत्थर अब घिसने लगे थे और अपने खुरदरेपन की योग्यता से खारिज हो रहे थे। ऐसी ठहरी हुई ठंडी और बेजान रात उसने पहले कभी नहीं देखी थी। दूर शहर की रोशनी चमक रही थी, लेकिन उसकी चमक मन्दिर से देखने पर बहुत धुँधली और मन के उल्लास को जगाने में असमर्थ थी। यहाँ से देखने पर लगता था कि शहर की रोशनी रात के अँधेरे को बेदखल नहीं कर पाई थी। रोशनी के बावजूद शहर में रात थी और अपने होने का अहसास भी दिला रही थी।

"कैसा लगा?" सहसा नंदिता ने पूछा।

"क्या?" अर्पित के खयालों को धक्का लगा।

"अरे यार, यहाँ मन्दिर आकर कैसा लगा?" वह उसके कन्धे को हिलाकर बोली जैसे वह विचारों में गुम हो और धक्का लगने से विचारों के भीतर गिरने की अपेक्षा बाहर गिरेगा।

"बहुत खूबसूरत! और कोई क्षेत्र या प्रदेश हिडिम्बा को देवी की तरह पूजता है यह जानकर तो और भी अचरज हो रहा है।" कहते हुए वह मन्दिर की गुफा में थोड़ा ठिठक गया। मन्दिर का स्थापत्य बता रहा था कि मन्दिर बेहद पुराना है। उसकी गुफा भी प्राकृतिक थी।

"क्या माँगा?" नंदिता हँसकर बोली, "उस तेरी निर्मम लड़की के सिवा?"

"यार, हम किसी को एकाएक फैसला सुनाकर अपराधी नहीं बना सकते।" अर्पित को एकाएक यूँ लावण्या को निर्मम कहना बुरा लगा, "हर किसी की अपनी मजबूरी होती है। हर किसी के अपने कोई निजी दुख होते हैं।"

"यानी तेरे अलावा भी कोई...।" वह कुछ कहती उसे पहले ही अर्पित ने उसकी बात काटी और कहा, "तुझे यूँ बात नहीं करना चाहिए। कोई जरूरी नहीं कि हम किसी से प्रेम करें तो कोई हमसे प्रेम करे। फिर मुस्कराकर बोला, "प्रेम में डेमोक्रेसी तो होना चाहिए। हाँ, यह बात और है कि वह मुझे चाहे-न-चाहे मेरी चाहत पर पाबन्दी नहीं लगा सकती।"

"क्यों?" नंदिता के चेहरे पर बच्चों-सी उत्सुकता आ गई थी।

"क्योंकि मेरी चाहत देखने के लिए उसे मेरे मन के भीतर दाखिल होना पड़ेगा और उसकी ऐसी कोई मंशा नहीं लगती थी।" अर्पित बोला, "एक प्रेम ही है ऐसा जो जबरदस्ती हासिल नहीं किया जा सकता और न गिड़गिड़ाकर हासिल किया जा सकता है।"

"बड़ा दार्शनिक हो गया है।" वह हँसकर बोली, "फिर लोग क्यों कहते हैं कि प्रेम और युद्ध में सब जायज है?"

"गलत कहते हैं। एक ईमानदार योद्धा ही विजेता होता है और प्रेमी भी।" कहकर अर्पित ने प्रतिक्रिया के लिए उसकी ओर देखा। वह उसके चेहरे की ओर ही ताक रही थी, "ऐसे जुमले बोलने और सुनने में अच्छे लगते हैं। प्रेम में असफल

व्यक्ति प्रेम की इतनी बढ़िया व्याख्या कर सकता है, मुझे मालूम नहीं था।"

वह चेहरे पर हास्य मिश्रित अचरज लाकर बोला, "मजाक उड़ा रही है मेरा?"

"नहीं, बिलकुल नहीं। पर यह बात अपनी उस लेक्चरर प्रोफेसर, जो कुछ भी है, लड़की को समझा।" कहकर वह भी उसके करीब सीढ़ी के पास आकर रुक गई, "उसे बता कि प्रेम क्या होता है?"

"क्या होता है?" अर्पित ने पूछा।

"लेक्चर तो तू दे रहा था। तुझे गिफ्ट कर गई।" कहकर वह हँसी फिर बोली, "देख, प्रेम एक उजली सुबह की भाँति होता है। विश्वास सुबह के उजाले की भाँति होता है। छू नहीं सकते, लेकिन उसके होने का अहसास घर के भीतर भी होता है। प्रेम में एक सामान्य-सा, छोटा-सा सन्देह भी सबसे पहले विश्वास को नष्ट करता है। प्रेम को हम अँधेरे में भी पहचान सकते हैं, लेकिन छल को उजाले में भी पहचान नहीं पाते हैं।"

"कुछ देर पहले तूने प्रेम को पानी का कहा था।" अर्पित ने कहा।

"हाँ, कहा था। प्रेम का कोई एक रूप होता है?" कहकर वह उसकी ओर देखने लगी।

"यार, तू भी लेक्चर देना सीख गई।" अर्पित उलाहने भरे स्वर में बोला।

"तो क्या वह तेरी लेक्चरर ही लेक्चर दे सकती है? हम कॉलेज में नहीं पढ़ाते, लेकिन मेरा स्कूल किसी कॉलेज से ज्यादा बड़ा है। भवन के आकार की बात नहीं कर रही हूँ, लेकिन मेरा स्कूल सच पर खड़ा है। सच का सामना किए बगैर कोई भी बच्चा अच्छा विद्यार्थी कैसे बन सकता है? मैं यही कर रही हूँ।"

कहकर वह रुकी फिर अपने इतने लम्बे वाक्य पर झेंप गई और हँसकर बोली, "छोड़ यार, तू बता कैसे गुजर रही है?"

"कोई खास परिवर्तन नहीं।" वह सीढ़ी पर बैठ गया। नंदिता भी वहीं उसके पास सीढ़ी पर बैठ गई। "जैसे जिन्दगी पहले चल रही थी, वैसे ही अभी भी है।" कहकर वह जबरन मुस्कराया, क्योंकि मुस्कराने की कोई वजह नहीं थी।

"एक बात पूछूँ?" फिर उसके जवाब की प्रतीक्षा किए बगैर बोला, "तुझ जैसी बिंदास, इंटेलेक्चुअल लड़की इन पहाड़ों में, ऐसी छोटी-सी बस्ती में क्यों जीवन बर्बाद कर रही है?"

"यार, अब जीवन बचा ही कहाँ है?" कहकर उसने उसके कन्धे पर बहुत आत्मीयता से हाथ रखा।

"यार, जिन्दगी ने जितना खराब सुलूक किया, वक्त इतना भी खराब नहीं था मेरा।" वह कन्धे उचकाकर एक मीठे उलाहने के साथ बोली। उसकी आवाज जंगल की तरह सघन थी। वह कुछ देर जंगल की साँसें सुनता रहा फिर नंदिता की ओर देखा जो बोले गए वाक्य की प्रतिक्रिया के लिए क्षण भर रुकी थी। उसे गम्भीर देखकर तत्काल बात की गम्भीरता को नष्ट करने के लिए वह बोली, "यार, तुझ जैसा काबिल व्यक्ति उस लेक्चरर के पीछे समय बर्बाद कर सकता है तो मैंने इन पहाड़ों पर आकर क्या बुरा किया? फिर उस दुनिया से खुद को पूरी तरह काटकर जो कर रही हूँ, वह मुझे सुख देता था।"

"देता था मतलब?" अर्पित ने पूछा। नंदिता कहीं गुम थी। अर्पित ने धीरे से उसके कन्धे को छुआ। वह चौंक पड़ी और सोच की गुफा से बाहर आई।

"यार, भाषा की जबान मत पकड़। हम कोई तेरी तरह लेखक नहीं हैं और न किसी कॉलेज में लेक्चरर। कहकर वह हँसी ऐसे जैसे हँसी से रात को काट देगी। उसकी हँसी में एक पैनापन था।

दोनों सीढ़ियाँ उतरकर नीचे आ गए। फिर पैदल पगडंडी पर चलने लगे।

"इतनी रात हो गई, तुझे नींद नहीं आती है?" अर्पित ने पूछा।

जवाब में वह फैले हुए पहाड़ों को देखने लगी फिर कुछ रुककर बोली, "तू जा। मैं चली जाऊँगी।" नंदिता ने कहा।

"तेरा घर ज्यादा दूर नहीं है, मैं तुझे छोड़कर वापस चला जाऊँगा। ठंड लग रही है, अपना लाल मफलर भी तेरे घर भूल आया हूँ। वह भी ले लूँगा।" अर्पित ने कहा तो उसने इनकार में गरदन हिला दी।

"कोई खास दूर नहीं है। मेरी फिक्र मत कर। इस बस्ती में किसी की हिम्मत नहीं कि मुझे छू सके। छूना तो दूर मेरी ओर देख भी सके।" कहकर उसे धौल जमाकर बोली, "कॉलेज वाली दादागिरी अभी गई नहीं है।" फिर वह एकाएक चुप हो गई और कहीं दूर अँधेरे में देखती रही। वह उसे जाते हुए देखता रहा। कैसी हो गई है नंदिता? कितना बदलाव आ गया है। कितनी गम्भीर हो गई है। हँसती भी है तो उसकी हँसी का खोखलापन साफ महसूस होता है। कभी-कभी तो ऐसा लगता था

जैसे वह साथ होकर भी साथ नहीं है। क्या हो गया है इसे? कौन-सा बड़ा दुख पाल रही है मन में, जिसे बताती भी नहीं। शायद सोचती होगी कि दुख बताने से अभिमान का कद छोटा हो जाता है। निश्चित यही सोचती होगी। वह शुरू से ऐसी ही है।

वह वापस होटल की ओर चल दिया। रास्ते से उसने ब्रांडी की बोतल खरीदी और एक कागज की थैली में रखी और बिल को जेब के हवाले कर चल दिया।

होटल आकर उसने कपड़े बदले। फिर बोतल खोलकर ब्रांडी एक गिलास में डालकर वेटर से कुनकुना पानी मँगाया। फिर इत्मीनान से पीने लगा।

क्या नंदिता मजाक कर रही थी या सचमुच उसके मन के किसी कोने में प्रेम का अंकुर था। कॉलेज के दिनों में उसे कभी ऐसा महसूस नहीं हुआ वरना प्रेम की तो हजारों भाषाएँ, मुद्राएँ और संकेत हैं। वह किसी भी संकेत या मुद्रा को पकड़ क्यों नहीं पाया? या फिर मजाक कर रही है? कॉलेज के बाद वह दिल्ली चली गई थी। एकाध बार किसी ने बताया था कि दिल्ली में किसी कॉलेज से उसने एम.ए. किया है, फर्स्ट डिवीजन में। फिर उसके बाद उसका पता नहीं चला। कोई कहता दिल्ली में ही पी-एच.डी. कर रही है, किसी ने कहा वहीं किसी कॉलेज में लेक्चरर है। कोई मुकम्मल-सा अता-पता मालूम नहीं हो पाया। किसे पड़ी थी? सबसे करीबी दोस्त वही था। नंदिता ने उसे भी कोई खबर क्यों नहीं भेजी?

पहला पेग खत्म करके उसने दूसरा पेग बनाया और बालकनी में आकर खड़ा हो गया। दूर तक पहाड़ियों पर फैले मकान और होटल या रिसार्ट्स थे। बाजार की चहल-पहल खत्म हो गई थी। चीड़ के वृक्षों पर अँधेरे की चादर गिर गई थी। वृक्षों के होने का अहसास बहुत धुँधला था। थोड़ा कोहरा भी था। हल्के से कोहरे में डूबी बस्ती बहुत खूबसूरत लग रही थी। जैसे कोहरे ने रात को ही नहीं, सारी बस्ती को धुँधले रंग से पेंट कर दिया है। कोहरे के आकार का कम-ज्यादा होने से बस्ती के मकान भी अपनी जगह से खिसकते दिखाई दे रहे थे। पेड़ों की ऊँचाई से कोहरा नीचे टपकता हुआ दिखाई दे रहा था। कभी लगता जैसे पेड़ ही कोहरे में किसी अजान भय से छिपना चाहते हैं। सब कुछ दिखाई दे रहा था, लेकिन जमीन दिखाई नहीं दे रही थी। पेड़ों से रिसता कोहरा जमीन पर फैलकर एक मोटे गलीचे-सा बिछा था। कोहरे के गलीचे के ऊपर से वह कोहरा टूट नहीं पा रहा था। वाहन को मामूली-सा रास्ता देकर वाहन के गुजरते ही फिर जमीन को ढक

देता था। वाहन की हेडलाइट्स भी विवश थीं कि उनके पूरी शक्ति लगाने के बाद भी, हाई-बीम पर होने के बाद भी कोहरे में पर्याप्त रास्ता नहीं बन पा रहा था। ठंड बढ़ने लगी तो वह बालकनी का दरवाजा बन्द करके भीतर कमरे में आ गया। फिर खिड़कियों के पर्दे खींचकर कमरे को बाहर के माहौल से, ठंड से मुक्त करने की कोशिश की। उसने ब्रांडी तीसरा गिलास तैयार किया और रूम-हीटर चालू किया। उसने फ्रिज खोलकर देखा, कुछ नमकीन रखा था। उसने वही निकाला और प्लेट में डालने की अपेक्षा पैकेट खोलकर टेबल पर रख लिया। फिर इत्मीनान से बैठकर पीता रहा, खाता रहा।

नंदिता का मिलना कितना सुखद अचरज भरा था। बातों में उससे पूछ नहीं पाया कि इतने सालों तक वह कहाँ रही, क्या करती रही। जैसे उसकी बातों में भी एक कोहरा था जो बातों की तह तक पहुँचने नहीं देता था। कोहरा मन को भटकाता था वरना तो लोग मिलने पर सबसे पहले यही पूछते हैं कि इतने बरसों से कहाँ थे? खिड़कियों पर पर्दा था और खिड़कियों के शीशों पर कोहरा ठिठका था। लगा, जैसे उसकी बात सुनना चाहता है, लेकिन वह तो बात नहीं कर रहा है। वह तो अकेला है, किससे बात करे? शायद उसका सोच सुनना चाहता है। उसे खिड़की पर हल्की-सी आहट भी सुनाई दी तो उसने पर्दे हटाए और खिड़की खोलकर बाहर झाँका। एक कोहरे में डूबी स्याह अँधेरी रात के सिवा कुछ नहीं था। कुछ था तो इस रात की नमी में ठंडक घुल गई थी। एक हल्का-सा ठंडा हवा का झोंका आया तो वह काँपकर रह गया। उसने जल्दी से खिड़की बन्द की और वापस पर्दे खींच दिए। फिर टेबल से गिलास उठाया और धीरे-धीरे पीने लगा। उसे पता नहीं ऐसा क्यों लगा कि खिड़की हवा से नहीं बजी थी। कौन था उस तरफ? तीसरे माले तक क्या उड़कर आया और खिड़की खटखटाई। लेकिन ऐसा मुमकिन नहीं था तो फिर खिड़की पर आहट कैसी थी, किसकी थी? विचारों के इस द्वंद्व में ही उसे नींद ने अपनी तरफ खींच लिया।

सुबह सोकर उठा तो उसका सिर भारी था, चूँकि उसने बहुत पहले से पीना छोड़ दिया है, शायद इसीलिए पीने के बाद इस तरह सिर में भारीपन महसूस हो रहा था। बहुत सारे चित्र थे मस्तिष्क के भीतर जो याद रखने की लाख कोशिश के बावजूद अब धीरे-धीरे धुँधले होकर मिटते जा रहे थे। उसने फ्लोर बॉय को बुलाया

और कॉफी और अखबार लाने के लिए कहा और उठकर बेसिन पर जाकर मुँह धोया और आँखों पर छींटे मारकर कोशिश की कि ठीक से आँखें खोल सके। थोड़ी देर में कॉफी और अखबार आ गया। उसने बॉय को कॉफी बनाने को कहा और अखबार उठा लिया।

"सर, शुगर?

"आधा चम्मच!" उसने कहा और वापस अखबार में डूब गया।

कॉफी पीने के बाद उसे थोड़ी राहत मिली। ब्रांडी का हैंगओवर और अनाम थकान से थोड़ी मुक्ति मिली।

उसने वेटर से कहा, "रात की ब्रांडी की बोतल कहाँ है?"

"सर, बोतल इसी रूम की अलमारी में रख दी है, लेकिन सर, ब्रांडी रात को नहीं शाम को आपने मँगाई थी। आपने कहा था, चेंज रख लो।" वेटर ने कहा तो वह आँखें फाड़कर देखने लगा।

"मैंने पी और चढ़ी तुम्हें है। रात को ब्रांडी मैं खुद खरीदकर लाया और देर रात पीता रहा। फ्रिज में रखा नमकीन पाउच भी यहीं कहीं पड़ा होगा।" अर्पित ने झुंझलाकर कहा।

"नो सर, ब्रांडी मैं आपके लिए लाया था। खाने को आपने मना कर दिया था। ब्रांडी का बिल भी साइन नहीं किया था। ये रहा बिल।" कहकर उसने जेब से बिल निकालकर दिखाया। अर्पित हतप्रभ उसे देखता रहा। उसे याद आया कि रात को ब्रांडी खरीदकर उसने भी बिल लिया था वह शर्ट की जेब टटोलने लगा। बिल नहीं था। उसने वेटर के लाए ब्रांडी के बिल पर साइन किए और सिर थामकर बैठ गया। क्या हो रहा है यह? उसे ठीक से याद है, उसने ब्रांडी खरीदी थी और बिल लिया था। ब्रांडी पीते हुए रूम के फ्रिज से नमकीन निकालकर खाया था। उसने तत्काल फ्रिज खोलकर देखा। नमकीन का पाउच अपनी जगह मौजूद था।

रात यह बस्ती अँधेरे में डूबी और अब उसे लगा सुबह एक तिलिस्म में डूब रही है। क्या शाम की ब्रांडी पीते हुए उसे यह भ्रम हुआ था कि वह रात को ब्रांडी खरीदकर लाया था या शाम की ब्रांडी खत्म होने पर दूसरी खरीदकर लाया, लेकिन कमरे में बोतल तो एक है। सुबह रूम का दरवाजा भी फ्लोरबॉय ने उसके सामने खोला। उसे लगा, ब्रांडी सचमुच स्ट्रांग थी, वह बहक गया था।

फिर वह कपड़े लेकर बाथरूम में घुस गया। नहाकर निकला तो उसे काफी हद तक अच्छा लगा फिर वह कुर्ता-पाजामा पहनकर सो गया। लगभग तीन बजे दोपहर उसकी नींद खुली। होटल का लंच टाइम गुजर चुका था।

उसने कपड़े बदले और बाजार में आ गया। बाजार में पर्यटकों की भीड़ थी। खाने से लेकर कपड़े, मूर्तियाँ, खेल-खिलौने, तमाम तरह की चीजों से दुकानें भरी थीं और सड़क पर्यटकों से भरी थी। उसने एक ठीक-ठाक सा होटल खोजकर खाना खाया। फिर उसे याद आया कि दोपहर को नंदिता ने मिलने को कहा था। वह एक टैक्सी लेकर उस गाँव तक पहुँचा। उसे जानकर अचरज हुआ कि जिस गाँव में नंदिता ने कहा था कि मनीला से तीन किलोमीटर की दूरी पर है, आज लगभग सात-आठ किलोमीटर आना पड़ा। क्या रात के धुँधलके में गाँव खिसककर ज्यादा दूर हो गया? फिर अपनी मूर्खता को उसने मन-ही-मन डाँटा। बेवकूफी भरी बातें हैं ये। वह नंदिता के साथ पैदल आया था यह तो सच है तो क्या वह रात को सात-आठ किलोमीटर पैदल चला? उसे इस बात पर भी यकीन नहीं आया।

उसने गाँव पहुँचकर टैक्सी छोड़ दी। टैक्सी का भुगतान करके उसे विदा किया क्योंकि नंदिता के पास उसे कब तक रुकना पड़े उसे खुद नहीं मालूम। नंदिता यदि किसी बात की जिद पकड़ ले तो उसे समझाना कठिन काम है। नंदिता की जिद ऐसी है कि फिर उसे कोई नहीं मना सकता है। समय ज्यादा नहीं हुआ था। ठीक से शाम भी नहीं हुई थी लेकिन आज आसमान अकेला नहीं था, वह बादलों की उपस्थिति से खुश था। माहौल में नमी कल से कुछ ज्यादा थी और थोड़ा-सा धुँधलका भी आ गया था।

रात के बाद अब दिन में बस्ती बदली-सी लग रही थी। उसे वह गली भी याद नहीं आ रही थी जहाँ नंदिता का घर और स्कूल था। रात को और दिन में इस बस्ती में ही नहीं, किसी भी शहर में यह दिक्कत आती है कि रात शहर को जिस तरह से देखती है दिन में नजरों में बदलाव आ जाता है। वह रात की पहचान को स्मृतियों से प्राय: बेदखल करना चाहती है, खासकर किसी गली या घर को खोजने के लिए।

उसे बहुत भटकना पड़ा, बस्ती बहुत छोटी थी, लेकिन नंदिता को कोई नहीं जानता था। आखिरकार बहुत भटकने के बाद वह मिला बस्ती के आखिरी सिरे पर

रहनेवाले एक अधेड़ दम्पती से, जो रहते थे उसी गली में। गली के आखिरी छोर पर। नंदिता के घर के पास। नंदिता के घर ताला लगा था। रात को घर जैसा दिखाई दिया, आज दिन में देखने पर थोड़ा-सा बदलाव जरूर लगा, लेकिन यह बदलाव रात के अँधेरे और दिन के उजाले में देखने के आम भ्रम की भाँति ही था। अधेड़ दम्पती ने उसे अपने घर के भीतर बुलाया और बैठने के लिए एक कुर्सी दी। वे दोनों सामने खटिया पर बैठ गए।

"अब आप बताएँ, किस नंदिता की बात कर रहे हैं आप?" अधेड़ पुरुष ने उसकी ओर देखते हुए पूछा।

"यही, इस सामने घर में, जहाँ ताला लगा है, वहीं रहती है वह। नंदिता नाम है उसका और स्कूल टीचर है। यहाँ बच्चों को पढ़ाती है वह।" अर्पित ने उलझन भरे स्वर में कहा और उसे खुद लगा कि ये लोग कैसे अजीब बात कर रहे हैं कि अपने पड़ोसी को नहीं जानते।

"इस घर में पिछले चार सालों से ताला लगा है।" वह अधेड़ औरत बहुत सहज स्वर में बोली जैसे अर्पित ने कोई बचकानी बात कही हो।

"माताजी, क्या कह रही हैं आप?" अर्पित उनकी बात को मजाक जैसा समझकर बोला, "कल रात को हमने साथ खाना खाया और..."

"और घूमने गए होंगे।" अधेड़ ने व्यंग्य किया।

"जी हाँ..., बिलकुल।" अर्पित उत्साह से बोला, "इसका मतलब है आप हमें देख रहे थे।"

"मैं तो कल काम से कुल्लू गया था। आज दोपहर को लौटा हूँ।" अधेड़ व्यक्ति भावहीन स्वर में बोला, "लेकिन मैं जानता हूँ कि ऐसा कुछ हुआ होगा।"

अर्पित स्तब्ध-सा उन्हें देखता रहा फिर बोला, "किसी ने आपको बताया होगा?"

"नहीं, मैं क्यों पूछने लगा किसी से?" अधेड़ व्यक्ति ने जिसने अभी तक अपना नाम नहीं बताया था, कहा, "कोई क्यों बताने लगा मुझे?"

"मेरा नाम अर्पित है। मैं मध्य प्रदेश से आया हूँ।" सहसा अर्पित ने अपना परिचय दिया जैसे वह सोच रहा हो कि परिचय देने से वे मजाक खत्म करके सच बात बता देंगे।"

"मेरा नाम रामदयाल कश्यप है। बाहर से आकर बसा हूँ यहाँ। लगभग चालीस साल पहले से।" उसने भी बदले में अपना परिचय दिया, "यह मेरी पत्नी प्रभा है।"

"लेकिन मैं सच कहता हूँ। मैं रात को यहाँ आया था। अचानक राह चलते मुलाकात हो गई। कॉलेज के दिनों में हम साथ पढ़ते थे। फिर बातें करते हुए वह मुझे यहाँ अपने घर लाई और खाना बनाकर खिलाया।" अर्पित ने धड़कते दिल से कहा ताकि ये अधेड़ दम्पती उसकी बात को मजाक या झूठ न समझें, "उसी ने, मेरा मतलब है नंदिता ने ही बताया कि वह यहाँ स्कूल टीचर है और बच्चों को पढ़ाती है।"

अधेड़ व्यक्ति थोड़ी देर तक उसे भावहीन चेहरे के साथ देखता रहा। अर्पित को माहौल अचानक ही भारी और रहस्यमय लगने लगा। उस अधेड़ पुरुष रामदयाल ने बहुत ही ठंडे स्वर में कहा, "मैंने तुमसे अभी बताया कि वहाँ पिछले चार सालों से उस घर का ताला नहीं खुला है। तुमने रात को उस घर में खाना खाया तो प्लेटें तो अभी भी वहीं, जूठे बर्तन भी वहीं होंगे। आओ मेरे साथ।" कहकर रामदयाल उठे और घर से बाहर आए इस विश्वास के साथ कि अर्पित भी उनके पीछे आएगा ही।

"यह घर भी हमारा ही है। अभी चार साल पहले सामने का घर खरीदकर वहाँ रहने चले गए हैं।" रामदयाल जी इतना कहकर चुप हो गए और जेब से चाबी निकालकर नंदिता के घर का ताला खोलने लगे।

दोनों घर के भीतर आए तो अर्पित स्तब्ध रह गया। कमरे में वह जूठे बर्तन, प्लेट्स, कॉफी के प्याले कुछ भी नहीं थे। सब कुछ पीछे के कमरे में लकड़ी के पटिये पर जमा था, जैसे बरसों से किसी ने उसका इस्तेमाल नहीं किया हो। धूल की एक मोटी परत सभी बर्तनों और क्रॉकरी पर जमी थी। आगे का कमरा जो कल अस्त-व्यस्त जमा था, आज उस कमरे में भी पुस्तकों पर, बिस्तर पर धूल की मोटी परत जमी थी, जैसे बरसों से किसी ने उसको छुआ भी न हो। पूरे घर के कोनों में मकड़ी के बड़े-बड़े जाले थे और घर एक अजीब-सी ठंडक और सर्द हवा से ऐसा भरा था कि वहाँ साँस लेने में कठिनाई आने लगी।

तो क्या कल मैंने सचमुच होटल में ज्यादा पी ली थी और रात को जल्दी सो गया था? ब्रांडी की बोतल भी तो आखिर उसके कमरे में ही थी। उसने पूरे कमरे का चक्कर लगाया, लेकिन उसे रम की खाली बोतल नजर नहीं आई।

"चार साल हो गए।" उस अधेड़ ने उसकी ओर ऐसे देखा जैसे कोई व्यक्ति नहीं अँधेरे में सिर्फ दो आँखों ने कुछ कहा हो।

"मतलब?" अर्पित ने असमंजस से कहा।

"चार साल पहले नंदिता यहाँ रहती थी। बच्चों को पढ़ाती थी।" अधेड़ उसी तरह भावहीन और सर्द स्वर में बोला।

"तो अब कहाँ चली गई?" अर्पित को अब अधेड़ से डर लगने लगा जो अकारण ही एक पुराने घर में रहस्यमय ढंग से बातें करके फिल्मों जैसा सस्पेंस पैदा कर रहा था।

"मर चुकी है।" अधेड़ ने ऐसे कहा जैसे कोई सामान्य-सी सूचना अखबार में पढ़कर सुना रहा हो।

"क्या?" अर्पित जैसे अँधेरे कुएँ में गिरा हो। उसके अचरज का उस अधेड़ पर कोई प्रभाव नहीं पड़ा।

"घाटी से पैर फिसला या खुद कूद पड़ी, कोई नहीं जानता।" अधेड़ की सर्द आवाज में एक नमी आ गई थी, "बहुत भली लड़की थी। खूब पढ़ी-लिखी। बच्चों को खूब लगन से पढ़ाती थी। कहती थी, हर पढ़ा-लिखा आदमी गाँव में रहने को तैयार नहीं होगा तो इन बच्चों को कौन पढ़ाएगा? ये बच्चे जमाने के साथ आगे कैसे बढ़ेंगे?" कहते-कहते उस अधेड़ की आवाज पीड़ा से काँपने लगी।

अर्पित तो कुछ बोल ही नहीं पाया। अपनी जगह जैसे जड़ हो गया हो।

"बच्चों से फीस भी नहीं लेती थी। बच्चों की कॉपियाँ और पुस्तकें भी वही लाती थी।" कहकर उस अधेड़ ने पनीली आँखों से उसकी ओर देखा और कहा, "स्कूल और खुद का घर चलाने के लिए यहाँ किसी बड़े होटल में रिसेप्शनिस्ट भी थी और कुछ अनुवाद का काम भी करती थी।"

"देखिए, ये बातें आपकी सच हो सकती हैं, लेकिन कल रात इसी घर में उसके साथ मैंने बैठकर खाना खाया है।" अर्पित ने ऐसी कमजोर आवाज में कहा कि जैसे उसे खुद अपने कथन पर भरोसा न हो।

"तुम्हें भ्रम हुआ होगा।" अधेड़ सपाट और पूरे विश्वास से बोला, "एक अच्छी और भली लड़की के बारे में ऐसी बातें मत फैलाओ। उसकी आत्मा को दुख होगा।" अब उस अधेड़ की आवाज में गीलापन आ गया था, "उसने कभी

किसी का बुरा नहीं किया और न बुरा चाहा। हर किसी की मदद करती थी। तुम अपने भ्रम को भूल जाओ और अपने घर जाओ।" अधेड़ धीमे स्वर में बोलकर कुछ क्षण चुप रहा। उसकी गर्दन अजीब-से अन्दाज में हिलने लगी, वह दुख का दोलन था या कुछ और वह समझ नहीं पाया। फिर उस अधेड़ व्यक्ति ने अँधेरे में घूरते हुए कहा, "तुम नंदिता के बारे में ऐसी बातें दूसरों से मत करना। पूरी बस्ती उसका आदर करती थी। उसके बारे में ऐसी बातें सुनकर बस्ती के लोगों को दुख होगा और गुस्सा भी आएगा। गुस्से में वे तुम्हारे साथ कुछ बुरा सुलूक भी कर सकते हैं। और दुख में खुद के साथ भी जाने क्या कर बैठें।"

अर्पित को सचमुच लगा कि वेटर ठीक कह रहा था। वह शाम से ही होटल में पी रहा था और खयालों में एक दुनिया बना ली। वैसे भी कॉलेज के दिनों के बाद से मन में, कहीं अवचेतन में नंदिता की यादें सुरक्षित थीं इसलिए वह जरा से जिक्र या स्मृतियों की मामूली-सी आहट पर स्मृतियों में अपना यथार्थ मिलाकर उन स्मृतियों को आज की तरह जीने लगा है। एक अधेड़ उम्र का व्यक्ति जो नंदिता के लिए मन में इतना स्नेह रखता है, इतना सम्मान करता है, उसके बारे में गलत सुनने पर गुस्सा कर सकता है तो खुद क्यों कुछ गलत कहेगा?

उसे अब वेटर की बात सही लगने लगी। सचमुच ब्रांडी वह नहीं वेटर लाया था। वह लाया होता तो बिल उसके पास, उसकी जेब में होता, क्योंकि वेटर की मानें तो शाम के बाद वह कमरे से नहीं निकला था। उसे अपने ऐसे भ्रम पर जो यथार्थ समझने के लिए जिद की हद तक चला गया था, बहुत शर्म आई। कमरे की जो हालत है उसे देखकर लगता है बरसों से यहाँ किसी ने कदम नहीं रखा है।

उस अधेड़ व्यक्ति ने उसकी कोहनी को छुआ और चलने का संकेत दिया। वे दोनों बाहर आए। नंदिता का मिलना उसकी कल्पना को यथार्थ में जीने की चरम सीमा थी या रात को नंदिता सचमुच उसके साथ थी? कुत्ते उसे देखकर डर रहे थे। उसे याद आया नंदिता ने कल चाहे खयालों में ही सही उससे कहा था कि "यहाँ पहाड़ों पर जिन्दगी खोज रही हूँ। समझ लो, जिन्दगी का नाटक खेल रही हूँ।"

यह बात सपनों में कितनी मार्मिकता से नंदिता ने कही थी। नंदिता जिसे वह भूल नहीं पाया था क्योंकि ऐसे दोस्त मुश्किल से और भाग्य से मिलते हैं। अर्पित ने सोचा, जिसने कभी भाग्य जैसी चीजों पर भरोसा नहीं किया।

अधेड़ और वह, दोनों बाहर आए तो अधेड़ ने पलटते हुए उसका हाथ पकड़ा और कहा, "किसी से ऐसी बातें मत करना। तुम्हारे लिए तुम्हारी कल्पना खेल है, लेकिन ऐसी अफवाहों से मेरा और मेरी पत्नी का मन दुखता है। इस बस्ती के इस मोहल्ले में या आसपास के मोहल्ले में ऐसी बात करोगे तो कोई भरोसा नहीं करेगा, बल्कि गुस्सा होकर हाथापाई पर उतर आएगा।

अर्पित ने बूढ़े का हाथ आश्वस्ति में थपथपाया और चल दिया। उसने सोचा, ब्रांडी कितनी स्ट्रांग थी? उसके भीतर छिपी भावनाओं और विचारों की उड़ान को कितना ऊपर ले गई। उस जैसा व्यक्ति भी ऐसी बातों के विश्वास में पड़ गया। वह अधेड़ अपने घर में दाखिल हुआ और अर्पित अधेड़ दम्पती से विदा लेकर गली में धीरे-धीरे चलने लगा और अपने भ्रम और कल्पनाओं की उड़ान और उसकी गति पर अचरज करने लगा। उसने तय किया कि लौटकर वह किसी अच्छे साइकाट्रिस्ट को दिखाएगा। वह स्वप्न को यथार्थ में तब्दील करके उसे बड़ा और मजबूत विश्वास न सिर्फ समझकर, बल्कि उस विश्वास को सामने बैठे व्यक्ति पर जबरन थोपने की कोशिश भी करता है। उसने मनोविज्ञान की कुछ पुस्तकों में पढ़ा था कि ज्यादा संवेदनशील व्यक्ति कल्पना को इस हद तक जीता है कि धीरे-धीरे वह उसके लिए मजबूत यथार्थ हो जाती है।

वह चलता हुआ गली के मुहाने पर आया तो सहज ही पलटकर नंदिता के घर को देखा तो स्तब्ध रह गया। जैसे जमीन में उसे किसी ने कीलों से ठोंककर जड़ कर दिया है।

नंदिता के मकान की छत पर एक बड़े लकड़ी के डंडे में उसका लाल मफलर किसी कँटीले तार में फँसे पंछी की भाँति हवा में फड़फड़ा रहा था जो कल रात वह नंदिता के इस घर में भूल गया था। उसने बहुत भारी मन से वापसी के लिए कदम उठाए। शहर दूर था, उसे कोई टैक्सी भी नजर नहीं आ रही थी, लेकिन वह आज ही मनाली छोड़कर जाना चाहता था।

पिशाच

"दिन ढलने को आया, घर चलें?"

वे दोनों खेत की जिस मेंड़ पर बैठे हैं, वह बाएँ जाकर पीछे दक्षिण दिशा में मुड़ गई थी। जिस जगह से मेंड़ पीछे पलटी थी, वहीं कोने पर आम का एक किशोर पेड़ है। वे दोनों जहाँ बैठे हैं, वहाँ नीम का घना पेड़ है। आम का पेड़ भी है लेकिन हटकर। नीम की छाया से परहेज पालता हुआ, थोड़ी दूर। खेत की मेंड़ खेत से थोड़ी ऊँचाई पर है। कुएँ की खुदाई में निकले पत्थरों को खेत की मेंड़ पर लम्बी दूरी तक दीवार की तरह जमा दिया है।

उसने सिर पर से गमछा उतारकर कन्धे पर डाल लिया। एक धूसर रोशनी हरे खेत में जाने की जल्दी में फिसल रही है। उसने एक गहरी साँस लेकर रोशनी की हड़बड़ी को महसूसा। फिर दोनों हाथ पीछे मेंड़ पर टिका दिए। पत्नी ने उसकी हताशा और दुख को ठेलने की नाकाम कोशिश में कहा, "दिन ढलने को आया, घर चलें?" उसने गरदन घुमाकर पत्नी की ओर देखा, वह कातर भाव से उसे देख रही है। वह इस बात से बेपरवाह है कि खुद उसका चेहरा भी दुख से सना है। वह बोला कुछ नहीं, एक लम्बी और गहरी साँस छोड़ी जैसे उस पर साँस का भारी वजन हो जो साँस छोड़ते ही हल्का महसूस करेगा।

वह धीरे से उठ खड़ा हुआ। पलटने से पहले उसने एक बार फिर खेत की ओर देखा। पौधे खासे बड़े हो गए हैं। पूरा खेत गहरे और हरे पौधों से भरा-भरा लग रहा है लेकिन वह जानता है कि यह घनी और भरी-भरी हरियाली कितनी डरावनी है!

वह पलटने को हुआ तो देखा, कुछेक लड़के-लड़कियाँ खेत की दूसरी मेंड़

से आ रहे हैं। वह जानता है, कॉलेज के लड़के-लड़कियाँ हैं। कॉलेज की ओर से श्रमदान करने गाँव आए हैं। शाम को घूमने निकले हैं।

तभी पीछे चल रहा लड़का दौड़कर आगे आया और आगे चल रही लड़की से कैमरा लेकर उन दोनों के पास आ गया और चहककर बोला, "आप किसान हो?" उसके प्रश्न में किसी अद्भुत के हासिल की दबी खुशी थी। गहरी हताशा के बावजूद वह मुस्करा दिया। बोला, "हाँ!" लड़का खुश हो गया, उसने कहा, "मैं आपका फोटो खींच लूँ।"

"क्या करोगे?" उसने मुस्कराकर पूछा।

"फेसबुक पर डाल दूँगा। अ रीअल फार्मर इन रीअल फार्म! अ लवली फार्म विथ ग्रेट ग्रीनरी...!" लड़का उत्साह में बोला, "देखना, दर्जनों कमेंट्स आएँगे। सैकड़ों लाइक क्लिक करेंगे!"

वह कुछ नहीं समझा, इसलिए बोला भी कुछ नहीं। लड़का भी उसकी नासमझी को समझ गया और बोला, "कम्प्यूटर में आपका फोटो डालूँगा। दुनियाभर के लोग देखेंगे। यू नो...मेरी एफबी फ्रेंडलिस्ट कितनी बड़ी है? सेवन हंड्रेड...सात सौ...! सात सौ दोस्त हैं मेरे।" अपने कहे पर वह खुश होकर थिरकने लगा।

उसे अचरज हुआ। शादी-ब्याह या दुख-सुख में तो इसका घर भर जाता होगा। खुशनसीब है छोरा...खुशी में शामिल होने के लिए कितने दोस्त? दुख में सहारा देने के लिए इतने दोस्त...! अपने अचरज को लड़के पर प्रकट किया तो लड़का खुश होने के बजाय हकबका गया।

"अरे, नहीं...नहीं। ये सारे दोस्त सुख-दुख में मिलते-जुलते नहीं हैं। सिर्फ कम्प्यूटर पर दोस्ती है।" लड़के ने समझाया।

उसे सुनकर अजीब-सा लगा। परिचितों का इतना बड़ा संसार, दोस्तों की इतनी बड़ी बिरादरी लेकिन सिर्फ छाया। लगभग ढपोरशंख जैसी! जो है लेकिन दिखाई नहीं देता। जो कहता है लेकिन करता नहीं। सिर्फ बातें और बातें...!

लड़का और वह लड़की उन दोनों की फोटो खींचते रहे। पत्नी उसे अचरज और थकान से देखती रही। फोटो खींचकर लड़के और लड़कियाँ जाने लगे तभी वह लड़का फिर पलटकर आया और "यह आपकी पत्नी है?" उसने किसान की पत्नी परमा की ओर संकेत करके पूछा।

किसान के हाँ कहने पर बोला, "यह क्या करती है?"

"घर के सारे कामकाज के साथ खेत पर भी काम करती है। यह भी किसान है।" उसने कहा तो लड़का मजाक समझा।

"औरत किसान कैसे हो सकती है? मर्द ही किसान होता है।" लड़के ने उसके कथन को मजाक समझने पर उसकी स्वीकृति चाही।

"ऐसा किसने कहा? कोई नियम-कायदा बन गया है, ऐसा क्या?" उसने पूछा तो लड़का सोच में पड़ गया। फिर सिर झटककर बोला, "ऐसा कहीं लिखा तो नहीं है। पर ऐसा ही माना जाता है।" लड़का कुछ देर उसके जवाब की प्रतीक्षा करता रहा फिर उसे चुप देखकर वह असमंजस से देखने लगा।

"आपका नाम क्या है किसान?" लड़के ने बहुत विनम्रता से कहा, "मुझे एफ.बी. पर आपका नाम भी डालना पड़ेगा।"

वह दूर खेत में दूसरी मेंड़ पर आम के पेड़ को घूरने लगा जैसे नाम वहीं कहीं हो और बहुत शक्ति के साथ उसे लाना पड़ेगा।

"गोकुल...!" उसने कहा तो उसे खुद अपना नाम अजनबी लगा। लड़का कुछ देर तक चुप रहा फिर थोड़े संकोच से बोला, "कोई प्रॉब्लम? मतलब कोई दिक्कत? शानदार बड़े और घने पौधों की फसल है। फिर भी उदास हो?"

गोकुल उस लड़के को चुपचाप देखता रहा। एक तो शहरी लड़का! फिर ज्यादा पढ़ा-लिखा...!

"तुम खेती-बाड़ी के बारे में कितना जानते हो?" उसने लड़के से कहा तो न चाहते हुए भी स्वर में खिन्नता चली आई। फिर लड़के के बोलने से पहले कहा, "इस फसल में तुम्हें क्या शानदार दिखा?"

"घने और बड़े-बड़े पौधे हैं...पूरा खेत हरा-भरा है।" लड़के ने उसकी उदासी पर अचरज प्रकट किया।

"पहले तो तुम्हें यह बता दूँ, जो कि तुम जानते नहीं हो कि यह कपास की फसल है। और ये पौधे बड़े और घने हैं तो भी इसमें कपास के घेटे नहीं लगे हैं। फूल नहीं आए हैं। अरे, इसमें कपास नहीं लग पाया। बगैर कपास के पौधे किस काम के?" कहते-कहते वह लड़के की नादानी का बहाना लेकर अपनी लाचारी पर मुस्करा दिया। उसकी मुस्कान कुछ ऐसी थी कि पत्नी के अलावा वह लड़की

भी थोड़ा डर गई। लड़का कुछ देर हतप्रभ खड़ा रहा। उसके मुँह से सिर्फ इतना निकला, "ओह!" लड़की ने लड़के का हाथ इतने धीरे सी खींचा कि जैसे अनजाने किसी अपराध में शामिल हो गए हों और अब भागने में भलाई समझी! लड़का और लड़की दोनों धीरे से पलटे और चल दिए।

गोकुल ने पत्नी का हाथ पकड़ा और घर की ओर चल दिया। घर हल्के अँधेरे में खिसक गया है। घर पहुँचे तो देखा, छोटी बेटी चूल्हा जलाने की कोशिश में तवे पर जल रही रोटी को भूल चुकी है। घर में धुआँ भर चुका है। परमा ने चारे का गट्ठर आँगन में फेंका और बेटी की मदद के लिए दौड़ पड़ी। लोहे की फुँकनी से जोर से फूँक मारी तो भक्क से चूल्हा जल गया। तब बेटी को भी तवे पर जल रही रोटी का खयाल आया। उसने खिसियाकर माँ की ओर देखा। माँ ने उसे आँखों से आश्वस्त किया।

"मैं रोटी बना दूँ?" माँ ने पूछा।

"नहीं माँ, मैं बना लूँगी। वो तो बस चूल्हा नहीं जल रहा था।" उसने माँ को आश्वस्त किया। परमा पलट गई। बेटी बारह साल की हो गई है। अभी खाना बनाना नहीं सीखेगी तो फिर कब? साल-दो-साल में ब्याह हो जाएगा। पराए घर जाएगी तो मैके की नाक कट जाएगी। छोरी को रसोई का काम नहीं आता है। सोचते हुए वह घर के आँगन से चारे का गट्ठर उठाकर पीछे बँधे जानवरों को चारा देने चली गई।

गोकुल आँगन में खटिया पर लेट गया। उसके अकेले के खेत की दशा ऐसी नहीं थी। गाँव के बारह किसान और भी थे जिनके खेत ऐसे ही बर्बाद हो गए हैं।

कृषि विभाग के अफसर के बहकावे में आकर उन्होंने खराब बीज ले लिया था। अफसर ने गोकुल सहित तेरह किसानों को समझाया था। आम फसल से तीन गुना कपास पैदा होने की बात बताई। अखबार में छपी धार जिले की कोई खबर भी दिखाई। खबर में एक किसान हँसता हुआ खेत में खड़ा था। खेत में कपास की ऐसी फसल थी, जिसमें सफेद कपास की बहार आई हुई थी। बीज महँगे थे। इन बीजों के लिए, इस फसल के लिए अलग से खाद की जरूरत थी। इतना पैसा कहाँ से आएगा? उसका हल भी अफसर के पास था। अगले दिन वह एक बैंक के अफसर के साथ आया। उसने बताया कि सरकार अब किसानों को कम ब्याज पर कर्जा दे रही है। तुम भी ले लो। पैसा फसल आने पर चुका देना।

"गोकुल भाई, ये कपास नहीं, समझो पैसे की नहर खोद रहे हो। कलदार का पेड़ लगा रहे हो। इस बीज की फसल इतनी आएगी कि घर की दशा बदल जाएगी।" अफसर ने उसे अग्रिम बधाई देते हुए एक सपना भी दे दिया।

उसे बदले में क्या करना था? सिर्फ कर्जे के कागजों पर अपना फोटो और अँगूठा लगाना था। उसमें क्या जाता है? कोई धन तो माँगता नहीं है। क्या देना पड़ा? उसने सोचा था, खेत और घर के कागज और बस नीली स्याही में अँगूठा। अँगूठे का निशान। आसान काम था। उसने कर दिया। उसके साथी किसानों ने भी कर दिया।

उस समय बैंक अफसर ने जिस विनम्रता, आदर और प्रेम से समझाया था, तो उसे लगा था कि कोई उसका सगे वाला उसका भला करने के लिए मिल गया है। बैंक अफसर की वाणी बहुत मीठी थी। उसकी बातों में ऐसा जादू था और उसने भविष्य का इतना खूबसूरत सपना दिखाया कि उसे लगा था, इस फसल के बाद वह अपनी दोनों बेटियों के हाथ पीले कर देगा। माँ-बाप को तीरथ करा लाएगा। हर बरसात में गिर जानेवाली कच्ची दीवार को पक्की दीवार बना लेगा। एक बैल अब बूढ़ा हो गया है। दम भरता है। उसकी जगह इसी मेले में दूसरा बैल खरीद लेगा। गाँव के बनिये का कर्ज पिछले पाँच साल से बाकी है, इस साल चुका देगा। दो साल से ज्यादा हो गए, परमा के लिए एक लुगड़ा तक नहीं खरीदा है, इस बार एक अच्छा लुगड़ा खरीदकर देगा। खुद भी एक नई कमीज खरीद लेगा। कई साल हुए बच्चों के पास जूते-चप्पल नहीं हैं, वह भी खरीदेगा। सपनों में ऐसी कई बातें शामिल थीं। बिलकुल छोटी-छोटी जो सुनने पर किसी को मामूली और अजीब लग सकती हैं लेकिन वे उसके सपनों में शामिल हैं।

उसने गहरी साँस ली। कितनी खबर भेजी, खुद कितनी बार कृषि विभाग गया, वो अफसर कभी मिला नहीं। एक बार मिला तो ऐसे अचरज से उसकी बात सुनी जैसे उसने कोई नामुमकिन बात कह दी हो। बोला, "बीज तो नम्बर एक है। ऐसा कैसे हो गया? मैं खुद गाँव आऊँगा। कल ही आता हूँ।" लेकिन महीना गुजर गया आज तक नहीं आया।

करवट लेकर उसने आँगन की छोटी-सी दीवार के पार देखा। रामअवतार मिस्त्री का घर है जो लगभग खँडहर हो चुका है। पत्नी मर गई है। बच्चे दूसरे शहरों में चले गए हैं। बड़े से घर में अकेला रहता है। हर बारिश में घर की कोई एक

दीवार या हिस्सा गिर जाता है। रामअवतार मलबा तक नहीं हटाता है। खँडहर में तब्दील होता घर बहुत डरावना लगने लगा तो लोगों ने कहना शुरू कर दिया कि रामअवतार की घरवाली का प्रेत उस घर में घूमता रहता है। रात को आवाजें आती हैं। घर में घूमता हुआ प्रेत भी बहुत से लोगों ने देखा। घर के सामने रहनेवाले गोकुल को कभी प्रेत तो नहीं दिखा लेकिन उसने यह जरूर देखा कि रात में कंदील लेकर राम अवतार घर में जाने क्या टटोलता रहता है। सामान उलटता-पलटता रहता है।

शाम के धुँधलके में रात का अँधेरा घुलने लगा है। गोकुल ने देखा, राम अवतार अपने घर के भीतर गिरे दीवार के मलबे पर बैठा जमीन में जाने क्या ध्यान से देख रहा है। उसे इस बात की परवाह नहीं कि गली में निकलते लोग उसे देखकर हँसते या फिर डर जाते हैं। रात को तो बच्चे घर के करीब नहीं जाते लेकिन दिन में रामअवतार को चिढ़ाते हैं। रामअवतार किसी बात पर ध्यान नहीं देता है। वह सोया रहता है या फिर मिट्टी खोदता रहता है। वह शहर जाकर गृहस्थी का सामान लाता है या किसी से मँगवाता होगा क्योंकि गाँव में किसी दुकान पर उसे किसी ने जाते हुए नहीं देखा। अपना खाना वह खुद बनाता है या कोई और बनाकर देता है यह तक किसी को नहीं मालूम। सारा घर लगभग खुला हुआ था लेकिन जीवन ढका-छिपा। रहस्यमय।

भीतर से बेटी ने आवाज दी तो वह समझ गया, रोटी बन गई होगी। वह उठकर आँगन के कोने में रखे बर्तन से पानी निकालकर हाथ-मुँह धोने लगा। भीतर आकर चुपचाप बैठ गया। बेटी ने थाली परोसकर दी तो वह चुपचाप खाने लगा। बेटी ज्वार के रोटे अच्छे बना लेती है। अमाड़ी की भाजी भी अच्छी बनाई है। एकदम तेज-तर्रार। छोरी जिस घर में जाएगी उसके भाग खुल जाएँगे। सोचकर मन को तसल्ली हुई। दिन भर की चिन्ताओं के बाद सुख का यह छोटा-सा टुकड़ा उसके पास आया।

खाना खाकर वह तमाखू मसलता हुआ बाहर आ गया। गली में अँधेरा था लेकिन उसे अँधेरे में चलने का अभ्यास था। चलता हुआ वह गौरीशंकर के घर तक आया। गौरीशंकर ने भी उसी अफसर के दिलाए हुए बीज खरीदे हैं। उसने सोचा, गौरीशंकर से पूछने पर शायद पता चले कि परेशानी का कोई हल निकला या नहीं? कोई हल नहीं खोज पाएँगे तो दोनों साथ बैठकर कलपेंगे। साथ बैठकर दुख मनाने से दुख कम तो नहीं होगा शायद हल्का हो जाए।

गौरीशंकर घर के बाहर ओटले पर बैठा था। चुपचाप बीड़ी पी रहा था। उसे देखकर थोड़ा परे सरककर बोला, "आ बैठ!"

गोकुल उसके पास जाकर बैठ गया। देर तक दोनों में बातें होती रहीं। बेनतीजा। गौरीशंकर ने बताया कि वह तो खेत पर नहीं जाता है। खेत देखकर कलेजा जलाओ, क्या मतलब?

गोकुल काफी देर बाद लौटा। आँगन में उसका बिस्तर लगा दिया था। चुपचाप सो गया। अगले दिन की सुबह उसके लिए सुखद अचरज भरी रही। कृषि विभाग का वह अफसर और बैंक मैनेजर दोनों उसके घर आए। उससे कहा कि वे उसका खेत देखना चाहते हैं।

"चिन्ता मत करो। बीज में कोई खराबी नहीं है। चलकर देखते हैं। बीज खराब हुआ तो पूरा हर्जाना दिलाऊँगा।" अफसर उसे दिलासा देते हुए बोला। मन में फिर उम्मीद जाग गई।

सभी लोग खेत पर आए। कृषि विभाग का अफसर और बैंक मैनेजर दोनों पूरे खेत में घूमते रहे। इतना बड़ा खेत। दोपहर हो गई। अन्त में बहुत गम्भीरता से बोला, "मैंने तो पहले ही कहा था। बीज में कोई खराबी नहीं है। छोटा कीड़ा लगा है, फूल नहीं बनने दे रहा है। दवाइयों का छिड़काव करना पड़ेगा।"

"मुझे कीड़ा दिखाई नहीं दिया?" गोकुल ने डरते हुए कहा। वह अफसर की नजर और समझ पर एकाएक प्रश्नचिह्न नहीं लगाना चाहता था।

"ऐसे बीजों की फसल पर ऐसे ही कीड़ा लगता है। कीड़ा नहीं दिखता लेकिन फसल के रंग को देखकर मैंने बताया।" अफसर उसे समझाने लगा, "फिर गौरीशंकर से पूछो, उसकी फसल पर तो कीड़े का असर साफ दिखाई दे रहा है। पत्ते मुरझाकर गिरने लगे हैं। पत्तों में छेद होने लगे हैं।" फिर वह गौरीशंकर की ओर पलटा जो उनके साथ ही आया था, "क्यों गौरीशंकर ठीक है ना?"

"जी! ठीक है साबजी!" गौरीशंकर ने सहमति दी लेकिन गोकुल को उसकी सहमति में असमंजस दिखा। इतने साल हो गए उसे किसानी करते हुए, गोकुल ने सोचा। ऐसी कौन-सी बीमारी है पौधों पर जो उसे दिखाई नहीं दी लेकिन अफसर को दिखाई दे गई?

"बीमारी होती तो पौधा इतना बड़ा हो जाता?" उसने अपनी शंका प्रकट की।

"तुम्हें हम पर भरोसा नहीं? हम झूठ बोल रहे हैं क्या? तुम्हारी भलाई के लिए तुम्हारे बुलावे पर इतनी दूर आए हैं और तुम भरोसा नहीं करते हो?" अफसर भड़ककर बोला।

अफसर के गुस्से को देखकर गोकुल सहम गया।

"साबजी, मेरा मतलब यह नहीं था, मैं तो सिर्फ पूछ रहा था।" वह गिड़गिड़ाया।

अफसर तुरन्त नरम पड़ गया, "मैं भी तुम्हें समझा रहा हूँ मेरे भाई। सरकार ने खेती-किसानी का वैज्ञानिक बनाया है हमको। मुझे इतनी बड़ी नौकरी दी है। पाँच साल तक कॉलेज में पढ़ाई की और ट्रेनिंग ली है। अब बताओ, खेती के बारे में मैं ज्यादा जानता हूँ या तुम?" अफसर ने गोकुल के कन्धे पर प्यार से हाथ धरा। गोकुल का मन गीला हो गया।

"खेती के बारे में तो आप ज्यादा जानते हैं। मैं तो अनपढ़ हूँ।" गोकुल भीगी आवाज में बोला।

"अब मेरी बात ध्यान से सुनो! इन पर दवाइयाँ स्प्रे करनी होंगी। दवाइयाँ थोड़ी महँगी हैं, लेकिन फसल ऐसी फलेगी कि दुनिया देखती रह जाएगी। कपास रखने की तुम्हारे घर में जगह कम पड़ जाएगी।" अफसर ने बहुत प्यार से समझाया।

गोकुल ने बताना चाहा कि दवाइयों के पैसे नहीं हैं लेकिन उसके बोलने से पहले ही बैंक मैनेजर बोल पड़ा, "पैसे की तुम चिन्ता मत करो।" जैसे वह उसके मन की बात समझ गया हो। "पैसा तो तुम्हें बैंक से फिर मिल जाएगा। तुम एक आवेदन भेज दो।"

गोकुल को पछतावा होने लगा। व्यर्थ ही इन भले लोगों के बारे में वह गलत सोच रहा था। उसकी चिन्ता में इतनी दूर दौड़े चले आए। बस एक छोटा-सा कर्जा और कि सब कुछ ठीक हो जाएगा। उसने अपने पश्चात्ताप को मिटाने के लिए दोनों अफसरों से आग्रह किया कि उसके घर खाना खाकर जाएँ।

उसने गाँव के बनिये से सामान खरीदा और परमा ने दाल-बाटी और लड्डू बनाए। घर में तो जैसे त्योहार का दिन आ गया। मर चुकी उम्मीद को जैसे फिर से साँसें मिल गईं।

बैंक से फिर से कर्ज मिल गया। दवाइयाँ आ गईं। छिड़काव हो गया। फसल पकने की प्रतीक्षा शुरू हो गई। वह और शेष बारह किसान रोज एक-दूसरे के खेतों

में जाकर फसलों को ध्यान से देखते। फिर एक-दूसरे को तसल्ली देते कि जल्दी ही फसल पक जाएगी। अभी कुछ दिन तो धीरज धरना पड़ेगा।

गाँव में कई तरह की बातें होतीं। कुछ लोग उनसे ईर्ष्या भी करते तो कुछ लोग उन पर हँसते भी थे। उनका कहना था कि वे कृषि विभाग के अफसर के चक्कर में फँस गए हैं। नम्बर एक का धूर्त है। उसने बैंक के कर्ज में किसानों को गाड़कर खाद-बीज की दुकानों से लेकर दवाई दुकान वाले से भी कमीशन ले लिया है। बैंक को तो कर्ज पर ब्याज मिल रहा है। फँस गए हैं सब के सब। वे सुनकर डर भी जाते थे फिर एक-दूसरे को तसल्ली भी देते थे।

एक-दूसरे को दी हुई तसल्ली कब तक काम आती है? धीरज कब तक धरा रहता? समय गुजरता गया लेकिन फसल में फूल और फल नहीं आए। दिन के बाद जब महीने गुजर गए तो गोकुल की चिन्ता बढ़ी। वह शहर में कृषि विभाग के दफ्तर गया। पता चला कि अफसर का तबादला हो गया है। बैंक का अफसर छुट्टी पर था। उसकी पत्नी को बच्चा होनेवाला था।

कृषि विभाग में उस अफसर की जगह आए दूसरे अफसर से उसने अपनी व्यथा कही। उसने तत्काल उसे पानी पिलाया। चपरासी को चाय के लिए बोला फिर दिलासा दिया, "तुम्हारे साथ बुरा हुआ। मैं गाँव में तुम्हारी फसल देखने आऊँगा। जल्दी ही, बल्कि कल ही।"

सचमुच अफसर दूसरे ही दिन उसका खेत देखने आ गया। अफसर ने पूरे खेत का चक्कर लगाया। फिर मेंड़ पर खड़ा होकर कुछ देर सोचता रहा।

"देखो भाई, यह फसल तो बेकाम है। बर्बाद हो गई है। एकदम साफ दिखाई दे रहा है कि नकली बीज था। राठौड़ तो बदमाश था, चूना लगा गया तुमको।" उसने पिछले अफसर को कोसा और गोकुल के पास आकर खड़ा हो गया, "कोई उसका कुछ नहीं बिगाड़ सकता था। बड़े नेताओं का हाथ था उस पर। सभी को हिस्सा देता था।"

गोकुल की आँखों के आगे अँधेरा छा गया। छले ज़ाने की आशंका तो थी अब पुष्टि हो गई। वह धम्म से मेंड़ पर बैठ गया। नया अफसर उसके निकट आया और बोला, "देखो, मैं तुमको अँधेरे में नहीं रखना चाहता हूँ। मेरी तो आदत है साफ बात करने की। गरीब को लूटा है सभी ने मिलकर।" फिर गोकुल का हाथ पकड़कर उसे

धीरे से खड़ा किया, "हिम्मत हारने से कुछ नहीं होगा। इस फसल को निकालकर फेंको। मैं तुम्हें एकदम असली बीज दिलाता हूँ। एकदम बढ़िया। सौ टंच। पास के कुएँ से पानी खरीद लेना। महीने-दो महीने में तो फसल शानदार तैयार!"

गोकुल की आँखें डबडबा आईं। सिर्फ इनकार में सिर हिला।

"मैं तो तुम्हारे भले के लिए कह रहा था। पैसा नहीं हो तो चिन्ता मत करो। सहकारी समिति से कर्जा दिला दूँगा।" अफसर ने सहानुभूति में उसके कन्धे पर हाथ धर दिया, "देखो, सरकार किसानों के लिए कितना करना चाहती है। तुम लोगों को फायदा उठाना चाहिए।"

गोकुल ने धीरे से कन्धे से अफसर का हाथ हटाया। वह चुपचाप वापस पलट गया। अफसर भी धीरे-धीरे उसके पीछे चल दिया। समझ गया कि अब नहीं मानेगा। गोकुल तो देख भी नहीं पाया कि अफसर उसके पीछे-पीछे घर तक नहीं आया। थोड़ी दूर के बाद वह शहर लौट गया।

गोकुल घर आकर नंगी खटिया पर लेट गया। शाम भी नहीं हुई थी लेकिन उसे लगा, घना अँधेरा हो गया है। उसे इस नए अफसर की बेशर्मी पर अचरज हुआ। एक बार धोखा देने के बाद यह भी एक नई भाषा में, नई सहानुभूति की तह चिपकाकर फिर से और गहरी खाई में धकेलने की कोशिश कर रहा था। वह गले तक कर्ज में धँसा है। सरकारी अमला उसे और कितना नीचे धकेलना चाहता है? क्या इस तरह की सरकारी नौकरियों में छल और बेशर्मी की विशेषज्ञता के बगैर, कोई काम नहीं होता? कहते हैं, ये लोग ऊपर तक हिस्सा देते हैं।

अब उसे गाँव के सरपंच की बात पर भरोसा होने लगा कि बड़े नेताओं को हिस्सा दिए बगैर अफसर इतने बेलगाम और निर्दय नहीं हो सकते हैं। निर्दयता का क्रम कितना बड़ा और कितना लम्बा होता जा रहा है। नेताओं की बदमाशी और निर्दयता की बातें वह सुनता था तो इन्हें किस्से समझता था लेकिन अब वह खुद इसी तरह का एक किस्सा हो गया है।

पूरी दोपहर वह यूँ ही नंगी खटिया पर पड़ा रहा। परमा को लगा कि थका है, सो रहा है। शाम को उसने देखा तो गोकुल की देह बुखार में तप रही थी। परमा ने कहा, "डाकतर को दिखा दो। देह में ताप है।"

"दिखा दूँगा।" कहकर वह चुपचाप दीवार को घूरने लगा। वह परमा को कैसे

बताए, ताप देह में नहीं, मन में है। मन का ताप देह में फैल रहा है। परमा समझ गई, पति दुखी है। दुख का कारण भी उसे पता चल गया था। उसे लगा था कि समय बीतेगा और दिन भर सो लेने पर पति का दुख शाम तक कम हो जाएगा। वह नहीं जानती थी कि समय ऐसे दुखों से परास्त हो जाता है और दुख कम नहीं कर पाता खुद गुजर जाता है। समय लेकिन कैसे गुजर रहा है? कर्ज का कुआँ गहरा होता जा रहा है। दुखी की नदी चौड़ी होती जा रही है। दिन पिछले दिनों की सीढ़ियों पर पैर रखते आगे बढ़ते गए। खेत की फसल सूख गई तो काटकर घर ले आए। चूल्हा जलाने के लिए लकड़ी काम आएगी, यह सोचकर। ऐसे ही बीतते समय में अगली बुआई का समय आ गया। इस बार उसने गाँव के बनिये से कर्ज लिया। बनिये ने जो खाद-बीज की दुकान बताई, वहीं से खाद-बीज लाया। बीते दुख के दिन, पिछला कर्ज स्मृतियों की तह में उतरने लगा। लेकिन कहते हैं कि सरकार कुछ नहीं भूलती। उसकी याददाश्त बहुत अच्छी होती है, कितने भी साल गुजर जाएँ, उसे सब याद रहता है।

एक दिन बैंक का नोटिस आया। कर्ज की मूल रकम और ब्याज मिलाकर इतनी बड़ी राशि थी कि वह स्तब्ध रह गया। वह बैंक गया तो बैंक मैनेजर उसे पहचाना भी नहीं।

फसल बरबाद हो गई तो बैंक क्या करे? नकली बीज कृषि विभाग ने दिया तो बैंक क्या करे? बैंक के पास ऐसे ढेरों सवाल थे जिनमें सिर्फ बैंक के लिए चिन्ता थी। गोकुल की परेशानी के लिए उनके पास न समय था न फिक्र। ऐसे पचासों केस हैं, किस-किस के दुखड़े सुनें और किस-किस की परेशानी देखें? बैंक मैनेजर का जवाब था।

नोटिस का जवाब गोकुल ने भेजा नहीं, एकाध महीना चैन से गुजरा कि एक दिन कहर टूटा। बैंक की गाड़ी, बैंक वसूली के हट्टे-कट्टे आदमी। सभी एक साथ आए। वह कुछ कहता, टोकता तब तक तो वे लोग घर में घुस गए। गाय, बैल सभी को हाँककर बाहर लाए और गाड़ी में चढ़ा दिया। हल, बक्खर, और खेती के दूसरे औजार इकट्ठा किए और गाड़ी में रख लिया। फिर सामान की लिस्ट बनाई, पंचनामा बनाया तथा एक और नोटिस उसको थमाकर चल दिए।

नोटिस घर खाली करने के लिए था। तीन दिन में। साथ ही खेत की फसल

जब्त करने की सूचना थी। एकाएक जिस तेजी से आए थे, उतनी ही तेजी से चले गए। जैसे लुटेरों का गिरोह था। एकाएक आक्रमण किया, सब कुछ लूटा और चल दिए। बस फर्क इतना था कि ये लोग सब कुछ लूटकर भागे नहीं थे, इत्मीनान के साथ गए थे। गाँव वालों को यह सूचना देकर, पंचनामा बनाकर कि इतने समय से कर्जा नहीं चुकाया तो वसूली हमारी मजबूरी है।

लूट उनकी मजबूरी थी। सरकारी मजबूरी में कौन बोलता? फिर कर्जा लिया है तो चुकाना तो पड़ेगा। सरपंच के कहते ही सभी ने सहमति में सिर हिलाए थे।

परमा ने उसे दिलासा दिया। अच्छे दिन जीवन में नहीं हैं तो क्या हुआ, दुख के दिन भी नहीं रहेंगे। ऐसा कहीं होता है कि पूरा जीवन बीत जाए तो और सुख का एक दिन भी नसीब न हो। भगवान सब देखता है! पहली बार उसे सन्देह हुआ। भगवान यदि देखता है तो चुप क्यों है?

वह शाम को गौरीशंकर के यहाँ गया। वहाँ भी यही हाल था। उसने बताया कि मेरे पास ज्यादा जानवर तो थे नहीं। दो बैल थे, ले गए। मकान की जब्ती भी आएगी। कर्जा लेनेवाले सभी लोगों के यहाँ बैंक की गाड़ी जाएगी। ऊपर से यमदूत चल पड़े हैं, कोई नहीं बचेगा।

गौरीशंकर ने ही बताया कि बैंक की जब्ती की गाड़ी और आदमी चले गए हैं। बैंक मैनेजर गाँव में ही रुका है। कृषि विभाग का नया अफसर भी आ गया है। हरिदास बीज-खाद के लिए बैंक से कर्जा ले रहा है। आज दोनों अफसरों को दारू-मुर्गे की दावत दे रहा है। पुराना अफसर दाल-बाटी और लड्डू का शौकीन था, यह दारू-मुर्गे का शौकीन है।

देर तक दोनों बातें करते रहे। फिर दोनों को पता नहीं चला किस बात पर और कैसे दोनों रोने लगे। देर तक रोते रहे। रात के अँधेरे में उनकी रोने की आवाज दूर तक नहीं जा रही थी। बस, दोनों एक-दूसरे को सुन पा रहे थे।

काफी रात गए गोकुल उठा और घर की ओर चल दिया। गली में सन्नाटा फैला था। लोग कहते हैं, रोने से मन हल्का हो जाता है। उसका मन भारी हो गया था। भारी कदमों से अपने भारी मन का बोझ उठाए वह चुपचाप चल रहा था। रामअवतार के घर के आगे उसे अँधेरा कुछ ज्यादा लगा। उसने देखा, रामअवतार के घर के आँगन में खड़े नीम के पेड़ की सबसे ऊँची शाख से उतरकर एक पिशाच

हवा में तैरता हुआ नीचे आया। वह डरकर खड़ा हो गया। उसे लगा, उसका भ्रम है। फिर उसने देखा, पिशाच टूटी दीवार के पास खड़ा है। गोकुल का डर बढ़ने लगा। गाँव के लोग कहते हैं, उस पिशाच की नजरें किसी पर पड़ गईं या किसी ने उससे नजरें मिला लीं तो उसका बचना मुश्किल है। पिशाच कलेजा खा जाता है। खून पी जाता है। जिन्दा नहीं छोड़ता है। एक-एक करके उसे सारी बातें याद आ गईं। इतने सालों से वह उसके पड़ोस में रहता है लेकिन पहली बार उसे पिशाच नजर आया।

तभी एक छोटी-सी चिंगारी चमकी। गोकुल भीतर तक लरज गया। पिशाच के मुँह से आग की एक लपट उठी। उसे लगा, आज जिन्दगी का आखिरी दिन है। तभी उसने उस लपट को धीमी होते देखा, जलती हुई तीली थी। अब उसने ध्यान से देखा, दीवार से टेक लगाए कोई आदमी खड़ा होकर सिगरेट जला रहा है। जलती तीली की रोशनी में उसने देखा, बैंक मैनेजर है। बैंक मैनेजर नशे में हल्के-से डोल रहा था। शायद पेशाब करने के लिए इधर अँधेरे में निकल आया था।

तीली बुझने के बाद अँधेरे में बैंक मैनेजर किसी पिशाच की भाँति नजर आने लगा।

वह सिर झुकाए आगे बढ़ा। उसने बैंक मैनेजर से नजरें नहीं मिलाईं। उसे लगा, दो जलती हुई आँखें उसकी पीठ पर टिकी हैं। वह तेज कदमों से घर की ओर बढ़ने लगा। घर पहुँचा तो घर के भीतर दाखिल होते ही उसने घबराकर दरवाजा बन्द कर लिया। भय और दुख के अतिरेक में वह हाँफ रहा था। कल या परसों... घर भी बैंक वाले जब्त कर लेंगे या नीलाम कर देंगे, पता नहीं क्या करेंगे। खेत की फसल भी बैंक वाले लेंगे। घर में क्या बचा रहेगा? घर ही कहाँ बचा रहेगा?

घर न खेत! न रहने का ठिकाना न खाने का। बच्चों और बूढ़े माँ-बाप को लेकर वह कहाँ जाएगा? क्या ज्यादा फसल लेने की इच्छा अपराध है? उसने सोचा, अच्छे दिनों की कल्पना भी उसके लिए गलत है? उसके पुरखे भी खेतों में हाड़-तोड़ मेहनत करते रहे और कितना मिला? घर में दो रोटी का जुगाड़ मुश्किल से हो पाता था। उसने अपने पुरखों से हटकर अच्छे दिनों के सपने देख लिए। सपने देखना इतना बड़ा अपराध हो गया कि वह सपनों से भी बेदखल हुआ और घर और खेत से भी। उसके पुरखे दो रोटी के सपने में खुश थे। उसने दो रोटी से थोड़ी बड़ी खुशी का सपना देख लिया। कितना बड़ा सपना? बेटियों के ब्याह कर

सके। माँ-बाप तीरथ जा सकें। पत्नी के लिए अच्छी साड़ी खरीद ले, बस। उसके सपनों की चहारदीवारी इतनी ही थी फिर भी सपने अपराध की सीमा में चले गए।

उसने आँगन के पार 'गवान' में देखा! एक भी जानवर नहीं हैं। पता नहीं कहाँ बँधे होंगे? क्या खाया होगा?

वह आँगन की दीवार के पास टिककर बैठ गया। गली के पार अँधेरे में देखा, कुछ दिखाई नहीं दिया। गली में सन्नाटा था। परमा भीतर बच्चों के पास थी। फिर धीरे से उठकर उसके पास आ गई। अब एक ही दुख के मलबे पर दोनों बैठ गए। बहुत देर तक परमा उसे दिलासा देती रही, ऐसा दिलासा जिस पर खुद उसे भरोसा नहीं था। रात गए वह उठकर बच्चों के पास चली गई।

सुबह अभी ठीक से हुई नहीं थी। अँधेरे की मोटी तह थोड़ी कम जरूर हो गई थी। जानवरों को चारा डालने और दूध निकालने की रोज की दिनचर्या में परमा की नींद खुल गई। उठकर आँगन तक आई, तब उसे याद आया, जानवर तो बैंक वाले ले गए। मुँह पर पानी के छींटे मारकर वह आँगन में बैठ गई। तब उसने देखा, खटिया पर गोकुल नहीं है। उसने सोचा, लोटा लेकर जंगल की तरफ गया होगा। इस काम के लिए एक पुराना लोटा घर में गोकुल के लिए रख छोड़ा था। लोटा अपनी जगह पर था। फिर गोकुल कहाँ गया? घर कौन-सा बड़ा था। सभी जगह देखा, गोकुल कहीं नहीं था। अब उसे थोड़ी चिन्ता हुई। वह नंगे पैर अँधेरे में गौरीशंकर के घर गई। उसे उठाया और बताया तो वह भी चिन्तित हो गया। आसपास के दो-चार घर के लोग भी जाग गए। सभी खोजने लगे।

एकाएक परमा कुछ सोचकर चौंक पड़ी। उसने गौरीशंकर से बताया।

"जरूर खेत में गए होंगे!"

सभी लोग खेत में पहुँचे। खेत की चारों मेंड़ घूम गए। गोकुल कहीं नहीं था। परमा रुआँसी हो गई। खेत की मेंड़ पर बैठ गई। सभी ने तसल्ली दी, मिल जाएगा। कहीं और गया होगा!

"कहाँ?"

परमा के इस सवाल का जवाब किसी के पास नहीं था। गोकुल के खेत की फसल कटी हुई थी। आसपास के खेतों में फसल थी। दूसरे लोग आसपास के खेतों में तलाशने लगे। कपास की फसल कोई इतनी बड़ी तो होती नहीं कि बैठा

हुआ आदमी न दिखाई दे। खोज तो सिर्फ भय और आशंका को परास्त करने के लिए हो रही थी।

फिर गोकुल मिला। गौरीशंकर को दिखाई दिया। गोकुल के खेत से लगे सुन्दरभाई के खेत के कुएँ में लेटा था। जल की सतह पर। मुर्दा। रात को किसी समय वह खेत में आया था, दुख और तनाव के अतिरेक में कुएँ में शरण खोज ली। दुख के अँधेरे से भागकर कुएँ के अँधेरे जल में छिपी मृत्यु की शरण में मुक्ति खोज ली थी।

जरा भी डर नहीं लगा? जरा भी नहीं सोचा? एक बार भी कलेजा नहीं काँपा कि उसके बाद इतने बड़े घर को मैं कैसे सँभालूँगी? उसके बगैर कैसे जिऊँगी? मरने से उसको तकलीफों से छुटकारा मिल जाएगा? परमा चीख-चीखकर विलाप करने लगी। गौरीशंकर ने उसे सहारा देकर कुएँ से दूर हटाया। दूसरे लोगों ने लाश कुएँ से निकाली।

गोकुल की लाश लेकर घर तक पहुँचे तो परमा बेहोश हो चुकी थी। लाश को आँगन में रखकर परमा को भीतर लिटाया। सुबह ठीक से नहीं हुई थी पर पूरे गाँव में शोर हो गया। सभी गोकुल के घर के पास इकट्ठा होने लगे।

गौरीशंकर ने देखा, गोकुल की लाश का चेहरा पानी में धुलकर थोड़ा सफेद हो गया था। चेहरे पर अब रात का दुख और तनाव नहीं था। चेहरा एकदम शान्त था। क्या सारे दुखों से छुटकारे के लिए यही एक आखिरी हल बचा है? गौरीशंकर ने सोचा। इसके अलावा अब कोई रास्ता नहीं है? सरपंच आ गया था। उसने बताया, पुलिस को खबर हो गई है। पुलिस आती ही होगी। यानी लाश का क्रियाकर्म शाम तक होगा और यदि पोस्टमार्टम देर से हुआ तो कल ही आग नसीब होगी गोकुल की लाश को।

गौरीशंकर ने आँगन के पार गली की दूसरी तरफ देखा। रामअवतार का मकान अभी भी अँधेरे में डूबा है। उसे लगा इस मकान को दिन की रोशनी में भी अँधेरे से छुटकारा नहीं मिलता होगा। रामअवतार के घर की बाहरी टूटी दीवार के भीतर उसके बड़े से मलबानुमा कमरे में कोई उसे दिखाई दिया। एक क्षण को लगा, वही पिशाच है। फिर उसने ध्यान से देखा, रामअवतार था। मलबे पर बैठा नीचे मिट्टी में जाने क्या खोद रहा था।

सुबह अपने साथ गाँव के लिए नवीन और अचरज भरी सुबह लेकर आई। गाँव में पुलिस फोर्स आ गई। गाँव में कोने-कोने पर पुलिस का जवान तैनात हो गया। गोकुल के घर को पुलिस ने घेर लिया था। थानेदार से लेकर पुलिस का बड़ा अफसर तक मौजूद। पटवारी से लेकर कलेक्टर तक हलकान हो रहे थे। सरपंच ने गोकुल की आत्महत्या की खबर थाने पर की थी। पटवारी ने तहसीलदार को बताया था। तहसील ने कलेक्टर से। थानेदार ने एस.पी. को। पूरा प्रशासन हरकत में आ गया। कलेक्टर ने मुख्यमंत्री से बात की। प्रशासन को सख्त ताकीद की गई कि गाँव में मीडिया नहीं पहुँचने पाए। चुनाव सिर पर है। किसान की आत्महत्या की खबर आग की भाँति फैल जाएगी। किसानों के लिए की जा रही कर्जे की माफी की घोषणा या फिर शून्य प्रतिशत ब्याज पर कर्ज देने की लुभावनी घोषणा पर यह मुर्दा किसान अकेला सब पर भारी पड़ेगा। इस जिले का नहीं, प्रदेश के चुनाव पर असर डालेगा। एक गरीब, लाचार किसान की मृत्यु का भूत सारे राजनीतिज्ञों को डराने लगा। राजनीतिज्ञों ने जिला प्रशासन को धमकाया। डर की ऐसी लम्बी सिहरन बढ़ी कि पूरा गाँव दहशत में आ गया। भारी भीड़ के बावजूद गाँव में सन्नाटा था। पत्रकार या पत्रकार-सा लगनेवाला आदमी गाँव से मीलों दूर रोक दिया गया।

गोकुल की विधवा को सुबह पाँच बजे रोने से रोककर कलेक्टर ने बाहर आँगन में बुलाया। कलेक्टर के साथ दिक्कत यह थी कि उसे निमाड़ी बोली तो दूर हिन्दी भी ठीक से नहीं आती थी। कॉन्वेंटी स्कूलों की चमकीली और अंग्रेजी से लिथड़ी हुई 'क्लास' से तालीम पाए कलेक्टर ने कभी सोचा भी नहीं था कि एक दिन ऐसी अपरिचित और दुत्कार में पली बोली को पुचकारना पड़ेगा। गोकुल की विधवा रोए जा रही थी। वह जोर-जोर से बैंक के अफसर और कृषि विभाग के अफसर को गालियाँ दे रही थी। गालियाँ किसी बोली, किसी भाषा के अधीन नहीं होती हैं। वे सारी बोलियों और भावनाओं में एक जैसे आदर और स्वीकार के साथ मौजूद होती हैं। कलेक्टर गालियों को समझ रहा था लेकिन उसका सन्दर्भ नहीं पकड़ पा रहा था। वह परमा के दुख को पहचान रहा था लेकिन दुर्भाग्य यह था कि उसके गुस्से को नहीं समझ पा रहा था।

कलेक्टर ने पटवारी से कहा। पटवारी ने परमा को समझाया। परमा क्षण भर के लिए स्तब्ध रह गई। पटवारी थोड़ा परे सरक गया। परमा उस पर झपटनेवाली थी।

उसके गुस्से में पटवारी की हरकत भी जुड़ गई। पटवारी के बाद तहसीलदार आया। उसने भी आत्मीयता की ऐसी भाषा में जो जुबान से बाहर आते ही बनावटीपन के कारण अशालीन लग रही थी। परमा को समझाया कि "इसे गोकुल की आत्महत्या मत कहो। अभी कुछ देर बाद शहर से पत्रकार आएँगे। तुम उन्हें बता देना कि गोकुल पागल था। बीमार था। पागलपन में उसने कई बार पहले भी मरने की कोशिश की थी। पागलपन बढ़ गया तो उसने फंदा लगा लिया।"

परमा को लगा, सामने रामअवतार के घर रात में फिरनेवाला पिशाच उसके सामने कई रूपों में आकर बैठा है। उसने कोई सख्त बात करने के लिए मुँह खोला तो तहसीलदार उसकी भंगिमा देखकर तुरन्त बोला, "पागल मत बनो। गुस्सा मत करो। समझने की कोशिश करो। तुम्हें गाँव में रहना है। घर, खेत सभी कुछ कर्जे में दबा है। मरनेवाला तो चला गया। तुम अपने घर-परिवार की फिकर पालो।" तहसीलदार की भाषा में एक ऐसी कोमलता थी जो प्रलोभन के प्रकाश में भविष्य के अन्धकार को विकराल करके बता रही थी। कलेक्टर एक कोने में खड़ा बेचैनी से सारी कार्रवाई को देख रहा था। परमा धाड़ मारकर जोर से रोने लगी तो कलेक्टर समझ गया कि यह गँवारू औरत नहीं मानेगी। वह बेचैनी और गुस्से में होंठ चबाने लगा। फिर उसने आँगन से बाहर जाकर थानेदार को संकेत से पास बुलाया। थानेदार दौड़ा आया। कलेक्टर ने बहुत धीमी आवाज में उसे कुछ समझाया। तब तक एस.पी. के कदम भी उन तक पहुँच गए थे। इसी बीच क्षेत्र का विधायक भी पहुँच गया। आते ही उसने कलेक्टर और एस.पी. से कहा, "आप चिन्ता मत करो। मैं समझाऊँगा तो औरत मान जाएगी।"

थानेदार ने आश्वस्ति देनेवाली मुद्रा में सिर हिलाया और घर के भीतर दाखिल हुआ। उसके पीछे कलेक्टर, एस.पी. और विधायक भी दाखिल हुए। अब आँगन में तहसीलदार, थानेदार, एस.पी., कलेक्टर और विधायक परमा के आसपास खड़े थे। परमा दीवार से पीठ टिकाए बैठी अपमान और दुख से भरी रो रही थी। बेटी डरी-सहमी भीतर के दरवाजे पर खड़ी थी। गोकुल के बूढ़े माँ-बाप भीतर के कमरे में लगभग बन्द कर दिए गए थे। जहाँ से कभी-कभी माँ की चीख की शक्ल में रुलाई का कोई टुकड़ा बाहर आ जाता है। अपाहिज बाप लगभग गूँगा हो चुका था।

थानेदार, तहसीलदार और विधायक परमा के पास उकड़ूँ होकर बैठ गए।

दोनों ने अलग-अलग मोर्चा नए हथियारों के साथ सँभाला। तहसीलदार के पास प्रलोभन और आत्मीयता की भाषा की कोशिश थी जिसमें उसे खासी कठिनाई आ रही थी क्योंकि इतने बरसों की अफसरी में उसे कभी किसी से इतनी कोमलता से बात करने की जरूरत नहीं पड़ी थी। थानेदार के पास धमकी, डर और आतंक की परिचित और मनपसन्द भाषा थी जिसमें वह दक्ष था। उसने कहा "देख बाई, कल को किसी ने कह दिया कि गोकुल ने कर्जे के मारे आत्महत्या नहीं की। उसकी तो हत्या की गई है, तब? तब क्या करेगी? कहनेवाले की जबान पकड़ेंगे क्या? कहनेवाले तो यह भी कह सकते हैं कि तूने ही गोकुल को निबटा दिया। चक्कर था तेरा किसी के साथ। देख लिया उसने। ये बाहर खड़ा है, क्या नाम उसका? रात भर से वो लाश के पास बैठा है...गौरीशंकर...उसी ने फंदा कस दिया...।"

शर्म, दुख और आतंक से परमा की आँखें बन्द हो गईं। "दरोगा, नरक जाएगा तू। हाथ...हाथ भर के कीड़े पड़ेंगे तुझे।"

"वो मैं निबट लूँगा। कीड़ों से भी और नरक की तकलीफों से भी।" थानेदार ने लापरवाही से उसकी घृणा को दुत्कारा, "तू अपनी सोच। तुझे जेल हो गई तो तेरे बच्चों का क्या होगा? मरनेवाले के बूढ़े माँ-बाप गलियों में भीख माँगेंगे। और देखता हूँ कौन भीख देगा?" कहते-कहते थानेदार के स्वर में गुर्राहट उतर आई।

आँखों से बहते आँसुओं के बीच परमा की पूरी देह पसीने से नहा गई। उसने देखा, थानेदार बहुत अर्थपूर्ण नजरों से उसकी बेटी को घूर रहा था।

"मालूम है ना, अनाथ लड़कियाँ कहाँ जाकर बैठती हैं? कहाँ गायब होती हैं, कहाँ बिकती हैं? थानेदार ने एक ऐसी क्रूर आवाज में कहा जो अदेखे चाकू-सी उसकी छाती में उतरती चली गई। एकाएक दृश्य में तहसीलदार प्रकट हुआ। जैसे यहीं से उसका रोल शुरू होता हो।

"कैसी बात कर रहे हो थानेदार साहब! ये इज्जतदार लोग हैं। अपनी इज्जत के लिए जान देनेवाले। गोकुल ने इज्जत के वास्ते ही तो जान दी। आप इसे डराओ मत। ऐसा कुछ नहीं होगा।" कहकर उसने एक कमीनी सहानुभूति के साथ परमा को सान्त्वना दी। जिसमें ऐसा कुछ हो जाने की सम्भावना की पुष्टि थी।

परमा डर और दुख के मारे काँपने लगी। वह कोशिश कर रही थी अपने भय की थरथराहट पर काबू पाने की लेकिन नाकाम हो रही थी। कलेक्टर को उसका

भय देखकर अब थोड़ी उम्मीद बँधी कि शायद यह बेवकूफ औरत मान जाएगी।

तभी विधायक ने पुचकार के स्वर में कहा, "और तुम कर्जे की चिन्ता मत करो। बैंक को बोल देंगे। कर्जा माफ हो जाएगा। कृषि विभाग और बैंक दोनों जगह से तुम्हारी कर्जे की वसूली रोक देंगे। दो दिनों में तो तुम्हें सारे कर्जे से छुटकारा मिल जाएगा।" फिर परमा की ओर उम्मीद से देखते हुए बोला, "और तुझे दो बोल बोलना है। इसमें किस बात का दुख और क्यों? मरनेवाला कौन सुनने बैठा है कि तूने उसे पागल कहा है।"

इधर थानेदार और तहसीलदार परमा को समझा रहे थे तभी कुशल प्रशासन का बेस्ट अवार्ड ले चुके कलेक्टर को एक और उपाय सूझा। उसने पटवारी और एक सिपाही को भीतर कमरे में गोकुल के माँ-बाप के पास भेजा।

थानेदार और तहसीलदार के संवादों का दुहराव भीतर कमरे में होने लगा। सुबह से दोपहर हो गई। भीतर के कमरे से गोकुल के माँ-बाप ने आकर परमा को समझाया।

डर, दुख और आतंक ने आखिरकार परमा को तोड़ दिया। उसे टूटते देखकर एस.पी. ने मन ही मन अपनी पीठ थपथपाई। कलेक्टर के चेहरे पर एक लुच्ची खुशी प्रकट हुई। परमा ने थानेदार की ओर देखा, "दरोगा, यह तो आज मुझे मालूम हो गया कि भगवान इस दुनिया में नहीं है।" कहकर उसने अपनी बेटी की ओर संकेत किया और बोली, "तू इस बच्ची की माँ की हाय से डरना। तू मरनेवाले की विधवा के शाप से डरना।"

थानेदार कुछ बोलनेवाला ही था कि उसे परमा ने रोक दिया, "अभी नहीं, घर जाकर सोचना। तू इनसान होगा तो तुझे डर लगेगा।"

कलेक्टर ने अपनी खुशी को बहुत प्रयास करके दबाया और थानेदार को संकेत किया कि इसे बोलने दो। वह जानता है, दुख में आदमी गलत-सलत बोलता है। खास बात तो यह है कि हमारा काम हो जाएगा।

परमा फिर तहसीलदार की ओर पलटी, "तुम्हारी जबान बहुत मीठी है साहब जी!" तहसीलदार अपनी इस प्रशंसा से थोड़ा मुस्कराया तभी परमा ने कहा, "पर इस जुबान से ऐसा मीठा मत बोलो। इससे तो गू खाना अच्छा।"

तहसीलदार के चेहरे से खुशी उड़ गई। वह तिलमिलाया, "पागल हो गई है

क्या? कुछ भी बक रही है।" वह गुस्से में उबलने लगा। तभी कलेक्टर ने पीछे से उसके कन्धे पर हाथ धरा और धीमे लेकिन सख्त स्वर में बोला, "उस औरत को बार-बार पागल मत कहो। कोई सुन लेगा। हमें मीडिया के सामने उसका बयान चाहिए। एक स्वस्थ और होशोहवास में खड़ी औरत का बयान। समझे? तुम गुस्से में या भूल में भी उसे पागल मत कहो। पागल औरत का बयान दो कौड़ी का। सारी मेहनत बेकार जाएगी।" तहसीलदार ने सहमति में सिर हिलाया और वापस परमा को समझाने लगा। परमा कलेक्टर की बातें सुन रही थी लेकिन उसके लिए इन बातों का एकाएक कोई अर्थ नहीं था।

"और ये कर्जे की माफी वाली बात इस गाँव में दुबारा मत करना।" परमा ने विधायक के गुस्से की परवाह किए बगैर उससे कहा, "ऐसे में तो गाँव के दूसरे किसान भी कर्जे से छुटकारा पाने के लिए फाँसी पर चढ़ने लगेंगे। उन लोगों को कर्जे से छुटकारे के लिए ये आसान लगेगा। गाँव में कर्जे में डूबे और भी किसान हैं। मेरे कर्जे की चिन्ता तुम मत करो। घर-खेत बिक जाएँगे तो मजदूरी करूँगी। नहीं तो दरोगा ने दूसरी राह बता दी है। खुद बिक जाऊँगी और घर को पाल लूँगी। पर तुम्हारी दी हुई कर्जे की माफी नहीं लूँगी।"

विधायक चुप रहा। तहसीलदार और थानेदार भी चुप हो गए। एस.पी. ने इशारा किया। थानेदार बाहर दौड़ा। तुरन्त गाँव की काकड़ पर रोके गए मीडिया के लोगों को गाँव में प्रवेश दिया। एक बड़ी भीड़ गोकुल के घर के सामने आ गई। दर्जनों कैमरे और माइक लिए वे परमा को घेरकर खड़े हो गए।

लाश आँगन के कोने में रखी थी। परमा ने सिर्फ वो वाक्य बोले जो उसे बताए थे।

"मेरा पति पागल था। पागलपन में उसने आत्महत्या कर ली।" उसके बाद वह जोर से रोने लगी तो कलेक्टर को अवसर मिल गया।

"देखिए, वह गहरे दुख में है। बाकी बातें फिर। अभी मरनेवाले की विधवा को दुख में ज्यादा परेशान नहीं करना है।" कहकर कलेक्टर ने तहसीलदार को इशारा किया। तहसीलदार पत्रकारों को घर से चलने के लिए मनुहार करने लगा। गाँव के लोग भी इकट्ठा हो गए थे। पत्रकारों के पीछे भीड़ खड़ी थी। बच्चे भी कौतूहल से पत्रकारों को देख रहे थे।

गौरीशंकर जो इतनी देर से घर के बाहर था, भीतर आ गया था। वह कलेक्टर के पास आकर खड़ा हो गया।

"साहब, आप लोगों की डूटी पूरी हो गई हो, आप लोगों का काम हो गया हो तो हम मिट्टी को मसान ले जाने की तैयारी करें।" गौरीशंकर ने लाश की ओर संकेत करके कलेक्टर से कहा।

"बिलकुल...बिलकुल...! हमारे लायक भी कोई काम हो तो बताओ!" कलेक्टर के स्वर में मिश्री घुल गई।

"बस साहब, घर और आँगन से भीड़ हट जाए। आप लोग आँगन से बाहर हो जाएँ तो हम लोग यहाँ आँगन में गंगाजल छिड़ककर पवित्र कर लें। फिर इस जमीन पर अर्थी तैयार करेंगे ।" गौरीशंकर ने हाथ जोड़कर कहा।

कलेक्टर ने गौरीशंकर को ध्यान से देखा। उसे लगा वह आँगन पवित्र करने की बात उसकी उपस्थिति से जोड़कर व्यंग्य में कह रहा है। लेकिन गौरीशंकर का चेहरा भावहीन था। वहाँ सिर्फ दुख था। कलेक्टर को जिससे कोई मतलब नहीं था। उसने पटवारी को संकेत किया। पटवारी परमा को भीतर ले जाने लगा। भीतर जाते-जाते परमा विधायक के पास रुक गई। सारे कैमरे उसकी ओर पलट गए। विधायक तस्वीर खिंचाने के लिए अपनी स्थायी मुस्कान के साथ खड़ा रहा। तभी परमा ने पूरी शक्ति से विधायक के मुँह पर थूका। विधायक का पूरा मुँह थूक से भर गया। सारे कैमरे हरकत में थे। कलेक्टर हक्का-बक्का रह गया। वह आगे बढ़ा तो परमा ने जोर से खखारा और मुँह में थूक इकट्ठा किया और कलेक्टर के मुँह पर थूका। कलेक्टर का चेहरा भी थूक से भर गया और थूक का रेला बहकर उसकी उजली टाई और कमीज पर गिरने लगा। गाँव के बच्चे जो इस बीच वहाँ भीड़ देखकर इकट्ठा हो गए थे हँसने लगे फिर जाने क्या सोचकर जोर-जोर से ताली बजाकर कूदने लगे।

परमा ने भी कलेक्टर के पास जाकर धीमे लेकिन सख्त स्वर में कहा, "अब पागल बोलकर देख मुझे। बोल पागल...।"

जो सचमुच उसे गुस्से में पागल बोलने ही वाला था कि मन मसोसकर चुप रह गया। जेब से रूमाल निकालकर चेहरे पर गिरा थूक पोंछने लगा। विधायक अपने कुर्ते से थूक पोंछ चुका था। बच्चे अभी भी कूद रहे थे और तालियाँ बजा रहे थे।

एक डरे हुए पिता की चिट्ठी, बेटी के नाम

(आयुध के लिए—जो एकाएक इतना बड़ा हो गया है कि मेरे लिए एक तरल दिलासा और बड़ा सम्बल बन गया है।)

प्रिय बेटी, एकाएक तुम्हें मेरा पत्र पाकर थोड़ा विस्मय होगा। इंटरनेट और मोबाइल के इस युग में पत्र कौन लिखता होगा? जाने कितने दिन हो गए तुम्हें देखा नहीं। ठीक से और करीब बैठाकर मन भरकर बातें किए तो बरसों हो गए। उस दिन जब तुम्हारे जन्मदिन पर मैंने ऑनलाइन शॉपिंग करके तुम्हें एक टेडी-बीयर भेजा तो तुम्हारी प्रतिक्रिया से मैं चकित रह गया। तुमने कहा कि "पापा! मैं अब बड़ी हो गई हूँ। पी.जी. करके नौकरी कर रही हूँ।"

तब मुझे लगा कि क्या तुम सचमुच बड़ी हो गई हो? आठवीं क्लास तक तुम हमारे साथ यहाँ घर में रहीं। फिर पढ़ने के लिए शहर छोड़ दिया। फिर नौकरी के लिए विदेश चली गईं। मैंने तो ठीक से तुम्हारा बचपन भी नहीं देखा। एक पिता का दुर्भाग्य इससे बड़ा क्या होगा कि उसने अपनी बेटी को बड़ा होते नहीं देखा है और मैं आज भी तुम्हारे लिए टेडी-बीयर खरीदता हूँ। मेरे लिए समय वहीं रुका हुआ है। जब तुम छोटी-सी थीं और पढ़ने के लिए दूसरे शहर चली गईं। दूर, बेहद दूर। कभी-कभी स्काइप पर तुम्हें देखता हूँ तो ऐसा लगता है जैसे तुम कहीं दूर किसी अजनबी ग्रह से बोल रही हो। तुम्हें देखना भला लगता है लेकिन पास से छूकर, बैठकर बातें करना जैसे बहुत कठिन काम हो गया है।

कुछ चीजें समय के ऐसे मोहक और अनिवार्य जाल में फँसती हैं कि तुम्हारा

जाना भी जरूरी था और तुम्हारे से अलग होने का दुख एक दूसरी अनिवार्यता है। हर व्यक्ति के जीवन में एक अतीत है। ऐसे बदनसीब तो गिने-चुने होंगे जिनके पास अतीत की स्मृतियाँ मिट चुकी होंगी। मेरे पास यह एक अजीब-सा अजनबी समय है जिसमें स्मृतियों का सुख भी और दुख भी है। कभी-कभी तो अतीत की वह सुखद स्मृतियाँ ही तकलीफ देती हैं।

सफलता, सुख-सुविधाएँ और सम्पन्नता की किसी अनाम जगह के लिए जिस दौड़ में तुम शामिल हो गई हो, बेटी वह जगह कहीं नहीं है। इसे कभी तुम खुद समझ सको तो ठीक वरना मेरे लिए तो समझाना भी समय ने कठिन कर दिया है।

मैं अपने मन को कभी इस धिक्कार के साथ दिलासा देता हूँ कि काश मैंने तुम्हें बाहर पढ़ने न भेजा होता लेकिन मैं यह भी जानता हूँ कि यह निहायत स्वार्थी और निरर्थक दिलासा है। समय का क्रूर लावा हर शहर की हर गली में दाखिल होगा और सब कुछ स्वाहा कर देगा। एक दुखों से भरी राख का ढेर। जिसे टटोलने पर छोटे-बड़े दुखों के कंकर-पत्थर और कोयले के टुकड़े मिलेंगे। इतिहास पर कालिख पोतने के लिए राख होगी।

फेसबुक पर सैकड़ों मित्र हैं लेकिन स्थिति यह है कि रिश्ते इतने औपचारिक बनते जा रहे हैं कि पड़ोसी से अकेलापन बाँटना उसके समय को नष्ट करने में शामिल हो गया है। पास-पड़ोस में मुलाकात होती है, बातें होती हैं लेकिन मॉर्निंग वॉक पर घूमने आए कुछ देर के साथियों के साथ।

बेटी, तुम सेलफोन के मैसेजेस में हो, कम्प्यूटर के मेलबॉक्स में हो, तस्वीरों में हो लेकिन साथ नहीं हो। कभी-कभी दुख होता है कि तुम्हारा कोई छोटा या बड़ा भाई या बहन नहीं है। गर ऐसा होता तो घर भरा-भरा लगता लेकिन फिर सोचता हूँ जैसे तुम चली गईं वैसे उसे भी तो जाना पड़ता।

इन दिनों यहाँ जाड़ा बहुत है। मैं और तुम्हारी माँ इस बड़े-से घर में अकेले हैं। लगभग नियमित घटिया हिन्दी धारावाहिकों को बहुत रुचि और मनोयोग से देखते हैं और घोर भावुकता के साथ उन पर बहस भी करते हैं। कभी-कभी पुराने और घिसे हुए लतीफे सुनाकर एक-दूसरे को हँसाने की कोशिश करते हैं और इसी कोशिश में एक-दूसरे के लिए दिलासा खोजते हैं। हालाँकि साथ रहते हैं, साथ में खाते हैं। साथ में घूमने जाते हैं, साथ में सोते हैं। साथ बैठकर बातें भी करते हैं लेकिन ऐसे

जैसे किसी रेल में यात्रा कर रहे दो अजनबी। हम दोनों के अतीत किसी बन्द अँधेरे कमरे में हैं। जिसे तुम्हारे होने की उपस्थिति का उजास ही खोज सकता है। लेकिन यह मुमकिन नहीं है। यही हमारे समय की त्रासदी है। तुम दूर हो लेकिन खुश हो क्योंकि भरी-पूरी सम्पन्नता और सुख के संसार का रास्ता परिवार से दूर और अपने बचपन के गुम हो जाने के तंग मुहाने से शुरू होता है। मैं तो महज इसलिए खुश हूँ कि तुम खुश हो। बहुत सोचने-विचारने के बाद भी मैं खुशी का कोई दूसरा कारण नहीं खोज पाया।

मैं और तुम्हारी माँ घर में अकेले हैं। जबकि पूरा घर तुम्हारी यादों से भरा है। जो समय तुम्हारे साथ जिया वह भी और तुम्हारे साथ समय बिताने की इच्छा थी उस दुख के भी हजारों कोने इस घर में हैं।

मैं और तुम्हारी माँ एक-दूसरे से बहुत प्रेम करते हैं लेकिन पूरा घर तुम्हारी यादों और अनुपस्थिति के दुख से इतना भरा है कि हम दोनों कभी-कभी या आजकल रोज उसी में फँसे या धँसे रह जाते हैं।

तुम्हारे दादा की मृत्यु की सूचना तो मैंने तुम्हें उसी दिन दे दी थी। पहले तुम्हारा मेल, फिर फोन भी आ गया था। तुम्हें कम्पनी से छुट्टी नहीं मिल पा रही है और शायद कुछ वीजा की समस्या बता रही थीं। तुम्हारे कहने पर मैंने अपने पिता की अस्थियों की राख एक ताँबे के पात्र में रखकर अलमारी के एक सुरक्षित कोने में रख दी है। हालाँकि तुम्हारा आग्रह था कि उस पात्र को बैंक के लॉकर में रख दो लेकिन भरोसा रखो, वह पात्र घर में भी उतना ही सुरक्षित रहेगा। अस्थियाँ तो मैं भी नर्मदा में जाकर छोड़कर आ सकता था लेकिन तुम्हारी जिद है कि ऐसा तुम्हारे आने पर, तुम्हारी उपस्थिति में किया जाए। तुम्हारी विवशता से उपजे इस अपराधबोध को मैं समझ रहा हूँ।

शायद तुम अपनी माँ को बता रही थीं कि कम्पनी के जी.एम. ने कहा कि शादी होती तो सम्भवत: छुट्टी मिल भी जाती लेकिन कम्पनी का कहना है कि मृत्यु हो जाने के बाद जाने से क्या मतलब? जो चला गया उसे तुम्हारी उपस्थिति या अनुपस्थिति से क्या फर्क पड़ता है? मार्च में तुम्हारी कम्पनी में एन्युअल फंक्शन है। तुमने यह भी बताया कि कम्पनी मार्च तक टारगेट से ज्यादा एचीव करेगी इसलिए जाहिर है कि एक बड़ा बोनस, तरक्की और कॉकटेल पार्टी रहेगी। इस सब बातों का

शायद कोई अर्थ हो लेकिन मैं तो नहीं समझ पाया। तुम्हारे दादा गाँव में किसान थे। हैसियत होने के बावजूद कभी घर में फ्रिज नहीं खरीदा। टी.वी., गैसचूल्हा, ए.सी. और यहाँ तक कि साइकिल तक नहीं खरीदी। उनका कहना था कि मेरे पुरखों का और मेरा भी लगभग पूरा जीवन इन सबके बगैर सुख से और बगैर किसी असुविधा के अहसास के साथ गुजरा। तुम्हारे दादा इन सबको गैरजरूरी समझते थे और पूरी उम्र एक सहज जीवन जीने के तर्क को बड़े प्रमाण की तरह हमें सौंपकर चले गए। वे कहते थे, इच्छाओं को छोटी रखो उनको जरूरतें मत बनने दो। अपने जीवन में एक काम उन्होंने बड़ा किया। उनकी इच्छा गाँव में स्कूल खोलने की थी। गाँव में शहर जाती पगडंडी को सड़क बनाने की थी। फसलों की अच्छी कीमतें मिलने लग जाएँ। उपज और खरीदार के बीच के दलाल खत्म हो जाएँ। ऐसी बहुत सी इच्छाएँ थीं जो लगभग सारी उनके साथ ही चली गईं। छोटी-छोटी इच्छाओं के कई अदृश्य खेत बो रखे थे जो धीरे-धीरे उजड़ते चले गए और बाजार के खरीदारों के लिए एक लुभावनी बंजर जमीन बची रह गई।

गाँव में फूफाजी के खेत भी उजाड़ पड़े हैं। फूफाजी ने पिछले हफ्ते आत्महत्या कर ली। उनका कहना था कि खाद-बीज और दवाइयों के छिड़काव पर जो खर्च हुआ फसल से आय उससे भी आधी मिली। कर्ज हो गया था। वे कहते थे कि बाजार में गेहूँ या दूसरा कोई अन्न खरीदने जाओ तो महँगा मिलता है बेचने जाओ तो कौड़ियों के मोल खरीदते हैं। सम्भवतः तुम किसान और उसकी उपज के बड़े हिस्से को हड़पने के इस द्वंद्व और षड्यन्त्र को नहीं समझ पाओगी। खैर छोड़ो।

नेता, अफसर, अभिनेता से लेकर उद्योगपति तक के चरित्र का पैमाना ही बदल गया है। जेल जाकर लौटनेवाले भी सम्मानित होने लगे हैं। धर्म एक बड़े बाजार में बदल गया है। चार साधुओं को जेल होती है तो चालीस नई भाषा, नई भंगिमाओं के साथ आ जाते हैं। अब तो यह देखा जाने लगा कि व्यक्ति साधु किस ब्रांड के कपड़े पहनता है। किस ब्रांड के जूते या खड़ाऊँ पहनता है। किस ब्रांड की शराब या स्त्री का इस्तेमाल करता है। किस गाड़ी से नीचे उतरता है। यहाँ तक कि किस ब्रांड का जीवन जीता है। कितने बड़े पंडाल में भाषण या प्रवचन देता है। निराभिमानी बनके और माया का मोह छोड़ने के प्रवचन देनेवालों के आलीशान पैलेस हैं जो कि बाजार की भाषा में आश्रम कहलाते हैं और जहाँ से करोड़ों की

सम्पत्ति बरामद होती है। लाचार और धर्म के नाम पर आश्रम में जबरन रखी गई स्त्रियों के साथ बलात्कार के किस्सों की दुर्गन्ध भी बरामद होने लगी है। दिलचस्प बात तो यह है कि धर्म के ऐसे धतकरम को तो तुम्हारी पीढ़ी फिर भी समझने लगी है लेकिन दुर्भाग्य यह है कि इसमें हमारी पीढ़ी गले तक धँसी है। कभी-कभी तो मुझे लगता है कि इन साधुओं से ज्यादा बेहतर प्रवचन तो मैं दे सकता हूँ। मैं यदि लेखक नहीं बनता या न बना रहना चाहूँ तो एक बेहतर दुष्ट और आधुनिक साधु बन सकता हूँ। क्या करना है? थोड़ा-सा छल, ढेर सारा फरेब, टुच्चई, झूठ और चरित्रहीनता का एक जखीरा ही तो चाहिए, जो कहीं खरीदने भी नहीं जाना पड़ेगा। लेकिन क्या करें? जो एक बार लेखक हो जाता है वह फिर जीवन भर लेखक ही बने रहना चाहता है। सब कुछ वन-वे ट्रैफिक की तरह है। लौटने का कोई रास्ता नहीं है क्योंकि लुभावनी इच्छाओं की हत्या करके ही तो व्यक्ति लेखक बनता है और फिर से लौटने के लिए एक लेखक की हत्या करना बहुत कठिन काम है। जो ऐसा करते भी हैं, दोनों जगह नाकाम रहते हैं। पता नहीं लिखते-लिखते कहाँ भटक गया और कैसे बहक गया। रिश्तों का अकेलापन ऐसी ही भटकाव में ले जाता है। मैं अकेलेपन से नहीं डरता। मैं अकेलेपन के अँधेरे से डरता हूँ। अकेलेपन में तो स्मृतियाँ भी सहारा बन जाती हैं लेकिन अकेलेपन के अँधेरे में कुछ भी नहीं होता है। होता है तो बस स्मृतियों को बचाने के लिए अकेलेपन के अँधेरे में कुछ भी नहीं होने के अहसास से एक घबराहट भरा संघर्ष। खैर...

तुमने मुझे अंग्रेजी का एक उपन्यास भेजा था। मैंने उसे जैसे-तैसे पढ़ लिया है। तुमने उस उपन्यास की ऐसी तारीफ की थी कि मुझे लगा था कि उपन्यास कोई प्रेमचन्द, गोर्की या दोस्तोएवस्की के स्तर की चीज होगा। शिव को केन्द्र में रखकर लिखा वह एक बेहद सतही, सामान्य और लगभग निरर्थक उपन्यास है। काश कि तुमने शिवपुराण पढ़ा होता तो तुम्हें यह उपन्यास हीरे के सामने पत्थर का टुकड़ा लगता। मुझे यह बात बहुत डरावनी लगती है कि तुमने इंडियन मायथॉलॉजी तो दूर की बात है इतिहास भी नाममात्र का पढ़ा है या घटिया उपन्यासों में या फिल्मों में देखा है। बेटी, वह पीढ़ी बौद्धिक रूप से बहुत विपन्न होती है जिसके पास इतिहासबोध नहीं होता। जो पौराणिक आख्यानों से अपरिचित होती है। इसे धार्मिक पोथियों की भाँति नहीं, ज्ञान की सम्पत्ति की तरह पढ़ो, यह तुम्हारे लिए आसान भी

होगा क्योंकि सम्पत्ति शब्द से ही तुम्हारी पीढ़ी के भीतर एक बेचैनी पैदा करनेवाला आकर्षण पैदा हो जाता है। उलाहना नहीं दे रहा हूँ पर सच के शीशे के सामने खड़े होने का साहस अभी सम्भवत: तुममें बचा होगा। एक दिक्कत तो यह है कि यहाँ भारत में जब दिन होता है तब तुम्हारे अमेरिका में रात हो जाती है। हम लोग उजाले की तलाश या हासिल के लिए लगभग विपरीत सिरों पर खड़े हैं। इसीलिए सम्भवत: हमारे उजालों का सच भी उतना ही विरोधाभासी है।

बेटी, कभी-कभी मैं बहुत उदास, हताश और अपराधबोध से भरकर भयभीत हो जाता हूँ कि हमारी पीढ़ी तुम्हारे लिए कैसा क्रूर और डरावना संसार छोड़कर जा रही है। सरेशाम भीड़भरी सड़क पर बलात्कार, दिनदहाड़े डकैतियाँ, हत्याएँ, अपराध...निकम्मी, लोभी पुलिस, अन्धा न्याय और क्रूरता से भरी दुनिया। अर्थ यानी पैसे के रिश्ते पर टिका बाजार से भरा पड़ा समय, जबकि उस संसार के निर्माण में हमारी पीढ़ी का कोई दोष नहीं है सिर्फ एक मध्यवर्गीय लोभ, मिथ्या अभिमान कि संतान विदेश में है और डॉलर में कमा रही है।

कैसा भयावह होगा वह समय जब तुम लोग भी उम्र की लगभग अन्तिम सीढ़ियों पर खड़े होंगे। जैसे आज हम लोग खड़े हैं। बोली तो दूर तुम लोगों के पास अपनी भाषा भी नहीं होगी। किताबों से रिश्ता टूट जाएगा। टी.वी. और कम्प्यूटर की जानकारियाँ ही ज्ञान का विकल्प होंगी और प्रतिष्ठित भी। यह सोचकर बहुत अजीब लगता है कि मैं भविष्य से भयभीत हूँ और तुम 'आज' को एंजॉय कर रही हो। 'आज में जीने' का नारा बाजार ने दिया है और यह नारा तुम्हें वहीं तक जाने देता है जहाँ तक तुम्हारी जेब खाली नहीं हो जाती है। बाजार तुम्हें इस बात की भनक भी नहीं लगने देता कि वह तुम्हारे पास कितनी विकट चीजें और स्थितियाँ छोड़ रहा है। यह आनेवाले डरावने समय की आहट है। कितनी अजीब बात है कि तुम जिस समय को एंजॉय कर रही हो वह आनेवाले समय की भयावहता है। तुम आनेवाले भयावह समय के यज्ञ के आह्वान में अपनी खुशी की आहुति दे रही हो।

लोभ में लिथड़ी हुई प्रतियोगिता और प्रतिद्वंद्विता की लपलपाती क्रूर महत्त्वाकांक्षाएँ। रिश्तों और व्यापार के बीच की अमानवीयता को एक सहज और अनिवार्य जीवन का हिस्सा प्रमाणित करने के निर्लज्ज तर्क। असहमत को देहाती शत्रु और तुम लोगों के लिए दिनभर बल्कि रात तक चलनेवाले हाड़-तोड़ श्रम के

बाद मिलनेवाली लुभावनी सुविधाएँ जिनका लाभ लेने के लिए मन और देह के पास इच्छाएँ मृत हो जाती हैं। इस समय में खिलौने पक्षियों की चहक को मोहक और आनन्द देनेवाली आवाज बताने की चतुर तरकीबें हैं। तुम लोग समय के एक ऐसे उजाड़ में खड़े हो जहाँ तुम्हें मोहक हरियाली के दृश्य नजर आ रहे हैं। इस समय ने तुम लोगों के भीतर से आशीर्वाद और शुभकामनाओं की इच्छाएँ छीनकर खुद को दोषरहित भी प्रमाणित कर लिया है। हमारे हाथ और मुख आशीर्वाद के लिए ललक से भरे हैं लेकिन अजीब से सूनेपन और तकलीफदेह खालीपन के साथ हैं। दुआओं के हाथ आसमान छू रहे हैं लेकिन तुम्हारे किसी के पास भी उत्सुकता या इच्छा भरी नजरें इस तरफ नहीं हैं। मेरे पास अपने पूर्वजों के लिए असंख्य प्रार्थनाएँ हैं। तुम्हारे पास सिर्फ खुद की खुशी के लिए अनेक भीषण प्रहार के वाद्य संगीत और कामुक कामनाओं और खुली देह की पिपासु बिजलियों-सी चमकती मुद्राओं के जीवन्त दृश्य हैं। हमारे पुराणों के समय की निर्लज्ज और पातकी इच्छाएँ अब इस समय ने नए जीवन का अनिवार्य घोषित ही नहीं किया उसे प्रमाणित भी कर दिया है। मैं कोई वह पुराणपंथी पिता नहीं हूँ जो नए या आधुनिक को घृणा से देखता है लेकिन नए और आधुनिकता के नाम पर ऐसा घातक बाजार तैयार किया जाए जो अपनी विजय के लिए किसी भी अन्तिम मारक हद तक जा सकता है, उससे डरता हूँ और घृणा करता हूँ।

मुझे तुम्हारी पीढ़ी के प्रेम की घोषणाओं और सहमतियों से डर नहीं लगता बल्कि बाजार द्वारा गढ़ी गई प्रेम की उन धारणाओं और परिभाषाओं से डर लगता है जो प्रेम की जड़ों को संवेदना के सींचन के खिलाफ हैं। तुम लोगों के लिए प्रेम की अमरता हास्यास्पद और निरर्थक है। कभी-कभी तो लगता है जैसे तुम लोगों के लिए प्रेम तात्कालिकता में ही सुखद है। तुम लोगों का प्रेम किसी ठेले पर चाट खाकर भूल जाने जैसी सामान्य घटना है।

मुझे तुम्हारी चिन्ता है। मैं प्रार्थना करता हूँ तुम्हारे बचपन में तुम्हारी आँखों में हिरणी की आँखों जैसी जो मासूमियत थी, वह बची रहे। हमारी गली के कोने पर रहनेवाली अन्धी विधवा दुलारी माई को तुम नियमित मन्दिर ले जाती थीं, उसके बीमार होने पर उसे गाँव के डॉक्टर के पास ले जाती थीं। वह मनुष्यता, वह करुणा तुममें बची रहे। कबरी गाय को जब बछड़ा हुआ था और तुम पूरे गाँव में सूचना

देने के लिए दौड़ती फिरी थीं, वह अबोध खुशी बची रहे। ईश्वर की तरह पावन और निश्छल, वह बचपन की तुम्हारी मोहक मुस्कान बची रहे। गहरी नींद के बीच रंगीन, तरल और सुखद सपने बचे रहें। जिन्दगी की आपाधापी में मैं सुख ओर संतोष के बीच का द्वंद्व और अर्थ समझ नहीं पाया था, मेरी दुआ है कि तुम जल्दी समझ लो। लड़ाई-झगड़े, आन्दोलन और संघर्ष के अन्तर जल्दी समझ लो। हमारे इस दुर्दान्त समय की क्रूरता, छल और स्वार्थ की भाषा से तुम बची रहो। मेरे पास तुम्हें देने के लिए ऐसे ही सन्दिग्ध आशीर्वाद और प्रार्थनाएँ हैं।

जब तुम पहली बार बचपन में डगमगाती चली थीं तो तीन कदम चलकर रुक गई थीं जैसे वामन ने तीन पग में नाप लिया समूचा ब्रह्मांड। तुम्हारे पास वह अलौकिक डगमगाती चाल बची रहे। मैं चाहता हूँ कि तुम्हारे भीतर तुम बची रहो। सुरक्षित। पूरी उदारता, करुणा और मानवीय मार्मिकता के साथ। पवित्रता तुम्हारे मन में बची रहे। हमारे पूर्वजों के द्वारा दिए गए अनदेखे-अनसुने आशीर्वादों की निश्छलता तुममें बची रहे।

कल सुबह जब मेरे सेलफोन पर तुम्हारा सन्देश आया कि कम्पनी जल्दी ही तुमको एक फ्लैट भी देनेवाली है जो सैलरी से किस्तें जमा कराने के बाद तुम्हारी मिल्कियत भी सम्भव होगी और जिसके 'इंटीरिअर' पर तुम तीस लाख रुपये खर्च करनेवाली हो जो तुम्हारी सैलरी से किस्तों में काट लिया जाएगा। तुम्हें यह बहुत मजेदार बात लग सकती है कि जिस समय मैं तुम्हारा सन्देश पढ़ रहा था ठीक उसी समय तुम्हारी माँ सब्जीवाले को डाँट रही थी कि बीस रुपये किलो की गोभी को वह पच्चीस रुपये किलो में बेचकर हमें ठग रहा है। अन्तत: तुम्हारी माँ ने सब्जी वाले से पाँच रुपये कम कराकर ही दम लिया।

सम्भव हुआ तो इस रविवार गाँव जाएँगे। सुना है भैया को गाय ने गिरा दिया है और पैर की हड्डी में चोट आई है। गाँव का चन्दू काका ऊँट के दूध से रोज मालिश करता है। डॉक्टर से दवाई भी खा रहे हैं। एक-दो हफ्ते में ठीक हो जाएँगे। अब तक खेतों में गेहूँ की बालियाँ भी आ गई होंगी। उसके दाने सेंककर खाने का मजा ही कुछ और है। तुम्हारी काकटेल पार्टी से भी ज्यादा मजेदार।

तुम्हें जानकर तो अचरज नहीं होगा लेकिन तुम्हारी माँ को यह जानकर बहुत अचरज हुआ कि बाजार में लगभग सभी अनाज और उनका पिसा हुआ आटा तैयार

मिलता है चमकते हुए पैकेट में। साबुन, तेल, क्रीम, पाउडर, नेलपॉलिश, टूथपेस्ट, शैम्पू, कंडीशनर जाने क्या-क्या चीजों के खरीदने के लिए कुछ इस तरह का दबाव तैयार कर दिया गया है कि यदि घर में ये सारी चीजें और वे भी ब्रांडेड नहीं होंगी तो त्वचा, बाल, दाँत वगैरह का तो भारी नुकसान होगा ही सामाजिक हैसियत में उससे ज्यादा गिरावट नजर आएगी। तुम्हारी माँ चाहती है कि लोग हमें बैकवर्ड न कहें। टेलीविजन पर एक चिंदीभर कपड़ा लपेटकर एक बीस-बाईस बरस की लड़की हमें समझाती है कि हमें कैसे नहाना है, क्या पहनना और क्या खाना है बल्कि पत्नी के साथ कैसे सोना है? तुम्हारी माँ यही सब टी.वी. पर आनेवाले विज्ञापनों को जीवन की जरूरत और अनिवार्यता में देखती है, समझती है।

रिश्ते, चरित्र और नैतिकता को बाजार ने अपने उपकरण में बदल लिया है। समय में एक अजीब सी क्रूरता धीरे-धीरे शामिल हो रही है। अहं, स्वाभिमान अब अभिमान और गैरजरूरी दम्भ में बदल गए हैं और प्रतिष्ठा का उद्दंड प्रतीक भी। इस समय में दुर्भाग्य का कोई अन्त नहीं है। ये चीजें उठकर रिश्तों को डराती हैं और तोड़ भी रही हैं।

बहुत सम्भव है कि यह चिट्ठी तुम्हें गाँव में रहनेवाले एक किसान के डरे हुए बेटे का निरर्थक बयान लगे। मेरा डर यह भी है कि हम तुम्हारे लिए ऐसा भयावह संसार छोड़कर जा रहे हैं तो तुम लोग अपनी अगली पीढ़ी के लिए कैसा संसार छोड़कर जाओगे? इस बाजार ने घर-परिवार और समाज को कई हिस्सों में बाँट दिया है। एक ऐसी लुभावनी अर्थव्यवस्था तैयार की है जिसमें रिश्तों के छोटे-छोटे लेकिन जरूरी हिस्सों को गैरजरूरी भावुकता का प्रलाप प्रमाणित करके व्यावहारिक बनने पर जोर है। तुम्हारी भाषा में कहूँ तो 'प्रैक्टिकल' होना जरूरी है तो उसी क्रम में तुम्हें जानकारी देना जरूरी है कि बेटी, हमने बैंक के लॉकर का नम्बर लकड़ी के अलमारी के दराज में रखी भूरी डायरी में लिख दिया है। और लॉकर की चाबी भी वहीं है। कभी हम दोनों न रहे तो हमने कुछ ऐसी व्यवस्था कर दी है कि लॉकर में सम्मिलित खाते में पड़ोस के शर्मा अंकल का नाम भी है। उन्होंने आश्वस्त किया है कि वे हमारी अस्थियाँ उस लॉकर में रख देंगे। तुम्हें ही तो नॉमिनी बनाया है। अलमारी की जानकारी पड़ोसी सीमा आंटी को बता दी है लेकिन तुम अपने बच्चों को मेरी और अपनी माँ की कहानियाँ जरूर सुनाना। वे

कहानियाँ नहीं, जो मैंने लिखी हैं। मुझे नहीं लगता कि हिन्दी में लिखी वे कहानियाँ पढ़ पाएँगे या समझ पाएँगे पर तुम्हारे घर छोड़ने से पहले के हमारे-तुम्हारे साथ के वे किस्से उन्हें बताना। तुम्हारी माँ और दादी के गाए वो लोकगीत और लोरियाँ उन्हें सुनाना जिन्हें तुमने सैकड़ों बार सुना लेकिन हर बार उसमें पहली बार सुनने जैसी खुशी हासिल हुई थी। तुम अपने बच्चों को यह भी बताना कि मेरे दादा ने एक लम्बी उम्र तक मोटर नहीं देखी थी। लम्बी दूरियाँ या तो घोड़े पर या बैलगाड़ी से तय की जाती थीं। साइकिल खरीदना सम्पन्नता की पहचान थी। जरूरतें बहुत थोड़ी थीं और इच्छाएँ उससे भी कम। तीज-त्योहारों पर साथ में मनाने पर होनेवाली खुशियाँ, वो हँसी, वो ठहाके बताना। घर में सबके साथ रहने होने की वह मस्ती और किलकारियाँ बताना। हमारी समझदारी, हमारे हौसले, हमारी नादानियाँ और कम्प्यूटर को जादू की तरह देखने का वह पहला विस्मय बताना। तुम्हारे स्कूल के किस्से, मेरी बीमारियों के किस्से जो लगभग एक विस्मय भरे हास्य किस्सों में बदल गए हैं। तुम अपने बच्चों को सब कुछ बताना। तुम अपने बच्चों की आँखों में एक अकेली निःस्वाद, बेरंग नींद मत ठहरने देना। उसमें जिन्दगी के स्वाद और खुशी के रंगभरे सपनों के लिए जगह बनाना।

मैं इस दुनिया से जाने के बाद कोई सितारा या नक्षत्र नहीं बनना चाहता हूँ। तमाम धूल-धक्कड़, भीड़, हवा, आँधी, बाढ़, बीमारी और गरीबी...तमाम कठिनाइयों के बावजूद मैं इसी धरती पर आना चाहूँगा। मैं फिर-फिर इस धरती का हिस्सा होना चाहता हूँ। मैं नहीं चाहता हूँ कि दूर आकाश में किसी सितारे को दिखाकर तुम उससे मेरा नाम जोड़कर अपने बच्चों को बहलाओ। मैं फूल, पत्ती, पेड़ या पंछी बनकर तुम्हारे बीच लौटना चाहूँगा। ताकि तुम्हारे बच्चे या तुम करीब से देख सको, मुझे छू सको।

बहुत मुमकिन है कि मैं वहीं कहीं कोई चिड़ियाओं के झुंड में कोई एक चिड़िया बनकर तुम्हारे घर की बालकनी से तुम्हें देखता रहूँ। शायद तुम्हारे आँगन में अमलतास या कोई और पेड़ बनकर तुम्हारे सिर पर फिर से छाया बनकर धूप से बचाने आ जाऊँ। हो सकता है सर्दियों में कभी गिरती बर्फ से बचने के लिए कोई अजनबी व्यक्ति-सा तुम्हारे दरवाजे शरण माँगने आ जाऊँ या शायद बर्फ बनकर ही तुम्हारे घर की छत पर ढेर बनकर तुम्हारे पैर की छाप अपने सीने पर लेने के लिए

तुम्हारी प्रतीक्षा करूँ। बहती हुई नदी से अँजुरी भरकर पानी लेना, मैं उसकी तरलता में मौजूद रहूँगा। हरी घास पर टिकी हुई ओस पर चलना, उसी ओस के गीलेपन में तुम्हारे लिए मेरा प्रेम, वात्सल्य, प्रार्थनाएँ और क्षमा-याचना भी मिल जाएगी।

यह भी मुमकिन है कि मैं कोई पंछी बनकर तुम्हारे आँगन या बालकनी में आकर बैठूँगा। तुम मुझे पहचान नहीं पाओगी और न मैं तुम्हें। यह अच्छा भी रहेगा। प्रकृति ने यह चक्र बहुत सोच-समझकर बनाया है। हम बदले हुए रिश्तों के साथ मिलेंगे। मैं तुम्हारे लिए एक सुन्दर, कोमल रंगीन चिड़िया रहूँगा या सम्भवतः तुम्हारी बेटी मेरे लिए दाना देनेवाली एक उदार बच्ची या स्त्री होगी। पुराने रिश्ते खत्म हो जाने के बाद नए रिश्ते तुम्हें बहुत खुश रखेंगे। मैं तुम्हारी खुशी के लिए कुछ भी कर सकता हूँ। मैं एक गरीब किसान का बेटा तुम्हारी बेहतर जिन्दगी के लिए जो न कर पाया, उसके लिए मुझे कोसना मत। ठीक उसी तरह मैंने जो भी थोड़ा-बहुत तुम्हारी बेहतरी के लिए किया है उसके लिए कृतज्ञता भी प्रकट मत करना। यह कोई उस तरह के समाज में प्रचलित वाक्य से पाई संतुष्टि नहीं है जिसमें कहा जाता है कि बच्चों के लिए जो भी किया वह माँ-बाप का कर्तव्य था। ऐसी कोई बात नहीं कहना चाहता हूँ। मैंने तो जो भी किया उसमें तुम्हारी निश्छल किलकारी से अपने लिए खुशी समेटी है। बहुत से दुःसाध्य काम जो बरसों मैंने नहीं किए, मैं तुम्हारे लिए करना चाहता हूँ। ईश्वर की संगत। आकाश की ओर हाथ उठाकर तुम्हारी सलामती और खुशी के लिए याचना।

तुम्हें ये सब बातें शायद भावुकता भरी या फिल्मी लगें या गलत और भ्रामक लेकिन मेरी कुछ ऐसी विवशता है कि मैं असंख्य प्रार्थनाओं के बावजूद इसे भ्रम नहीं समझ पाता हूँ। कभी-कभी खुद को दिलासा देने के लिए खुद को गलत या निरर्थक भावुक प्रमाणित करने के लिए तर्क भी जुटाने की कोशिश करता हूँ। कभी-कभी तो खुद मुझे भी लगता है पर भावुकता अकेले आदमी के जीने का सहारा होती है। आखिरकार जीवन में सच भी तो यही है। यह बुरी बात है। मेरी तुमसे गुजारिश है कि जब मैं न रहूँ तो मुझे खुश होकर याद करना। दुखी मत होना। मेरे स्नेह, मेरे दुलार को, मेरे प्रेम को अपनी ताकत बनाना, कमजोरी नहीं। जितना भी समय हमने साथ जिया, वह हम दोनों की पूँजी है। रोकर उसे खर्च मत करना। दुख को अपनी पूँजी मत बनाना। अतीत की स्मृतियों से खुशी का खजाना तैयार

करना। स्मृतियाँ जीवन में शक्ति भी देती हैं और उन स्मृतियों में बचा हुआ प्रेम दुख सहने का सलीका सिखाता है। मैं नहीं रहूँगा पर मेरा दुलार, मेरा प्रेम हमेशा बना रहेगा। बेटी, व्यक्ति मरता है तो वह उसके साथ का समय भी मर जाता है। धीरे-धीरे स्मृतियों का कम होना उस समय का धीरे-धीरे मरना है। कभी-कभी समय एकाएक मर जाता है लेकिन स्मृतियाँ अपनी अमरता का बीज उसी मरते समय और रिश्तों के प्रेम से खोज लेती हैं। तुम स्मृतियों से शक्ति हासिल करना और प्रेम और ममता के बगीचे या जंगल लगाना। तुम देखना उसमें से खुशियों की महक से तुम्हारा संसार भर जाएगा।

इन सबके बीच तुम्हें एक खबर भी बताना चाहता हूँ। शायद तुम्हें मालूम न हो कि इधर निमाड़ में या कहें मध्य प्रदेश में गौरैया नाम की चिड़ियों की प्रजाति तेजी से खत्म हो रही है।

मैंने घर के आँगन में, कमरों में मिट्टी के पात्र लटकाकर उसमें थोड़ी-सी घास बिछा दी है। मैं अपनी खुशी की सीमा तुम्हें बता नहीं सकता कि पहले मिट्टी के पात्र में एक गौरैया ने अपना घोंसला तैयार किया और बच्चे दिए। अब धीरे-धीरे पूरे घर और आँगन में मिट्टी के पात्रों में घोंसले बन गए हैं और सभी मिट्टी के पात्र चिड़ियों और उनके बच्चों से आबाद हैं। मैं अब थोड़ी गर्मी सहन करके सो लेता हूँ लेकिन पंखा नहीं चलाता ताकि उड़ती हुई गौरैया पंखों से टकराकर मर न जाए।

मैं चिड़ियाओं का संसार बचाना चाहता हूँ और मुझे ऐसा मुमकिन लग रहा है।

—तुम्हारा पापा

अपवित्र कुंड

अर्थात् पवित्र बलात्कार का सहृदय प्रस्ताव

आज आठवाँ दिन था। बेटी को सरकारी अस्पताल में पत्नी के सहारे छोड़ बूढ़ा माँगीलाल थाने के अहाते में बैठा था। उस दीवार के निकट जहाँ लिखा था, जनसेवा-देशभक्ति।

आठ दिन पहले उसकी बेटी लछमी के साथ बलात्कार हुआ था। देह के टुकड़े नहीं हुए थे, लेकिन देह पर कोई ऐसी जगह नहीं बची थी जहाँ नोचने-खसोटने और प्रतिरोध के कारण निर्मम मार के निशान न हों। जिस तरह देह को भभोड़ा था ऐसा तो जंगली कुत्ते मरे बैल की देह को भी नहीं भभोड़ते होंगे। लड़की की छातियों पर दाँत और नाखूनों के गहरे घाव थे। डॉक्टर ने बताया था कि योनि में बियर की बोतल डालने की कोशिश में योनि के बाहर और भीतर गहरे घाव हैं। शायद लड़की ने ज्यादा विरोध किया था। लातों की मार से दो पसलियाँ टूट गई थीं।

पुलिस को कपड़े लड़की की देह पर नहीं, चिंदे-चिंदे कमरे में बिखरे मिले। बेहोश लड़की को चादर में लपेटकर अस्पताल लाया गया था। शहर बड़ा नहीं है इसलिए खबर और जनाक्रोश अभी भी मौजूद था। उत्साही और खबरातुर पत्रकारों को बताया गया था कि पुलिस मुस्तैदी से अपराधियों को तलाश रही है। एक पत्रकार ने पूछा, "अपराधी या बलात्कारी?"

"बलात्कारी भी तो अपराधी होता है।" एस.पी. ने मासूमियत से कहा था।

"ऐसे तो जेबकतरा भी अपराधी होता है।" एक पत्रकार ने पूछा, "क्या दोनों एक ही श्रेणी में हैं?"

"देखिए अपराधी तो अपराधी होता है सजा देना कानून का काम है।" एस.पी. ने पत्रकारों और आक्रोशित भीड़ को कानून समझाया।

"अपराधी कौन है, यह तो सारा शहर जानता है!" एक बूढ़े पत्रकार ने एस.पी. की आँखों में झाँककर कहा।

"तो आप बताइए। आप गवाह बन जाइए। हम अभी गिरफ्तार करते हैं।" एस.पी. ने पुलिसिया चतुराई से कहा।

वह बूढ़ा पत्रकार चुप हो गया। एस.पी. मुस्कराने लगा।

दरअसल वे चार युवक थे। एक बड़े वकील का बेटा था। दूसरा राजनीतिक पार्टी का कार्यकर्ता, तीसरा शहर के बड़े रसूखदार व्यापारी का बेटा और चौथा विधायक का बेटा था। पेच यहीं पड़ गया।

विधायक ने पुलिस को समझाया था कि कानून को अपना काम करना चाहिए, लेकिन यह भी देखो कि लड़कों की उम्र पच्चीस से तीस के बीच है। बच्चे हैं सब। सजा मिलने पर इनका भविष्य खत्म हो जाएगा। मेरा बेटा तो पार्टी का अगला उम्मीदवार है। मानता हूँ लड़की के साथ ज्यादती हुई, लेकिन लड़के नशे में थे। वरना सभी भले घर के संस्कारी लड़के हैं। होश में होते तो ऐसा करते क्या? लड़कों की मजबूरी भी देखो। एस.पी. लड़कों की नहीं, अपनी मजबूरी समझ रहा था। वह जानता था कि आदिवासी लड़की का बलात्कार हुआ है और अभी यह छोटा-सा शहर है जहाँ पत्रकारों ने इसकी अपनी तरह से खबर बनाई है। कुछ को तो उस लड़के के पिता ने लछमी के बलात्कार की खबर दबाने के लिए बड़ी 'लक्ष्मी' भेंट की थी। वह इस शहर का बड़ा व्यापारी है, जिसे पुलिस और प्रशासन पर पूरा भरोसा है क्योंकि उसके आलीशान घर में ठहरी देवी लक्ष्मी ने उसे आश्वस्त कर दिया है। विधायक को अपने राजनीतिक आका की ऊँचाई ने सिर्फ आश्वस्त नहीं किया था, बल्कि पूरा भरोसा दिया था कि उनके बेटे का बाल भी बाँका नहीं होगा। विधायक भी इसीलिए पुलिस की बाल बराबर परवाह नहीं कर रहा था। एस.पी. सोच रहा था कि यदि बात आगे बढ़ी जो कि लड़की के आदिवासी होने के कारण बढ़ेगी तो वह अपना बचाव कैसे करेगा? बड़े अखबार और पत्रिकाओं के पत्रकार यदि आए या स्टेट से कोई जाँच दल बना तो? व्यापारी नवलचन्द के दिए दस लाख रुपये से क्या वे इस सांसत से निकल पाएगा? फिर कहीं ऐसा तो

नहीं कि एक बड़े मामले को शुरुआत में सामान्य समझकर दस लाख रुपये पर वह राजी होकर गलती कर बैठा है? इससे ज्यादा बड़ी रकम भी ली जा सकती थी। उसे अपनी जल्दबाजी पर अफसोस हुआ। विधायक देगा नहीं और राजनीतिक कार्यकर्ता प्रभास की देने की हैसियत नहीं। एस.पी. सोचने लगा, अब बचा वकील उससे कुछ रकम वसूली जा सकती है। वह सोचते हुए खुद की सोच के समर्थन में धीरे-धीरे सिर हिलाने लगा।

एस.पी. आज सुबह ही लड़की को देखकर आया था। उसे होश आ गया था, लेकिन घटना की भयावहता की स्मृति ने लड़की की वाणी को डर की चुप्पी के अँधेरे पानी में उतार दिया था। लड़की की खाली आँखों में गर्मी में सूखे तालाबों-सी गहराई फैली थी। जिनमें झाँकने पर डॉक्टर्स को डर लगता था। विधायक सुन्नीलाल और नवलचन्द व्यापारी के कहने पर एक बड़े आधुनिक अस्पताल में दक्ष डॉक्टर्स की टीम उपचार में जुटी थी, क्योंकि विधायक और व्यापारी नहीं चाहते थे कि बात का बतंगड़ बने। वे उससे पहले लड़की को स्वस्थ करके वापस घने जंगलों की उन पहाड़ियों में वापस भेजना चाहते थे, जिनसे उतरकर वह जाने कैसे इन चमकदार, रंगीन और कठोर कंक्रीट के आदमखोर जंगल में आ गई थी।

एस.पी. ने ध्यान से उसे देखा था, लड़की बुरी तरह घायल होने पर भी सुन्दर लग रही थी। एस.पी. ने पुलिसिया ढंग से सोचा, लड़की की सुन्दरता ही उसकी दुश्मन हो गई। एस.पी. ठीक सोच रहा था। प्रकृति ने उसे अपना सौन्दर्य सौंपने में कोई कंजूसी नहीं की थी। गोरे रंग पर फूलों-सी कोमलता उसके पहाड़ी सौन्दर्य का अनुपम उपहार थी। कच्ची उम्र वैसे भी अपने उत्साह में प्रकृति से कुछ ज्यादा ही सौन्दर्य छीन लेती है फिर लछमी पर तो प्रकृति मेहरबान थी।

एक तो अनिंद्य सुन्दरी फिर पहाड़ी आदिवासी लड़की और बेहद गरीब फिर तो शहर के सम्भ्रान्त और अमीर समाज के लड़के उसे हड़पने का अपना हक स्वाभाविक रूप से समझते हैं। राजनीति और अमीरी का नशा लड़कों पर निश्चित रूप से शराब से ज्यादा रहा होगा, घने जंगलों में जंगली जानवरों के बीच सुरक्षित लड़की भीड़ भरे शहर में शिकार हो गई।

शाम को वकील एस.पी. से मिलने आया। बच्चे की बेगुनाही की दुहाई देता रहा कि विधायक और अमीर आदमी के लौंडों की संगत में बिगड़ गया वरना मेरा

बेटा तो बड़ा पूजा-पाठी है। एस.पी. धैर्य से सुनता रहा, जब काफी देर तक कुछ नहीं बोला तो वकील ने एक बड़ा-सा लिफाफा एस.पी. की टेबल पर रखा। फिर गिड़गिड़ाने की बनावटी मुद्रा बनाते हुए नमस्कार किया। एस.पी. के लिफाफा थामते ही वकील के चेहरे पर एक अजीब-सी निश्चिन्तता के भाव आ गए। यह निश्चिन्तता उसे उस लिफाफे से हासिल हुई थी। एस.पी. ने वकील के जाने के बाद लिफाफा खोला, दस लाख रुपये थे। तब एस.पी. ने फिर सोचा कि यानी व्यापारी तो और ज्यादा दे सकता था, शायद पचास लाख तक। सोने-चाँदी और हीरों का व्यापारी था। वह कुढ़कर रह गया। अपने आपको चतुर समझनेवाला एस.पी. एक घिसे हुए व्यापारी से ठगा गया था।

उसकी कुढ़न पूरी भी नहीं हुई थी कि विधायक का फोन आ गया।

"कहिए विधायक जी, कैसे याद किया?" एस.पी. ने अभ्यास से अर्जित एक ऐसी विनम्रता से कहा जो सुननेवाले को साफ संकेत देती थी कि यह विनम्रता बनावटी है।

"पुलिस वाले कोई याद करने की चीज हैं," विधायक ने भी उसी बनावटी हँसी के साथ कहा, फिर संजीदा स्वर में बोला, "केस में कोई प्रोग्रेस?"

"क्या प्रोग्रेस हो सकती है?" एस.पी. ने प्रतिप्रश्न करते हुए आगे कहा, "लड़की होश में आई है, लेकिन सदमे में है। बयान देने की स्थिति में नहीं है। पीड़िता का बयान नहीं, तो कोई गिरफ्तारी नहीं...।" कहकर एस.पी. ने वाक्य अधूरा छोड़ दिया।

"यानी पूरी तरह ठीक होकर बयान देगी तो गिरफ्तारी तय है?" विधायक के स्वर में किंचित् चिन्ता आई तो एस.पी. को मजा आया।

"विधायक जी उसके घाव पूरी तरह भर जाएँ, वह चलने-फिरने लायक हो जाए...," एस.पी. ने इत्मीनान से कहा।

"फिर?" उधर से फिर प्रश्न आया।

"फिर क्या? लड़की के ठीक होते ही उसे, उसके परिवार सहित उन घने जंगलों वाली पहाड़ी पर उसके घर छोड़ आओ जहाँ किसी खोजी पत्रकार को किसी वाहन से तो दूर पैदल जाना भी नामुमकिन है। यह तो आपके लिए बड़ी बात नहीं है।" एस.पी. ने कहा।

"हाँ...।" विधायक की आवाज आई जिसमें पता नहीं चलता था कि उसकी आवाज में चिन्ता बाकी है या निश्चिन्तता है। फिर विधायक का एक रस्मी वाक्य, "चलो ठीक है, देखते हैं।" उधर से आया फिर फोन कट गया।

एस.पी. रिसीवर को कुछ देर तक हाथ में थामे रहे फिर क्रेडिल पर रखकर सोचने लगा, विधायक ने आज लड़कों के भोले और मासूम होने की दुहाई नहीं दी। जाने कितनी कमीनगी की योग्यता के बाद ऐसा राजनीतिज्ञ बनना नसीब होता होगा? एस.पी. अभी तक जानता था कि मूर्खता ही एकमात्र प्रमाण-पत्र है जिससे ऐसे लोग विधायक बनते होंगे, लेकिन अब लगने लगा कि मूर्ख दिखाई देते रहने का काइयाँपन ही राजनीति में प्रवेश का आधार है। इस तरह की राजनीति में बड़े राजनीतिज्ञ को अपने से छोटा राजनीतिज्ञ मूर्ख चाहिए जो सवाल न करे, सिर्फ भीड़ इकट्ठी करे और भीड़ के साथ जय-जयकार करे। कितनी अजीब बात है। स्साला कमीनापन न हो तो क्या इन्हें राजनीति से बाहर कर देंगे?

विधायक खुद अगली बार सांसद का टिकट चाहता था और खुद के विधानसभा क्षेत्र से बेटे को खड़ा करना चाहता था। सारी गोटें फिट कर रखी थीं। अपनी योजना पर उसे भरोसा था। ऊपर से आश्वासन भी मिल गया था, लेकिन ऐन वक्त पर हरामखोर बेटे ने सुनहरे भविष्य के नक्शे पर मूत दिया।

पहली बार उसने अपने जवान बेटे पर हाथ उठाया था। वह अपने गुस्से पर काबू नहीं रख पाया था। उसने बेटे के घर से बाहर निकलने पर सख्त रोक लगा दी।

"जब तक मामला न सुलझे, बाहर जाने की जरूरत नहीं।" उसने गुस्से से कहा था तो बेटा चुपचाप गरदन झुकाए खड़ा रहा। बेटे की चुप्पी से विधायक और भड़क गया था।

"स्साले अब तो घोड़े की शकल बनाकर गरदन झुकाए खड़ा है। उस दिन क्यों इतनी आग मूती?"

"बाबूजी, हम सबको ज्यास्ती हो गई थी।"

"हरामी के मूत! जब ज्यादा चढ़ जाती है तो इतनी पीते क्यों हो?" विधायक झल्लाया, "हम भी पीते हैं मजाल है जो कभी कदम भी लड़खड़ाएँ। जानते हैं हम, अब पुराना वक्त नहीं रहा। दो-चार नहीं, सौ आँखें टिकी हैं हम पर। गलती करें कि राजनीति से बाहर। अगला लाइन में खड़ा तैयार है। तू प्रजापति को क्या समझता

है, हमारे पैर दबाता है, हमारी रैलियाँ आयोजित करता है, लेकिन जिस दिन मौका मिला, वही हमको धक्का देगा। जानते हैं हम, इसीलिए उसको साथ रखा है कि उस पर नजर रख पाएँगे।" कहते-कहते विधायक हाँफने लगा। गुस्से से ज्यादा उस पर कुढ़न भारी हो रही थी।

"स्साले अच्छे नेताओं और बाबाओं के काम लद गए। बम्बू ठोंक दिया जनता ने। ये जब से चैनल वाला न्यूज का धन्धा आया है ना, सबको नंगा करने पर उतारू है। मौका मिलना चाहिए, स्साले हमारे बेडरूम तो क्या संडास में भी घुस जाएँगे।" विधायक का गुस्सा बढ़ते बी.पी. के कारण लम्बी साँसें भरने लगा था।

"बाबूजी, अब नहीं पियेंगे हम।" बेटा धीरे से बोला।

"देखो बेटा, पीने से कौन मना कर रहा है?" बाबूजी समझाने पर उतर आए थे। "पियो, लेकिन जितनी सँभले उतनी पियो। स्साली इतनी पी तुमने कि एक भिलनी को देखकर पाजामे का नाड़ा टूट गया?" बेटा कुछ आगे बोलता तभी वे फिर बोले थे, "हमें देख, कभी कहीं ताका-झाँकी तक नहीं की। अभी हमने तुमको बताया कि समय खराब आ गया है। वरना तूने अपनी माँ को देखा है? सात बच्चे पैदा करके खाद की बोरी हो गई है। लेकिन फिर भी हम उसी से काम चला रहे हैं। चला रहे हैं कि नहीं?" बाबूजी अब अपनी बेबसी पर झुँझलाने लगे थे। अब धीमे स्वर में कुढ़ने लगे थे, "स्साली ऐसी जोरू है कि पहाड़ पर जंगल में छोड़ आओ तो बन्दर ना हाथ लगाए, लेकिन हमको उसी को रंभा समझना पड़ता है। हम इनसान नहीं हैं क्या? हमें कोरे, नए माल की जरूरत नहीं महसूस होती, पर क्या करें, राजनीति में खुद मरवा रहे हैं तो कहीं और क्या देखें?"

बेटा अपने बाप का एकालाप, प्रलाप सुनता रहा। फिर बाप के संकेत पर कमरे से बाहर चला गया था। बाप तो विधायक भी था इसलिए ज्यादा कुढ़ रहा था। स्साले नादान लौंडे! बलात्कार के बाद मारकर कहीं जमीन में गाड़ देते। लेकिन स्साले लेकर भी सरकारी गेस्ट हाउस में गए। उनको सूली पर चढ़ाने का पूरा प्रबन्ध किया था। ऐसी ही औलाद को दुश्मन कहा गया है।

बेटे की शादी वह प्रदेश के अपनी ही पार्टी के एक बड़े नेता जगतराम जी की बेटी से तय कर चुका था। उन्हीं नेता के प्रभाव और पावर के सहारे वह सांसद बनने के और बेटे को विधायक बनाने के सपने देख रहा था। कि वह

उन्हीं नेता से इस संकट में प्राण बचाने की गुहार लगा रहा था। राजधानी के बड़े नेता क्या सोचते होंगे कि विधायक का अपने क्षेत्र में प्रभाव नहीं है। विधायक कुढ़कर रह गया।

रोज की तरह दिनभर थाने में बैठकर रात को माँगीलाल वापस अस्पताल आ गया। माँगीलाल जो कभी माँगीलाल भूरिया था फिर माँगीलाल हुआ फिर माँग्या होकर रह गया था। उससे जितना कुछ छीना जा सकता था, शहर छीनता जा रहा था।

अपने पति की शक्ल देखकर लछमी की माँ समझ गई कि आज भी वह खाली हाथ लौटा है। एक भी बलात्कारी नहीं पकड़ा गया है। अस्पताल में ही पति-पत्नी का खाना आता था। सारा इन्तजाम नवलचन्द सेठ ने कर रखा था। लेकिन माँगीलाल का मन हताशा से भरा था इसलिए उसकी संगत में पेट ने भी भरे होने के संकेत दिए।

"मन नहीं है सांगली!" माँगीलाल ने पेट के खालीपन को हताशा से भरे मन से जोड़ लिया था।

"मन तो कभी नहीं करेगा, तो कभी नहीं खाओगे? बूढ़ी पत्नी ने कहा तो वह चुप हो गया। क्या जवाब देता। चुपचाप खाने बैठ गया। कोई और वक्त होता तो इतना अच्छा खाना जो उसने खाना तो दूर देखा भी नहीं था, सोचा भी नहीं था, वह बहुत उत्साह और स्वाद से खाता, लेकिन मन की उदासी और हताशा ने जबान के स्वाद के लिए उत्साह खत्म कर दिया था। अच्छे खाने के स्वाद में इजाफा तो मन की खुशी करती है। लेकिन मन की खुशी तो कहीं गुम हो गई थी। उसके मन में उसके अपने गाँव जैसे खूब ऊँचे पहाड़ और घने जंगल बन गए थे। वहीं कहीं खुशी गुम थी। थोड़े ही दिनों में वह बरसों का बूढ़ा हो गया था। चेहरे पर उसके सूखे खेतों जैसा उजाड़ फैला था। चेहरे पर की सूखी सिलवटों और मिचमिचाई आँखों में एक अजीब-सी करुण अनिश्चितता थी।

सांगली की आँखों से नित बहते आँसू उसके सूखे गालों पर पहाड़ी नदियों से टेढ़े-मेढ़े बहते अपने सूखे निशान छोड़ गए थे। दोनों खाली-खाली आँखों से एक-दूसरे को देख रहे थे। लछमी की तो बस एक इच्छा, एक ही निश्चय मन में था कि निर्मम बलात्कारियों को सजा मिले। वे चारों उनके आदिवासी गाँव में होते तो चारों के सिर नीम के पेड़ पर टँगे होते, लेकिन पहाड़ी साहस और शक्ति

शहर में अकेली थी और असहाय भी क्योंकि वे बलात्कारी कहीं दिखाई नहीं दे रहे थे वरना माँगीलाल की इच्छा तो यहाँ शहर में भी उन्हें खत्म करने की थी। फिर अभी लछमी और उसे पुलिस की बातों पर भरोसा था जो रोज कहते थे कि सब्र करो, सभी भाग गए हैं, लेकिन पकड़े जाएँगे। स्सालों को सूली पर लटका देंगे। बलात्कारियों को सूली पर लटकाने का पुलिसिया आश्वासन उनके धैर्य के लिए बड़ा था। थानेदार और कभी एस.पी. भी अस्पताल आकर उससे बहुत मुलायम लहजे में बात करता था। कभी माँगीलाल थाने में चला जाता तो थानेदार चाय पिलाता था फिर आश्वासन थमाकर शाम को उसे विदा कर देता था। माँगीलाल दुखी तो होता था, लेकिन जैसा उसने पुलिस की क्रूरता और रिश्वतखोरी के बारे में सुन रखा था वैसा इस थानेदार और एस.पी. को न देखकर उसका मन थोड़े सन्तोष से भर जाता था कि पुलिस वाले हैं तो क्या हुआ, इनसान तो वे भी हैं। गलती से एक-दो अच्छे भी निकल आते हैं। यह सोचकर माँगीलाल को थोड़ी तसल्ली मिलती और वह थोड़ा-बहुत खाने का मन बनाता। लछमी का मन थोड़ी देर के लिए तसल्ली से भरता फिर धीरे-धीरे उसके मन में गुस्सा भरने लगता। वह उन भेड़ियों को सजा दिलाए बगैर शहर से जाना नहीं चाहती थी।

तसल्ली थानेदार को भी मिलती थी कि चलो आज के दिन भी इस छोरी और इसके बाप को संतुष्ट कर दिया। वह अपने पुलिसिया अनुभव से जानता था कि जिस दिन उसने माँगीलाल को डाँट-डपटकर भगाया या उसे अपनी विनम्रता और तथाकथित सद्व्यवहार से संतुष्ट नहीं कर पाया कि बलात्कारियों को खोजने की कार्रवाई जबरदस्त चल रही है, पूरा पुलिस महकमा इसी काम में लगा है, तो यह दुखी और गुस्सा दबाए बैठा आदिवासी कहीं और जाएगा। शायद पत्रकारों के पास, शायद और आगे राजधानी तक। और वह ऐसा होने नहीं देना चाहता था। थानेदार माँगीलाल के आते ही सिपाहियों को डाँटने का अभिनय चरम पर ले आता था ताकि माँगीलाल को लगे कि थानेदार को उसके केस की कितनी चिन्ता है। माँगीलाल को यह अजब लगता था कि बेटी का सामूहिक बलात्कार एक नया नाम, 'केस' बोला जाने लगा था। अब बेटी के दुख की चर्चा नहीं होती थी, केस की चर्चा होती थी। माँगीलाल यह नहीं समझ पाया कि उसकी बेटी के दुख का नाम 'केस' होकर सार्वजनिक संवेदना के स्रोत को सुखाने का काम कर रहा था।

लछमी के घाव ज्यों-ज्यों भर रहे थे उसका गुस्सा बदला लेने की प्रतिज्ञा में तब्दील हो रहा था।

दिन गुजरते जाते हैं और जब व्यक्ति बीतते समय में से आश्वस्ति तलाश लेता है, प्राय: तभी कुछ घटित होता है। जाने कैसे, किसने सांसद को यह बताया, बल्कि समझाया कि सांसद का अगला टिकट विधायक सुन्नीलाल लेना चाहता है और अपनी विधायकी बेटे को देना चाहता है। सांसद जब चौकन्ना हुआ तो सारी चालाकी को समझने के लिए उसे सुन्नीलाल विधायक के राजधानी में गुरु, भगवान जो कहो, सब थे, तक सभी का सुराग मिला। सांसद ने ऐसे समय में सुन्नीलाल विधायक के सरपरस्त और निकट भविष्य में होनेवाले रिश्तेदार जगतराम जी के पार्टी में ही एक अन्य विरोधी राजनंद जी की शरण पकड़ी।

सांसद ने विधायक को 'निपटाने' के लिए एस.पी. पर दबाव बनाया।

"उस लड़की के बलात्कारी पकड़े क्यों नहीं गए?"

"पुलिस पूरी कोशिश कर रही है।" एस.पी. ने यह ऐसा जवाब दिया जो हिन्दी फिल्मों और यथार्थ में भी इतनी बार दोहराया जा चुका है कि उसने गम्भीरता खोकर परिहास हासिल कर लिया।

"किसे समझा रहे हो एस.पी. साहब? महीना से ऊपर हो गया है, पुलिस सिर्फ कोशिश कर रही है? मैं बताऊँ चारों लड़के कहाँ हैं?" सांसद ने एस.पी. की आँखों में आँखें डालकर कहा, जहाँ उसे एस.पी. विचलित होता नजर आया तो सांसद ने मौका नहीं छोड़ा, "गिरफ्तारी और सजा जल्दी होनी चाहिए वरना मामला आदिवासी का है, इतनी बड़ी रैली शहर में निकालूँगा कि सड़क पर पैर रखने की जगह नहीं रहेगी।" एस.पी. कुछ बोलता उसके पहले वह तत्काल बोला, "सजा तो कानून देता है, हमको मालूम है, लेकिन धारा आप लगाते हैं यह हम जानते हैं।" एस.पी. चुप हो गया। दरअसल वह यही बात बोलना चाहता था कि "सजा देना जज का काम है।" लेकिन एक ही जुमले से पत्रकार, पब्लिक और नेताओं को चुप नहीं कराया जा सकता है।

उसने एक हफ्ते में सख्त कार्रवाई का आश्वासन सांसद को देकर विदा किया। एस.पी. सोचने लगा, अजीब मुसीबत है? एक ही पार्टी के दोनों लोग आपस में भिड़नेवाले हैं।

क्या किया जाए? यदि सांसद खुलकर सामने आ गया या आड़ से भी यानी ओट से भी तीर चलाएगा तो विधायक का तो जो होगा सो होगा, खुद उसे नौकरी बचाना मुश्किल होगा। उसने बलात्कारियों को गिरफ्तार क्यों नहीं किया? अभी तक जो राजनेता इस गिरफ्तारी को टालने के लिए उससे कहते आए हैं, सांसद के विरोध के बाद गिरफ्तारी की देरी के लिए पुलिस को यानी उसे दोषी ठहराएँगे।

तब उसने सोचा, गिरधर जी से मिलना चाहिए। रिटायर एस.पी. हैं, उनके दूर के किसी अजान रिश्ते में भी लगते हैं। गिरधर जी रहे तो प्रमोटी एस.पी., लेकिन कहते हैं हरामीपन में दूर-दूर तक उनका मुकाबला नहीं। बड़े से बड़ा हरामी उनके आगे मिमियाता था। एस.पी. रहते हुए छोटे से लेकर बड़े राजनीतिज्ञों तक को साध रखा था। लोग तो कहते हैं कि साध क्या रखा था, जैसे जंजीर से पिल्लों को बाँध रखा हो।

कहते हैं कि उनके पिताजी भी बहुत बड़े हरामी थे और स्थानीय मुहावरे में कहें तो हरामीपन में उनका नाम दूर-दूर तक बजता था। लेकिन इस विषय पर मतभेद भी थे। पुलिस महकमे की नई पीढ़ी का कहना है कि हरामीपन में तो गिरधर जी अपने बाप के भी बाप हैं। गिरधर जी का हरामीपन तो भूतो न भविष्यति है।

वह गिरधर जी से मिला। जब तक एस.पी. बोलता रहा, गिरधर जी ने बीच में बिलकुल नहीं टोका। बीच-बीच में खामोशी से मुद्राएँ बदलते रहे। कभी औंधी हथेलियों पर ठुड्डी टिकाकर उसकी बात सुनते रहे। कभी पीछे लगे गाव तकियों से टिककर उनको देखकर मुंडी हिलाते रहते। पूरी बात सुनकर उन्होंने चेहरे के आगे ऐसे हाथ हिलाया जैसे मच्छर भगा रहे हों।

"कोई दम नहीं केस में। क्यों चिन्ता करते हो।"

"एक ही पार्टी में दो गुट हैं। किसकी सुनूँ?" एस.पी. ने पूछा।

"सुनो सब की, करो मन की। वैसे अब मामला थोड़ा उलझ गया है तो होशियारी इसी में है कि तबादला ले लो। इस केस में जो थोड़ा-बहुत कमाया है उसमें से थोड़ा-बहुत खर्च करो और पकड़ लो कोई दूसरा जिला।" कहकर गिरधर जी उन्हें टटोलती निगाहों से देखने लगे।

"इस केस का क्या होगा?" एस.पी. के मुँह से निरर्थक प्रश्न निकला, लेकिन

गिरधर जी झल्लाए नहीं, बल्कि पुचकारते हुए बोले, "वह दूसरा आनेवाला एस.पी. भुगतेगा। वह भिलनी कौन हमारी अम्मा लगती है। उसकी फिकर छोड़ो।"

एस.पी. कुछ सोचते हुए चुप रहा।

"कहो तो गृहमंत्री से बात करूँ?" गिरधर जी ने फिर से बहुत लाड़ के साथ गरम लोहे पर चोट की। असर भी हुआ।

"करिए गिरधर जी, आप ठीक कह रहे हैं। तबादला ही ठीक रहेगा। वह भिलनी और उसके बुड्ढा-बुड्ढी दोनों रोज आकर छाती पर बैठ जाते हैं। और उस लड़की का गुस्सा तो अब दिनोदिन बढ़ रहा है।"

"उस भिलनी की फिकर मत करो। अपनी चिन्ता करो।" गिरधर जी ने आश्वस्त किया तो एस.पी. सहमति जताते हुए उठने लगा तो तत्काल गिरधर जी बोले, "अरे एस.पी. साहब कहाँ चले? मंत्री जी से बात आपके सामने करूँगा। वरना कल को कहोगे कि मैंने बीच में कमीशन खा लिया।" कहकर अपने कथन की सन्दिग्धता मिटाने के लिए खुद ही हँसने लगे। "हमारा काम तो एकदम चोखा है एस.पी. साहब, आपके सामने सारी बातें एकदम क्लिअर।" फिर मोबाइल उठाकर नम्बर टाइप करने लगे। कुछ ही देर बाद तत्काल स्वर में अपार आदर भरी चापलूसी भरकर बोले, "दादा, पाँय लागी। हम गिरधर बोल रहे हैं, आपके परम भक्त। एक बहुत ही मामूली-सा काम आन पड़ा है। हमारे जिले के एस.पी. साहब का यहाँ से मन उचाट हो गया है। कहीं दूसरा जिला दान कर देंगे तो आपकी कृपा होगी भगवन्!"

एस.पी. ध्यान और उत्सुकता से सुन रहा था।

"केस में कोई दम नहीं है। लेकिन अब एस.पी. साहब की गुहार लेकर हम हाजिर हुए हैं।" उधर से पता नहीं क्या कहा, जिसके जवाब में गिरधर जी उत्साह से बोले, "भेजो न उस ब्राह्मण के मूत को। वह प्रशान्त शर्मा ऐसे केस निपटाने में तो माहिर है।" कुछ देर उधर से बात सुनते रहे फिर गिरधर जी उस संभाव्य एस.पी. प्रशान्त शर्मा के प्रति स्वर में हिकारत भरकर बोले, "ईमानदार का मूत है तो दादा उसे कहाँ आप यहाँ इस जिले की रजिस्ट्री करके दे रहे हैं। चुनाव से पहले हटा देना। नहीं...नहीं...अरज है हमारी...कितना? पन्द्रह? दादा यह तो ज्यादा है।" उधर मंत्री ने दस बोला था, पन्द्रह सुनकर समझ गया कि गिरधर जी अपने जगप्रसिद्ध

हरामीपन पर उतर आए हैं। मंत्री जी चुप थे लेकिन गिरधर जी यूँ बोल रहे थे जैसे वार्तालाप दोनों तरफ से जारी है।

"दादा मान जाओ। हमारी खातिर। यह एस.पी. हमारी रिश्तेदारी के भी हैं तभी तो हमारे पास आए हैं। अच्छा चलो बारह पर डन करते हैं। बस दादा अब मत बोलो। कब? समझो दो दिन में रकम आपके पास। ऑर्डर अभी निकाल दें। प्रणाम दादा...प्रणाम।" कहकर मोबाइल बन्द करके विजेता के से भाव के साथ एस.पी. को देखते हुए गिरधर जी ने भीतर आवाज लगाई, "अरे कमबख्तो, जब तक कहें नहीं, तब तक अतिथि को चाय-पानी नहीं पूछोगे?"

नए एस.पी. ने पदभार सँभाला तो कुछ ही दिनों में समझ गया कि शहर में एक ही राजनीतिक दल के दो गुट हैं। सांसद और विधायक की बनती नहीं। सांसद लड़कों की गिरफ्तारी के लिए दबाव बना रहा था। सांसद की तथाकथित सहानुभूति से लछमी का गुस्सा और भड़क रहा था।

एस.पी. ने गृहमंत्री से बात की। सारी स्थिति बताई और यह भी याद दिलाया कि चुनाव आनेवाले हैं। गृहमंत्री ने कहा, "बलात्कार विधायक ने तो नहीं किया?" यह प्रश्न नहीं था, आगे के कथन का पूर्व कथन था, "हम एक हद तक विधायक की चिन्ता कर सकते हैं, उसका बेटा कोई हमारा बाप लगता है?" इसके बाद गृहमंत्री ने मोबाइल काट दिया था। इसके आगे एस.पी. को कुछ सुनना भी नहीं था। जो गृहमंत्री ने नहीं बोला था, एस.पी. ने उसे सुना भी और समझा भी।

वह अस्पताल गया। पीड़िता से मिला। घाव अब लगभग भर चुके थे। उसका पहाड़ी सौन्दर्य अस्पताल के नीम अँधेरे कमरे में जैसे उजास भर रहा था। श्रम से गठी उस आदिवासी लड़की की देह के पोर-पोर में जैसे सौन्दर्य के स्रोत थे। उन घने जंगलों में बसी प्रकृति ने जैसे अपने सौन्दर्य के प्रतिनिधि के रूप में उस लड़की का चयन किया था। बड़ी-बड़ी बिल्लौरी आँखों में गुस्से के उपरान्त एक खिंचाव था।

गुजरते दिनों के साथ एस.पी. देख रहा था कि लड़की का गुस्सा बदला लेने के दृढ़ निश्चय में बदल रहा था।

"बड़े साब, उन भेड़ियों को सजा मिलना चाहिए। चाहे हमें उसके लिए कितना भी बड़ा केस लड़ना पड़े। अपना इकलौता छोटा-सा खेत बेचना पड़े। लेकिन उन

आदमखोरों को छोड़ूँगी नहीं।" लड़की का गुस्सा अब उसके भरते घावों के साथ उबल रहा था। जैसे-जैसे वह ठीक हो रही थी, वैसे-वैसे उसका गुस्सा बढ़ रहा था। एस.पी. को लगा कि अब इस छोरी के माँ-बाप चाहे मान जाएँ, लेकिन लड़की को घर जबरदस्ती भेजना कठिन है।

एस.पी. ने लड़की के गुस्से को मन-ही-मन तौला फिर बहुत धैर्य से बोला, "हम जल्दी ही सख्त कार्रवाई करेंगे।"

"कब? ये जल्दी कितनी जल्दी आएगी? कब आएगी?" लड़की का गुस्सा अब पुलिस के रोब का अतिक्रमण कर रहा था। यह चिन्ता की बात थी।

"मैं कल ही उन्हें गिरफ्तार करूँगा। चारों दरिंदों को।" एस.पी. ने थोड़े गुस्से में कहा और लड़की की ओर देखा जहाँ कोई आश्वस्ति का भाव नहीं था।"

"यही मैं कब से सुनती आ रही हूँ।" लड़की तमतमाई।

"मैं कल ही चारों लड़कों को गिरफ्तार करूँगा तुम सड़क पर निकलकर देखना। हथकड़ी पहनाकर शहर में उनका जुलूस निकालूँगा। बताओ फिर?" एस.पी. ने उसे तनिक आवेश में कहा, "तुम देखना ऐसी मार लगाऊँगा, तुम्हारे सामने कि उन चारों की देह का कोई हिस्सा ऐसा नहीं बचेगा, जहाँ भीषण दर्द न हो। उनकी देह का पोर-पोर दर्द करेगा। रोज यही काम होगा।"

"पर वे लोग रुपये और ताकत से मजबूत हैं। जमानत करा लेंगे।" माँग्या आहिस्ता से बोला।

सांगली नीचे गई थी। डॉक्टर ने बुलाया था।

"मैं चाहूँ तो किसी की जमानत होने दूँगा, न चाहूँ तो नहीं। हम लोग कैसी धारा लगाते हैं ये तो हम पर है। तुम इसकी चिन्ता मत करो। ऐसे भीतर करूँगा कि सालों की अर्थी ही बाहर निकलेगी।"

लछमी के चेहरे पर हल्के-से सन्तोष के भाव पहली बार आए।

एस.पी. ने माँग्या से कहा कि बुढ़िया को, तेरी घरवाली को नीचे डॉक्टर के कमरे से लेकर आओ। फिर लछमी से बोला कि तुम अपना घर-खेत बेचना चाहती थीं ना?"

"हाँ, उन दरिंदों की सजा के लिए मैं कुछ भी कर सकती हूँ।" लछमी ने उत्तेजित स्वर में कहा।

बूढ़े बाप ने गुस्सैल बेटी को देखा फिर पत्नी को बुलाने नीचे चल दिया।

"मकान-खेत अभी कल तक बेचने की बात मत सोचो। मैं जब उन दरिंदों को जानवरों की तरह मार लगवाऊँगा, तब बताना।"

"साबजी, मैं आपके पाँव धो-धोकर पिऊँगी।" लछमी एस.पी. की सहानुभूति से भावुक हो गई।

"ऐसा-वैसा करने की जरूरत नहीं। लेकिन एक बात बताओ, तुम्हारे गाँव में एक माता का मन्दिर है। वहाँ के कुंड में किसी को भी नहाने की मनाही थी। लेकिन अब सभी नहाते हैं, ऐसा क्यों?" लछमी कुछ देर चुप रही फिर बोली, "उस कुंड में गाँव का एक बदमाश लड़का कूद गया था और नहा लिया था। गाँव के बड़वे यानी पुजारी ने कहा कि कुंड अपवित्र हो गया है तो दूसरा कुंड बनाया गया है। पुराने कुंड में अब सभी नहाते हैं क्योंकि एक बार अपवित्र हो जाने के बाद उसकी पवित्रता वापस नहीं आएगी।"

एस.पी. ध्यान से उसकी बात सुन रहा था फिर धैर्य से बोला, "अब मेरी बात ध्यान से सुन। उन चारों का तो ऐसा हाल करूँगा कि जिन्दा भी रहेंगे तो रोज भगवान से मौत की प्रार्थना करेंगे। लेकिन बदले में तू क्या करेगी?"

"जो चाहो आप। जिन्दगी भर एहसान मानूँगी। खेत बेचकर आपको सारा पैसा दे दूँगी।" लछमी उम्मीद की लकीर पर आगे बढ़ी। वह आगे बढ़कर एस.पी. के पैरों में गिर पड़ी। एस.पी. तो लछमी को साक्षात् न्याय का देवता लगा।

एस.पी. मुस्कराया फिर लड़की को उठकर कुर्सी पर बैठने को कहा, लेकिन लछमी खड़ी रही। एस.पी. उसी धैर्य से बोला, "तुझे एक रात मेरे पास आना पड़ेगा। न...न...गुस्सा नहीं। कोई जबरदस्ती नहीं है। आराम से सोच। मन्दिर का कुंड एक बार अपवित्र हो गया, क्योंकि एक लड़का नहा लिया। अब उसमें सब नहाते हैं।" एस.पी. क्षण भर चुप रहा फिर बोला, "तू भी एक बार ठुक गई है। एक बार और सही। क्या फर्क पड़ता है?" एस.पी. की आवाज और बोलने का लहजा दोनों बदल गए थे, "कुंड में अब एक आदमी नहाए या दस आदमी। एक बार नहाए या दस बार, क्या फर्क पड़ता है? फिर मैं जात का ब्राह्मण हूँ, उच्च कुल का ब्राह्मण। तेरे पुरखे तर जाएँगे।" फिर उसके स्वर में उपकार भाव आ गया और बोला, "तेरा कुंड तो फिर से पवित्र हो जाएगा।"

कमरे में एकाएक गर्मी बढ़ने लगी थी। एस.पी. देख नहीं पा रहा था कि हल्के अँधेरे में लछमी का चेहरा तमतमा रहा था। एस.पी. के पुलिसिये दम्भ और आत्मविश्वास से भरे चेहरे पर एक निर्लज्ज मुस्कान भी थी। थोड़ी देर में गर्मी लछमी के गुस्से से बढ़ने लगी। लछमी को लगा जैसे एस.पी. का चेहरा उन चारों बलात्कारी लड़कों का मिला-जुला चेहरा बन गया है जो उसके जंगलों के भेड़िए से मिलता-जुलता है। गुस्से में उसकी मुट्ठियाँ तन गईं। गले की नसें खिंच गईं। गोरा चेहरा गुस्से से लाल हो रहा था। बड़ी-बड़ी आँखों में खून उतर आया था। लछमी ने देखा, बन्द खिड़की के पास दवाइयों की छोटी-सी टेबल पर एक इंजेक्शन सिरिंज और दवाई की काँच की ट्यूब काटने का एक लम्बा और पैना नाइफ रखा था। दराँती तो गाँव में रखी थी।

कमरे में एक गरम सन्नाटा था जो एस.पी. को विचलित कर रहा था। उसने दरवाजे की ओर देखा, लड़की का बूढ़ा बाप अभी लौटकर नहीं आया था। कमरे के गरम सन्नाटे में एक अजीब-सा भारीपन आ गया था।

अमलतास सूख रहा है असिता

गरमियों के शुरुआती दिन थे। लू अभी झपट्टा मारकर जख्मी करने की स्थिति में नहीं आई थी। लेकिन एक अकारण की थकान और झुँझलाहट भरने का काम दोपहर की हवा ने शुरू कर दिया था। वह कुछ देर सड़क के किनारे खड़ा हो गया। ऑटोरिक्शा उसे चौराहे पर छोड़ गया था। उसे मकान नम्बर याद नहीं था बल्कि उसे तो गली नम्बर भी मालूम नहीं था। वह अनुमान के आधार पर आगे चल दिया। खोजने पर मकान आसानी से नहीं मिलते हैं, ऐसा वह सोचने लगा। ऑटोरिक्शा से उतरते ही सामने मकान दिख जाए, ऐसी किस्मत कहाँ? यह सोचकर वह आगे चल दिया। आगे सड़क के दोनों ओर गलियाँ थीं। गलियाँ ज्यादा तंग तो नहीं लेकिन बहुत चौड़ी भी नहीं थीं। तंग गलियों के मकान उसे भी पसन्द नहीं थे। अपनी नापसन्द को सभी की नापसन्द से जोड़कर वह गलियों को छोड़कर आगे बढ़ गया। उसने सोचा, मकान तो चौड़ी सड़कों के किनारे बहुत खुला-खुला होना चाहिए। खुद उसका मकान भी ऐसे ही है।

वह काफी देर तक कॉलोनी में भटकता रहा। बीच में कुछ देर उसने कोने की एक छोटी-सी गुमटीनुमा दुकान से चाय पी। उसने दो बार उस कोने के मकान के सामने खड़े होकर सोचा, यह मकान हो सकता है। लेकिन संकोचवश आँगन का दरवाजा खोलकर आगे नहीं बढ़ा। न दरवाजा खटखटाया और न घंटी बजाई। वापस लौट पड़ा। उसके अनुमान को पुख्ता करने का एक अविश्वसनीय और उजबक-सा कारण था। मकान के आगे काफी बड़ा खुला-खुला-सा आँगन था। जिसमें नीम, आम और अमलतास के पेड़ थे। क्यारियों में फूलों के पौधे थे। मकान

के चारों ओर बाउंड्रीवाल थी और एक लोहे की जाली का बड़ा-सा मेन गेट। ऐसे मकान में रहना उसे शुरू से पसन्द था लेकिन जरूरी नहीं कि जिसे वह खोज रहा है उसकी पसन्द भी यही हो। ऐसा उत्तेजक एकान्त और मनचाहा सन्नाटा दुर्लभ रहता है। हालाँकि इतनी लम्बी-चौड़ी खुली जगह के साथ मकान बहुत साधारण ढंग से बना था। मकान के एलिवेशन में कहीं कोई आकर्षण नहीं था। आगन्तुक को निरुत्साहित कर देनेवाले फीकेपन और उजाड़ का भी एक सौन्दर्य होता है। वह सोचता है। वह भटककर थक गया। उसने कभी सोचा भी नहीं था कि संजीव की मृत्यु के बाद इस शहर में इस तरह से लौटना पड़ेगा। वह भी असिता से मिलने के लिए। संजीव का सामान न लौटाना होता तो वह कभी हिम्मत नहीं जुटा पाता। असिता से मिलना इसलिए भी टलता रहा कि संजीव हर बार कहता था कि अगले महीने वह असिता से शादी कर लेगा लेकिन वह अगला महीना नहीं आया। महीना तो आया लेकिन भीषण दुर्घटना लेकर। महीने के शुरुआती दिन थे, जब संजीव का रोड-एक्सीडेंट हुआ था। वह याद करके उदास हो गया। फिर वापस पलटा। वह लौटकर फिर उसी चाय की गुमटी पर आ गया। अनिच्छा के बावजूद उसने चायवाले से पूछ लिया।

"वो जो बैंक में नौकरी करती है?" चायवाले ने पहचान की स्वीकृति में प्रश्न किया।

"हाँ...हाँ वही!" उसने चायवाले को जवाब दिया।

"वो जो साँवले रंग की है? उनके घर एक सफेद बिल्ली है?" चायवाला अपने जवाब की प्रामाणिक तस्दीक चाहता था।

"पता नहीं!" इस बार उसने चायवाले को निराश किया। लेकिन चायवाला निराश नहीं हुआ था। चौराहे पर गुमटी होने की सार्थकता प्रमाणित करने के लिए वह कोई कसर नहीं छोड़ना चाहता था।

"वो जो नाटे कद की है। खूब लम्बे बाल हैं?" चायवाला बहुत उत्साह में था। उसकी आँखों में स्वीकृति हासिल करने की प्रबल इच्छा थी।

"हाँ वही!" उसने अनमने स्वर में कहा। हालाँकि उसे नहीं मालूम था कि नाटे कद की है और बाल खूब लम्बे हैं। चायवाला खुश हो गया।

"चौराहे पर दुकान है। सब खबर रखते हैं। पता पूछते अक्सर लोग इसी दुकान

पर तो आते हैं।" चायवाला अपनी छोटी-सी उपलब्धि पर तसल्ली से सिर हिलाते हुए बोला, "बस, कभी-कभी नाम भूल जाता हूँ।" वह बहुत धैर्य से चायवाले की खुशी देखता रहा फिर बोला, "लेकिन घर कहाँ है? यह तो बताओ।" वह चायवाले की इस जानकार होने की प्रफुल्लता से ऊब चुका था।

"वो...सड़क के आखिरी कोने पर। आँगन में नीम और आम के पेड़ वाला मकान।"

वह लौटकर उसी मकान पर आ गया जहाँ से असमंजस के बाद लौट गया था। अनुमान से जिस मकान की वह मन में तस्दीक कर रहा था अन्तत: वही मकान खोज का परिणाम था। वह भी अपने अनुमान पर खुश हो गया।

वह मेन गेट खोलकर भीतर दाखिल हुआ। लम्बे-चौड़े लॉन को पार करता हुआ वह मकान तक पहुँचा। घंटी बजाने पर दरवाजा खुला। असिता एक सामान्य-सी साड़ी पहने हुए थी। उसके घने और लम्बे बाल कमर से नीचे तक जा रहे थे। वह उस तरफ से बेपरवाह थी।

उसने अपना परिचय दिया, "संजीव और मैं एक ही अखबार में काम करते थे। मेरा मतलब मैं तो आज भी वहीं काम करता हूँ।"

"जी, आपने फोन पर बताया था।" कहकर वह चुप हो गई। उसे लगा कि संजीव की मौत का जिक्र न चाहते हुए भी आएगा। वह चुप रहा। संजीव अक्सर असिता का जिक्र करता था इतना कि उससे न मिल पाने के बावजूद वह उसे काफी कुछ जानने-समझने लगा था। जब कभी असिता दिल्ली आई तो संयोगवश वह दिल्ली से बाहर रहा और मिल नहीं पाया। संजीव की दुर्घटना में मृत्यु के बाद उसका काफी कुछ सामान तो उसके माँ-बाप ले गए लेकिन कुछ चीजें गैरजरूरी समझकर छोड़ गए जिसमें संजीव के प्रकाशित, अप्रकाशित लेख और मीडिया और समाज के अन्तर्सम्बन्धों पर लिखी पुस्तक की पांडुलिपि, कुछ पेंटिंग्स, कुछ पुस्तकें। संजीव के माँ-बाप को इसे दिल्ली से लादकर ले जाना भी मुश्किल लगा और निरर्थक भी। बाद में असिता से फोन पर बात हुई तो उसने लेख और पांडुलिपि माँगी। वह दिल्ली आना चाहती थी। उसने झूठ बोल दिया कि वह खुद किसी काम से आपके शहर आ रहा है तो साथ ले आएगा। पेंटिंग्स और पुस्तकें तो वह लादकर नहीं लाया लेकिन संजीव के सारे प्रकाशित-अप्रकाशित लेख

और पांडुलिपि ले आया था। हालाँकि शहर में ट्रेन से उतरने के बाद उसे थोड़ा असहज महसूस हुआ। संजीव की मृत्यु के बाद उसके माँ-बाप से तो मिलने की हिम्मत जुटा ली लेकिन अजीब बात है कि उसकी प्रेमिका से मिलने में उसे दिक्कत हो रही थी।

वह तब चौंका जब उसने देखा कि इसी बीच असिता कॉफी बनाकर ले आई थी। हाथ में कॉफी का प्याला हो तो आदमी बहुत-सी असुविधाजनक बातों और भंगिमाओं का सामना कर सकता है। यह उसका अनुभव था।

असिता सामने बैठ गई। वह खिड़की के पास कुर्सी पर बैठा था। बाहर लॉन में नीम के पत्ते उड़ रहे थे। सूखे पत्ते पूरे लॉन में बिखरे थे। हरी घास पर सूखे पत्ते कॉफी में धब्बों की भाँति लग रहे थे। भूरे और छोटे धब्बे। लॉन के कोने में एक अमलतास था जो अकारण अपने अकेलेपन में सूख रहा था। खिड़की खुली थी। हल्की गरम हवा पत्तों को उड़ाने के काम के अलावा खिड़की के रास्ते भीतर कमरे में भी टोह लेने आती थी। अखबार के पन्नों को बेचैन करती और फड़फड़ाने के लिए अकेला छोड़कर आगे दूसरे कमरे में दाखिल हो जाती। नीम के पेड़ पर एक रंगीन और खूबसूरत पतंग लटकी हुई थी। जाने कहाँ से कटकर इस नीम पर एक अजान आश्वस्ति की उम्मीद में डोल रही थी।

उसने असिता की ओर देखा, वह नीचे सेंटर टेबल पर रखे कॉफी के प्याले को घूर रही थी। दुख उसके चेहरे पर नहीं, उसकी बड़ी-बड़ी आँखों की कोर में ठहरा हुआ था। आँखों की कोर में छिप रहे दुख के बावजूद उसके चेहरे पर लावण्य की एक स्वाभाविक आभा थी जो दुख से परास्त नहीं हुई थी। लोग कहते हैं कि दुख का अतिरेक सब कुछ नष्ट कर देता है लेकिन उसे लगा असिता जो इन दिनों अपने सौन्दर्य के प्रति एक निर्मम अवहेलना सँभाल रही है। उसने ही उसके लावण्य की कोमलता और सहज प्रभा बचा ली है। दुख की वीरानगी उसकी आँखों में है, जो उसकी खुली आँखों में दूर तक पसरी हुई दिखाई देती है। मुझे किंचित् अचरज हुआ कि कोई उदास आँखों के साथ भी इतना आकर्षक लग सकता है।

निश्छल दुख पालनेवाली स्त्रियों का सौन्दर्य समय भी आहत नहीं कर पाता है। दुख से लड़ने की प्रकृति की भी अपनी सीमा होती है। प्रकृति असिता के हिस्से का दुख नहीं रोक पाई लेकिन दुख उसके सौन्दर्य को विक्षत भी नहीं कर पाया।

असिता थकी हुई थी। आहत थी। देह की सँभाल से लापरवाह और उदासीन थी लेकिन उसकी देह और चेहरे की कमनीयता में एक भद्र आकर्षण था।

उसने असिता की ओर से नजरें हटाकर खिड़की के बाहर भेज दीं। हवा की जिद में कुछेक पत्ते खिड़की पर लगी लोहे की जाली से आकर चिपक गए थे। असिता का मकान कॉलोनी के भीतर कोने में था, मुख्य सड़क से दूर। यहाँ वाहनों का शोर नहीं था। गरम हवा की भाँति एक शुष्क सन्नाटा फैला हुआ था।

मकान के बाद कॉलोनी की सड़क के पार दूसरी तरफ भी मकानों की पंक्ति थी। सामने के मकान की खिड़की से एक छोटी बच्ची झाँक रही थी। वह इस मकान को नहीं देख रही थी लेकिन लगता था कि इधर ही देख रही है। उस मकान की खिड़की पर तार की जाली नहीं थी। खिड़की पर गार्ड बार्स लगे थे। वह लड़की उन बार्स से हाथ बाहर निकाले ठोड़ी को बार से टिकाए अपलक देख रही थी। जैसे खिड़की पर लड़की नहीं, खिड़की पर खड़ी लड़की की पेंटिंग हो। निश्चल।

"आज ही वापस जाएँगे या रुकेंगे?" असिता ने एकाएक पूछा तो वह चौंक पड़ा। उसने असिता की ओर देखा। वह बोलकर इस तरह चुप हो गई थी गोया वह नहीं, कोई और बोला था।

"जी, कल शाम को जाऊँगा।" कहकर उसे एकाएक जैसे कुछ याद आया हो, "अगली बार कभी आया तो पेंटिंग्स भी ले आऊँगा।" कहकर उसने संशय से असिता को देखा कि कहीं वह इनकार न कर दे। जाने क्यों मन में यह चोर खयाल सतर्क होने लगा कि वह यहाँ और आना चाहता है। आना भी चाहता है लेकिन वाजिब कारण के साथ कि उसके मन का चोर पकड़ा न जाए। फिर उसे खुद पर लज्जा भी आने लगी। अपने दोस्त की प्रेमिका से इस तरह का लगाव का विचार रखना अपराध है। उसे खुद पर लज्जा के साथ अचरज हुआ। अखबार में नौकरी करते हुए अनेक लड़कियों से उसकी मित्रता है लेकिन कभी इस तरह का चोर आकर्षण किसी के लिए उसने महसूस नहीं किया।

"आप जब भी आएँ मिलने जरूर आएँ! वैसे पेंटिंग्स आप खुद ही रख लें। यहाँ कहाँ पेंटिंग लगाऊँगी?" उसने एक ठंडी और निस्पृह आवाज में कहा। मुझे लगा जैसे 'यहाँ कहाँ पेंटिंग लगाऊँगी' कहने के बाद शायद वह कहना चाहती थी

कि घर तो दुख से भरा है। पर उसने कहा नहीं। उसने कहा नहीं लेकिन जैसे वह सुन चुका था इसलिए एकाएक उसके मुँह से निकल गया, "दुख को पूँजी मत बनाइए। स्मृतियाँ मूल्यवान होती हैं। आप स्मृतियों को सँभालें!" कहकर वह चुप हो गया। यह असिता के अनकहे का जवाब था जो पता नहीं मुनासिब था या नहीं लेकिन वह बोल चुका था।

"शायद आप ठीक कहते हैं। लेकिन दुख ने एकाएक और इस तरह से तोड़ा है कि मामूली-सा भार भी उठाने की शक्ति नहीं है और स्मृतियाँ तो असंख्य हैं।" असिता ने ऐसी ठंडी और टूटी हुई आवाज में कहा कि मेरी देह में एक ठंडी सिहरन दौड़ गई। मन के उसी सन्दिग्ध कोने से चोर इच्छा फिर सिर उठाने लगी। उसने चाहा कि इस टूटी हुई आवाज को और टूटने से वह बचा ले। वह कहना चाहता था कि स्मृतियों का कोई भार नहीं होता है। भार तो दुख का होता है। उसे क्यों उठाए फिरती हैं? फिर वह बड़े जतन से बोला, "सबसे पहले तो आप खुद को सँभालें तभी तो स्मृतियों को सँभाल पाएँगी।"

असिता मेरी ओर नहीं देख रही थी लेकिन उसने सिर हिलाया। उसके सिर हिलाने का भी कोई निश्चित अर्थ नहीं था। उसे थोड़ी मायूसी हुई। व्यक्ति किसी को याद करने के लिए एकान्त के रुदन क्यों चाहता है? वह हँसी में दाखिल क्यों नहीं होता? किसी को हँसकर भी याद किया जा सकता है। हँसी अभी भी व्यक्ति के एकान्त का साथी नहीं हो पाई है।

कॉफी ठंडी हो गई थी। वह कहना चाहता था। तभी वह कॉफी के प्याले उठाकर भीतर चल दी फिर किचन के दरवाजे से पलटकर बोली, "कॉफी ठंडी हो गई थी। मैं दूसरी कॉफी बनाती हूँ।" असिता ने उसके जवाब की प्रतीक्षा नहीं की और भीतर चली गई। वह सोचने लगा, असिता सचमुच कॉफी ठंडी होने की उसके मन की बात समझ गई या फिर उसके पास से उठना चाहती थी।

वह कमरे में अकेला रह गया। उसने सोचा, क्या उस सामने के मकान की खिड़की में खड़ी लड़की ने भी असिता को किचन में जाते देखा होगा? देखा भी हो तो क्या? और क्या पता वह लड़की उस खिड़की पर अब तक खड़ी होगी या नहीं? उसने गरदन पलटकर खिड़की से झाँका। सामने के मकान की खिड़की पर कोई नहीं था। दरवाजे पर एक आसमानी रंग का स्कूटर जरूर खड़ा था।

दोपहर ढल रही थी लेकिन शाम के अँधेरे को इसकी सूचना नहीं थी। एक भूरा-सा तपता हुआ उजाला बाकी था। उसने चाहा वह उठकर उस जगह बैठ जाए जहाँ असिता बैठी थी लेकिन उसे लगा यह ठीक नहीं होगा हालाँकि इसका कोई कारण भी उसके पास नहीं था। हॉल की खुली खिड़की का उजाला हॉल के दूसरे सिरे तक बमुश्किल जा पाया था। भीतर बन्द खिड़कियों वाले किचन में हल्के-से अँधेरे के बीच असिता एक छाया-सी नजर आ रही थी। उसका मन हुआ वह किचन के दरवाजे पर खड़ा होकर बातें कर सकता है लेकिन उसने खुद को रोक लिया। अब उसे अपनी हर हरकत, सामान्य-सी और सहज हरकत भी अपने दोस्त के प्रति अपराधबोध से भर रही थी। उसे लगा, अपने दोस्त की मृत्यु के बाद जिस जिम्मेदारी के साथ इस शहर में आया था, एक चोर लगाव उस तरल दुख और जिम्मेदारी में लुच्ची संवेदना भी शामिल कर रहा था। उसे खुद पर गुस्सा आने लगा। लेकिन गुस्सा स्थायी जगह नहीं बना पा रहा था।

तभी असिता लौट आई।

"बातें हम इत्मीनान से कर लेंगे। पहले आप कॉफी पी लें।" कहकर उसने हँसने की कोशिश की जिसमें उसे नाकामी मिली। वह नहीं जानती है कि इस बीच वह हँसी जमा करना भूल गई है।

वह अकारण शर्मिन्दा होकर कॉफी पीने लगा। जैसे इतनी देर से बहुत सारी बातें उन दोनों के बीच हो रही हों। असिता ने भूरे रंग की थोड़ी काली-सी साड़ी पहन रखी थी। रंगों को लेकर उसका असमंजस अभी भी कायम है। यह सोचकर उसे अफसोस हुआ। साफ देखने के बावजूद वह रंग की स्पष्ट पहचान नहीं कर पा रहा था। उसे लगा कि लड़कियों का व्यक्तित्व कुछ ऐसा ही होता है। एकदम सरल और स्पष्ट दिखाई देने के बावजूद एक जटिल रहस्य बना रहता है।

कमरे में पंखा चल रहा था। गरमी बाहर थी लेकिन कमरे का तापमान कोई ज्यादा नहीं था लेकिन असिता साड़ी के पल्लू को बार-बार माथे पर थपथपा रही थी जैसे कोई स्पंज से नमी सोखता है। शायद यह उसकी आदत थी या फिर अपनी बेचैनी पर नियंत्रण पाने का उसका तरीका। उसकी उँगलियाँ बेचैनी में काँप रही थीं। होंठ दुख की उत्तेजना में थरथरा रहे थे। वह कुछ कहने या फिर कुछ न बोलने की उलझन में थी।

वह चुपचाप कॉफी पीता रहा। कॉफी पीना एक सामान्य क्रिया थी लेकिन उस वक्त दोनों को लगा जैसे यह एक कठिन और कष्टप्रद काम है जो जाने कब पूरा होगा। दोनों की यह आशंका थी जो भी प्याला पहले नीचे रखेगा, बात उसी को आरम्भ करनी पड़ेगी। किसी भी बात का कोई सिरा दोनों के पास नहीं था।

इसी बीच एक सफेद बिल्ली हॉल में चुप्पी में हस्तक्षेप करती हुई आई और एक तीखी म्याऊँ की आवाज के साथ असिता के पास सोफे पर बैठ गई। हल्के पीले रंग की आँखों वाली बिल्ली सोफे पर बैठते ही उसे घूरने लगी। घर में बैठे अजनबी की उपस्थिति उसे शायद नागवार गुजरी थी। उसकी आँखों में एक ठंडी घृणा थी। उससे ज्यादा देर तक आँखें नहीं मिलाई जा सकती थीं। उसे लगा, कोई सूने घर में अकेले रहते हुए ऐसे डरावने जीव के साथ कैसे रह सकता है? यह बिल्ली तो सूने घर में पल रहे भय को हर घड़ी बड़ा करती रहती होगी। बिल्ली की आँखों में भय के लिए असीम अनुराग था। वह इस अनुराग को छिपाना भी नहीं चाहती थी। जैसे कोई अपने अक्स से प्रेम करे। बिल्ली ने अब उसे घूरना बन्द कर दिया था और सिर नीचे झुकाकर अपने पैर चाट रही थी। वह पैर चाटने में तल्लीन थी। उसने बड़े जतन से असिता से कहा, "मुझे चलना चाहिए।"

वह चौंक पड़ी। जैसे वह कमरे में उसकी उपस्थिति को भूल चुकी थी।

वह सोफे से उठकर दरवाजे तक गई और जाने क्या सोचकर वापस पलट आई।

"मैं सोच रही थी, आप खाना खाकर जाते।"

वह समझ नहीं पाया कि यह सूचना है या आग्रह। फिर वह किचन में चली गई। कमरे में वह और बिल्ली रह गए। बिल्ली ने पैर चाटना छोड़ दिया था और दुबारा उसे घूरना शुरू कर दिया था। उसके मामूली से हिलने-डुलने पर भी बिल्ली अकारण की सतर्कता और सन्देह से सिर हिलाकर उसे देखने लगती। अविचल। वह असहज हो गया। असिता किचन में थी। वह समझ नहीं पा रहा था कि उसे बैठना है या चल देना है। तभी बिल्ली सोफे से उठी और खुले दरवाजे के बाहर चली गई। वह लॉन में जाकर पेड़ों से चिड़ियाओं की आवाज को एक हिंसक तल्लीनता से सुनने लगी। फिर वह निर्द्वंद्व चलती हुई लॉन के दूसरे कोने पर पहुँच गई। एकाएक आहट हुई तो पलटा। असिता किचन से लौट आई थी। उसके चेहरे पर एक महीन और श्रम से अर्जित मुस्कान थी। तो क्या यह भीतर मुस्कान खोजने गई थी?

"भिंडी रखी है। आप भिंडी खाते हैं?" असिता ने पूछा तो उसे समझ में आया कि यह भीतर मुस्कान के साथ भिंडी भी खोज रही थी।

"आप तकलीफ न करें। मैं बाहर खा लूँगा।" वह नर्वस स्वर में बोला।

"संजीव को तली हुई भिंडी पसन्द थी। साथ में पराठे।" उसकी मुस्कान गिर गई थी, अब होंठों पर एक कम्पन था। स्मृतियों का कम्पन। वह कुछ नहीं बोला। असिता अतीत में सेंध लगा रही थी। शायद इस तरह अपने लिए एकाध छोटी-सी मुस्कान वहाँ से खोज लाए। वह एक चीनी की बड़ी-सी प्लेट में भिण्डी रख लाई और काटने लगी। भिंडी काटने में ऐसी तल्लीनता की जरूरत नहीं थी जिस तल्लीनता से वह भिंडी काट रही थी। क्या वह बातचीत से बचना चाहती है? क्या उसे भय है कि बातचीत का हर सिरा संजीव की स्मृतियों से जुड़ जाएगा। या उसे यह भय है कि संजीव के जिक्र के बगैर किसी भी बातचीत का अब कोई अर्थ नहीं रह गया है। सम्भवतः उसे यह भय भी हो कि बातचीत से उसका दुख कम हो जाएगा। कई लोग ऐसे होते हैं जो स्मृतियों के जंगल की अपेक्षा दुख के खँडहर में रहना पसन्द करते हैं। असिता भी उन्हीं लोगों में से एक है जो एकान्त के अँधेरे में खुद के लिए दुख की सार्थकता प्रमाणित करते रहते हैं। बाहर के सारे दरवाजे बन्द करके दुख को उत्सव मनाने का अवसर देते हैं। वह एक चोर चुप्पी के साथ उसे देखने लगा। उसके हाथों में काँच की थोड़ी चूड़ियाँ थीं। दूसरी कलाई के सूनेपन को ढकने के लिए एक छोटी-सी रिस्टवॉच। उसकी कोमल पतली उँगलियाँ पुराने अभ्यास में चाकू चला रही थीं। हालाँकि उँगलियों से कम्पन अभी गया नहीं था। गले में एक महीन सफेद चेन थी। सम्भवतः चाँदी की या फिर सोने की चेन पर चाँदी की पॉलिश थी। लेकिन उस चेन ने उसकी लम्बी ग्रीवा के सूनेपन को खंडित कर दिया था। कुछ लोग असाधारण आभूषण पहनकर खुद की साधारणता को ढकते हैं, कुछ लोग सामान्य-सी चीजों के इस्तेमाल से उन चीजों में भव्यता डाल देते हैं। फिर उसने सोचा, क्या सचमुच ऐसा है या उसका बदला हुआ सोच ऐसा दृश्य बुन रहा है। उसके भीतर एक कोमल कोना तैयार हो रहा है। यह सोचकर वह पुलकित हो गया लेकिन तत्काल उसका अपराधबोध भी सतह पर आ गया। उसकी तसल्ली के लिए उसके भीतर का पत्रकार सतर्क हो गया। उसका अपराधबोध एक तरह के मध्यवर्गीय संस्कार की दुत्कार है। यह तो एक तरह से असिता के साथ भी ज्यादती है।

"मैं खाना बनाती हूँ। तब तक आप चाहें तो कुछ पढ़ने के लिए दूँ?" असिता ने पूछा। उसे चुप्पी में ऊब नजर आई थी।

"नहीं, बिलकुल नहीं। पढ़ने की तो नौकरी ही है। दिन-रात पढ़ना ही तो पड़ता है।" कहकर वह थोड़ा जोर से हँसा। सूने हॉल में अपनी हँसी उसे अजीब-सी लगी। वह सिटपिटा गया। उसकी सिटपिटाहट देखकर असिता ने मुस्कराने की कोशिश की। मुस्कराने की कोशिश में वह थोड़ी असहज हो गई। उसकी बड़ी-बड़ी आँखें डबडबा आईं। अब वह अपनी हँसी के अपराधबोध से भर गया। उसकी हँसी असिता के दुख की गरिमा को धक्का दे रही थी। वह लड़की अपने दुख के प्रति बहुत सचेत थी। वह कहीं से भी अपने दुख को ठेस नहीं पहुँचाना चाहती थी। वह दुख भी बिल्ली की तरह पाल रही थी।

"सांदी कहाँ गई?" असिता ने अचानक पूछा। वह चौंक गया। वह तो समझ ही नहीं पाया कि सांदी से उसका आशय उस डरावनी बिल्ली से है।

"बिल्ली कहाँ गई?" उसने दुबारा पूछा और जवाब की प्रतीक्षा किए बगैर दरवाजा खोलकर बाहर चली गई।

थोड़ी देर बाद वह बिल्ली को खोज लाई। वापस उसे सोफे पर बैठाकर हॉल का बाहर खुलनेवाला दरवाजा बन्द कर दिया। फिर वह कटी हुई भिंडी की प्लेट उठाकर किचन में चली गई। अब वह फिर बिल्ली की घूरती हुई आँखों की गिरफ्त में था।

कुछ देर बाद असिता खाना तैयार करके हॉल में ले आई। सेंटर टेबल पर ही उसने खाना लगा दिया। दाल-चावल, रोटी, सब्जी, पापड़ जाने कितनी चीजें वह थोड़ी-सी देर में तैयार करके ले आई थी।

साड़ी का पल्लू उसने कमर में खोंस लिया था। प्लेट में खाना लगाते हुए असिता का सिर नीचे झुका हुआ था। बालों की एक लापरवाह लट माथे पर झूल आई थी। अब उसके माथे पर सचमुच पसीना था लेकिन वह पल्लू से पोंछ नहीं रही थी। पल्लू माथे पर नहीं, कमर पर था।

उन दोनों ने चुपचाप खाना शुरू कर दिया। खाना बहुत बना था फिर वह बहुत दिनों के बाद घर का बना खाना खा रहा था। खाने में उसके दुख का स्वाद नहीं था। खाने में उसके दक्ष हाथों के हुनर का भी स्वाद था। उसने असिता को बताया कि एक लम्बे अरसे के बाद इतना स्वाद भरा खाना खा रहा है। शायद

वह मुस्कराई थी पर दुख के हमले से मुस्कान होंठों तक नहीं आ पाई। उसने सिर झुकाकर उसकी तारीफ स्वीकार की।

खाना खाकर उसने फिर कहा, "मुझे चलना चाहिए।"

असिता की काली आँखों में दुख का अँधेरा बढ़ गया। वह कहना चाहता था कि दुख की निरन्तरता कभी-कभी दुख की गरिमा खत्म कर देती है लेकिन वह चुप रहा। उसे लगा इस लड़की ने दुख को आदरभाव से जीवन में प्रतिष्ठित कर लिया है। दुख की इस प्रतिष्ठा में यह मृतक के प्रति आदरांजलि देख रही है। सम्भवतः वहाँ नए परिचय और नए रिश्तों का अर्थ अतीत के रिश्तों का अपमान है। किसी प्रिय के दुख की सार्थकता नए रिश्ते की सम्भावना को नष्ट करके खुद को एक क्रूर तुष्टि देने की कोशिश में होती है। यह लड़की ऐसी ही कोशिश कर रही थी। दुख को एक निरर्थक पावनता देने की कोशिश।

वह हॉल से बाहर निकला तो गरमी का एहसास हुआ। वह दरवाजे पर ठिठक गई। वह दो सीढ़ी नीचे उतरकर लॉन में रुक गया। नीम की छाया थी लेकिन हवा में छाया का असर नहीं था। दरवाजा खुलता देखकर कुछ उद्दंड सूखे पत्ते हॉल में दाखिल हो गए थे। क्यारियों में कुछ गुलाब के पौधे थे और कुछ सूखे हुए गेंदे के पौधे। लॉन में कहीं-कहीं घास पानी के अभाव में जलने लगी थी। सूखी पत्तियों, गरम हवा, जलती घास और एक निर्मम उजाड़ के बावजूद उस घर में एक कशिश थी। दुख की बोझिल उपस्थिति के बावजूद उस घर में एक मोहक एकान्त का खिंचाव था।

बरामदे की छत ढलवाँ थी और उस पर देसी कवेलु जमे थे। कवेलुओं को नीम ने अपनी सूखी पत्तियों से ढक दिया था। असिता चुप खड़ी थी। वह पलट गया। उसने देखा, सामने घर की खिड़की पर वह लड़की फिर खिड़की से बाहर हाथ लटकाए खड़ी है। सारे दृश्य फिर से अपनी व्यवस्था पर आ रहे थे। सड़क पर दूर तक सन्नाटा था। उसे मुख्य सड़क तक पैदल जाना था। वह आगे बढ़ गया और कोने से कॉलोनी की दूसरी सड़क पर पलटा तो असिता दिखाई देना बन्द हो गई।

वह मुख्य सड़क तक आया तो उसे याद आया चौराहे की चाय की गुमटी नजर नहीं आई? शायद वह दूसरी सड़क से पलटकर मुख्य सड़क पर आ गया था। उसे यह जानकर अच्छा लगा कि मकान की जिस सड़क से वह निकलकर

मुख्य सड़क तक आया है वही सड़क पलटकर दूसरी ओर से फिर उसी मकान तक चली जाती है।

वह ठिठककर देखने लगा। दूर कॉलोनी में असिता के मकान के आँगन का नीम का पेड़ यहाँ से नजर आ रहा है। नीम के पेड़ की ऊँची टहनियों में अटकी रंगीन पतंग भी साफ नजर आ रही है। वह सोचने लगा, असिता के मकान से निकलकर वह यहाँ कितनी ऊँचाई पर खड़ा है जहाँ से उसे दूसरी ऊँचाइयाँ साफ नजर आ रही हैं? चलने से पहले उसने देखा, रंगीन पतंग अभी भी टहनियों में डोल रही है।

कहाँ नहीं हैं हत्यारे

वासु ने धीरे से आँखें खोलीं, सभी दूर धुँधला नजर आया। हाथ उठाना चाहा तो महसूस हुआ कि उसमें सलाइन की सुई लगी है। उसने मस्तिष्क पर जोर देना चाहा तो आँखें बन्द हो गईं और सिर में दर्द होने लगा। बन्द आँखें उसकी चेतना का गला घोंटकर बेहोशी में दफन कर रही थीं। सिर्फ एक औरत की आवाज सुनाई दी।

यह तो सेवन्ती है, उसकी पत्नी। यह यहाँ कैसे? और मैं खुद यहाँ कैसे? इतने सारे प्रश्नों के जवाबों के दबाव में फिर से नींद में गिर पड़ा। काफी देर बाद नींद खुली। शायद रात हो चुकी थी। इस बार उसने बहुत आहिस्ता से सिर घुमाया। बसंत, रावजी भाई, रमण काका, ऐसे लगभग आठ चेहरे उसे अस्पताल के गलियारे में नजर आए। किसी के हाथ पर प्लास्टर था, किसी के पैर में प्लास्टर चढ़ा। किसी का सिर फूटा था तो पट्टी बँधी थी। हर कोई टूटी-फूटी देह और दर्द के साथ नंगे फर्श पर था। उसने खुद भी महसूसा कि उसके भी बाएँ पैर में प्लास्टर चढ़ा है। सिर पर हाथ घुमाया तो वहाँ भी पट्टी बँधी थी। खून बहकर पलकों पर आकर सूख गया था। डॉक्टर ने उस खून को साफ करना भी जरूरी नहीं समझा था। पलकों पर खून आँखें खोलने पर दर्द दे रहा था।

धीरे-धीरे उसे याद आने लगा। वह खाद लेने गाँव से शहर आया था। खाद की बोरी का सरकारी रेट तीन सौ रुपये प्रति बोरी था, लेकिन उसे मालूम हो गया था कि खाद सरकारी दर से नहीं, बल्कि तीन सौ की बजाय पाँच सौ रुपये प्रति बोरी मिल रहा है और पाँच सौ रुपये में भी खरीदने के लिए भी सुबह से लाइन लग जाती है। इधर पिछले दो बरसों से पता नहीं क्या बात हुई थी कि खाद की बेहद कमी हो गई थी। खाद निर्धारित राशि से भी ज्यादा मूल्य देकर, चार से पाँच घंटे लाइन में लगकर हाथ जोड़कर खरीदनी पड़ रही थी।

वासु गाँव से, अपने घर से सुबह पाँच बजे पैदल चलकर खाद लेने शहर आया था। खाद की सहकारी दुकान पर तब भी पच्चीस-तीस लोगों की लाइन लग गई थी। वह भी लाइन में खड़ा हो गया। धीरे-धीरे लाइन आगे बढ़ रही थी। सूरज सिर पर हाँक लगा रहा था। छह बोरी के लिए वह तीन हजार रुपये रखकर लाया था। वापसी में खाद की बोरियों को बिसन काका की बैलगाड़ी पर लादकर ले जाने की बात कर ली थी।

भूख लगी थी, लेकिन लाइन से बाहर हो जाने का खतरा था तो दूसरी तरफ यह कि इन तीन हजार रुपये में से कुछ भी खर्च करना खाद की बोरी का न मिलना है। भूख से पस्त था वासु। उस समय, लेकिन वासु भूख-प्यास की तड़प और आवश्यकता के बारे में नहीं सोचकर सिर्फ खाद के बारे में सोच रहा था। खाद नहीं मिली तो इस बार की फसल भी गई। इस बार पानी खेत की प्यास बुझाने लायक गिरा था, लेकिन अब खाद की जरूरत थी। खाद नहीं मिली तो बीज जो उधार खरीदा है, उसका ब्याज बढ़ने लगेगा। वासु ने पसीना पोंछकर खुद को दिलासा दिया था कि एक दिन रोटी नहीं खाई, पानी नहीं पिया तो वह कोई मर नहीं जाएगा।

दोपहर भी पीछे खिसक रही थी। वह कतार में खुद नहीं चल पा रहा था। पीछे खड़े व्यक्ति के धक्के से आगे बढ़ रहा था। सूखे कंठ में काँटे उग आए थे जो थूक निगलने पर भी चुभते थे। बस, पाँच लोग और आगे हैं। थोड़ा धीरज धरना है। इस बार पानी बाबा ने मेहरबानी की है। इस बार की फसल से बीज और बनिये के किराना सामान का कर्जा भी चुका देंगे। गाँव की काकड़ पर छोटे से मन्दिर में बैठे भैरव बाबा की कृपा रही तो सेवन्ती के लिए एक नया लुगड़ा भी ले आऊँगा। इस तरह का सोच वासु के लिए एनर्जी का काम कर रहा था। हालाँकि गाँव से चलते समय सेवन्ती ने कहा था कि साथ में रोटी की पोटली रख ले जाओ। वहीं कहीं रोटी खाकर हैंडपम्प से पानी पी लेना। देह की ताकत को आधार मिल जाएगा। वह नहीं माना था। उसे नहीं मालूम था कि दुकान देर से खुलेगी और लाइन इतनी लम्बी रहेगी। उसने सोचा था, सेवन्ती के कहने पर कम-से-कम छाछ ही पीकर आ जाता तो इतनी कमजोरी नहीं महसूस होती। छोड़ो, अब जो हो गया सो हो गया। सहसा दुकान पर दुकानदार और एक किसान का झगड़ा शुरू हो गया। किसान के पास चार बोरी खाद के दो हजार रुपये की जगह उन्नीस सौ रुपये थे। दुकानदार

सौ रुपये की छूट देने को तैयार नहीं था। किसान का आग्रह था कि वह तीन सौ रुपये की बोरी पाँच सौ में खरीद रहा है तो उसे तो वैसे ही चार बोरी के आठ सौ रुपये ज्यादा देने पड़ रहे हैं। अब दुकानदार के लालच में सौ रुपये की कमी भी आ गई तो कोई आसमान नहीं फट पड़ेगा। लालची कहने से दुकानदार भड़क गया। वह गुंडई वाला भ्रष्टाचार भी करना चाहता था, लेकिन सम्मान के साथ। विवाद बढ़ गया। किसान अपनी बोरियाँ उठाने लगा। दुकानदार ने टोका तो झूमा-झटकी मारपीट तक चली गई। दुकान के मुंशी ने थाने में फोन लगा दिया। पुलिस आ गई। आते ही लाठियाँ चलने लगीं। जिन्हें ऐसी स्थिति का भान था वे तो पहले ही भाग लिये, निर्दोष पुलिस की चपेट में आ गए। सिर्फ यह सोचकर कि हमने कोई झगड़ा नहीं किया है तो पुलिस हमें क्यों पकड़ेगी या क्यों मारेगी? लेकिन ऐसे मासूम तर्कों से पुलिस प्रशासन नहीं चलता। पुलिस की लाठियों से दर्जनों घायल हुए जिसमें वासुदेव वल्द मंशाराम यानी वासु का माथा फूटा, पैर टूटा। माथे पर टाँके आए। पैर पर प्लास्टर चढ़ा। उसने एक लम्बी साँस ली और आँखें बन्द कीं और सेवन्ती से पूछा, "तुझे किसने खबर की?"

"दुकान की लाइन में लगे सोमनाथ काका के लड़के मुकेश ने आकर बताया।" सेवन्ती ने लाड़ से उसके सिर पर उस जगह हाथ फिराया जहाँ टाँके नहीं लगे थे, लेकिन बहते खून ने सूखकर बालों को सख्त कर दिया था।

"बस चार पग दूर था कि खाद मिल जाता। लड़ाई-झगड़े ने यहाँ मेरा सिर फोड़ा और वहाँ गाँव में खेत रौंद दिया।" वासु ने कहा तो सेवन्ती को वासु की आवाज भी खून में सनी लगी।

"धीरज धरो। जान बच गई, बस! खाद फिर ले लेंगे।" सेवन्ती ने पनीली आवाज में कहा।

"फूटे माथे के साथ तो ठीक, लेकिन इस टूटे पैर के साथ खेत में कैसे जाऊँगा? घर-खेत तो खुद ही देखना पड़ता है। घर-धणी के बगैर तो खेत ने, फसल ने बिगड़ना ही है।" वासु की आवाज का खून भी अब सूखने लगा था और उसकी आवाज भारी होने लगी थी। भविष्य में खेत का उजाड़ अभी से उसकी आँखों में आ गया था।

"मैं हूँ ना।" सेवन्ती ने वासु का हाथ सहलाया, "मैं खेत सँभालूँगी। इस दिलासे

की आवाज की कम्पन से और सेवन्ती के स्पर्श में जाने कैसी ठंडक थी कि उसका शंकित काँपता मन शान्त हो गया।

शासकीय अस्पताल का यह बड़ा-सा गलियारा था। नर्स ने बताया कि वार्ड में पलंग खाली नहीं है। इसलिए गलियारे में मरीजों को लिटाया है। पूरे बरामदे में अधिकांश उसके गाँव के जाने-पहचाने चेहरे थे, जो चेहरे और हाथ-पैर पर बँधी पट्टियों के बावजूद पहचाने जा रहे थे। वार्ड में मरीजों की कराहें और उनके परिवार के व्यक्तियों की चिन्ता की कराहें आपस में गड्ड-मड्ड होकर सुनाई दे रही थीं। दुख का एक अजीब-सा शोर था। बड़ा-सा गलियारा दुख का घर हो गया था। बदहवास चेहरे, शंकित और आश्वासन की अपेक्षा में डॉक्टर, नर्स और वार्डबॉय के आगे गिड़गिड़ाते स्वर गलियारे में एक अजीब-सी कँटीली करुणा भर रहे थे।

पंखे सरकारी खरीदी के थे, सरकारी गति से ही घूम रहे थे। वे घूमते दिखाई दे रहे थे, लेकिन इतनी धीमी गति में हवा देने की कूवत नहीं थी। सेवन्ती उसे अखबार से पंखा झल रही थी। इस हवा में उसके लिए एक घरेलू राहत थी। तभी नानू आया, उसका बेटा। उसके हाथों में दवाइयों का पैकेट था। वासु ने प्रश्नसूचक दृष्टि से सेवन्ती की ओर देखा। सेवन्ती ने तनिक संकोच और वासु के क्रोध की आशंका से उपजे भय के साथ बताया कि नर्स कह रही थी कि दवाइयाँ बाजार से लाओ। यहाँ सरकारी दवाइयाँ खत्म हो गई हैं।

पैसा?

दवाइयों के लिए पैसा कहाँ से आया? यूरिया, फिर डी.ए.पी. खाद फिर खेत में छिड़काव की दवाइयाँ आदि के आगामी प्रबन्ध के लिए वासु ने अपने मात्र तीन एकड़ खेत के एक हिस्से को गिरवी रख दिया था कि वह गाँव के बनिये के अगले-पिछले सारे कर्ज उतार देगा।

"दवाइयों के लिए आपकी जेब में रखे खाद के पैसों में से थोड़े पैसे निकाले हैं।" सेवन्ती की यह बात सुनते ही वासु ने घबराकर अपनी बंडी की जेब पर हाथ रखा जैसे जेब कट गई हो।

"खाद कैसे खरीदूँगा, सेवन्ती? दवाइयों के बगैर मर नहीं जाऊँगा, लेकिन खाद के बगैर खेत की फसल मर जाएगी।" वासु के स्वर में इतनी गहरी हताशा और दुख था, जैसे कोई सगा मर गया हो।

"ज्यादा पैसे नहीं निकाले हैं।" सेवन्ती ने आश्वस्त करना चाहा, "सौ-दो सौ रुपये से खाद की खरीदी में फर्क नहीं पड़ेगा।"

"अरी बावली! यह पूरा झगड़ा-फसाद ही मात्र सौ रुपये के लिए हुआ है।" वासु कुढ़कर बोला, "दुकानदार ऊपरी कमाई के सौ रुपये भी कम लेने को तैयार नहीं था। इसीलिए झगड़ा बढ़ा और तू दो सौ रुपये की बात कर रही है।" कहकर वासु हताशा में सिर हिलाने लगा।

वासु को दुखी देखकर सेवन्ती अखबार से हवा देना भूलकर चुपचाप अपने पति को देखने लगी। वासु को भी लगा कि सेवन्ती उसे दुखी देखकर दुखी हो गई है। माहौल को हल्का करने के लिए उसने नानू से कहा, "जरा अखबार बाँचकर बता देस-दुनिया की बातें।" कहकर वह एक कराह से लड़ती हँसी हँसा।

नानू ने अखबार उठाकर फ्रंट पेज की खबर सुनाई। मुख्यमंत्री और केन्द्रीय कृषि मंत्री का संयुक्त बयान था कि "किसान चिन्ता बिलकुल न करें। पिछली सरकार की भाँति खाद-बीज की कमी नहीं आने देंगे। किसान हमारा, हमारे देश का अन्नदाता है। अन्नदाता को तकलीफ होगी तो ईश्वर हमें सजा देगा। हम अपने अन्नदाता को कोई तकलीफ नहीं होने देंगे। उसकी सहायता के लिए, उसकी तकलीफें दूर करने के लिए हमें नंगे पैर काँटों पर भी चलना पड़ेगा तो हम पीछे नहीं हटेंगे। किसान सारी चिन्ता हम पर छोड़ दें।"

नानू चुप होकर पिता की ओर देखने लगा। वासु के चिन्तित और दुख से भरे चेहरे पर एक क्षीण, लेकिन तीखी मुस्कान थी।

"हमारे भले की योजना बन जाने दे। तब बीज बोएँगे, तब खाद खरीदेंगे।" कहकर वासु ने मुस्कराकर सेवन्ती की ओर देखा जो पहले ही बिटर-बिटर पलकें झपकाती उसे मुस्कराता देख रही थी।

"हँस क्यों रहे हो जी?" सेवन्ती ने पूछा।

"हमें फिकर करने की जरूरत नहीं। सरकार हमारी चिन्ता कर रही है। सरकार को हमारे दुख मालूम पड़ गए हैं।" वासु ने कहा।

"कैसे?" सेवन्ती ने पूछा।

"सरकार अन्तर्यामी है।" कहकर वासु ने हँसना चाहा, लेकिन मुँह से कराह निकल गई।

"कहाँ है सरकार?" सेवन्ती अचरज से बोली।

"हमारी चिन्ता में कहीं बैठी है।" कहकर वासु ने सेवन्ती का हाथ थपथपाया, "हमें कैसे मालूम पड़ेगा भला कि सरकार हमारी चिन्ता में कहाँ बैठी है।"

सेवन्ती कुछ समझ नहीं पाई, बस असमंजस में सिर हिलाती रही। वासु भी कुछ नहीं बोला, बड़े लोग छोटे लोगों के लिए बड़ी जगह पर बैठकर ही चिन्ता करते हैं। ऐसी जगह जहाँ छोटे आदमी उन्हें चिन्ता करते देख भी नहीं पाएँ। पास भी नहीं फटक पाएँ। बड़ा लोगनऽ की बड़ी बात! निमाड़ी लोकोक्ति सोचते हुए वह असमंजस में बैठी सेवन्ती को देखने लगा।

इस लम्बे से गलियारे में जो एक ओर से खुला था मच्छर निर्द्वंद्व भीतर आ रहे थे और पहले से असहाय हाथ-पैर उठाने में नाकाम मरीजों का खून पी रहे थे। वासु सोचने लगा, अजीब बात है। बाहर पुलिस के डंडे चले और खून बहा। अस्पताल में मच्छर खून पी रहे हैं। हर किसी को खून देखकर या पीकर ही संतोष हो रहा है। किसान के खून की फिक्र भी कौन करे? सिर्फ सरकार है जो फिकर कर रही है, लेकिन वह भी नजर कहाँ आती है। सरकार किसी को दिखाई नहीं देती। वह गलियारे में लटके एक फीकी रोशनी फेंकते बल्ब को देखता रहा। धूल और कीट-पतंगों से भरे गलियारे में नंगे फर्श पर सारे मरीज जानवरों की तरह फैले पड़े थे। उनके परिजन उस बोतल को हाथ में उठाए खड़े थे जिन्हें सलाइन चढ़ रही थी।

डॉक्टर जा चुके थे। नर्सेस सो चुकी थीं। गलियारे में मरीज अपने परिजन और दुख-दर्द के साथ अकेले लेटे हुए जाग रहे थे। देह में दर्द भी उठे तो किसे कहें? नाइट ड्यूटी का डॉक्टर राउंड लगाकर अस्पताल के कोने के कमरे में सोने जा चुका था। उसके राउंड पर आने पर वासु ने उसे बताया था कि पलकों पर खून जमा है, आँखें खोलने पर दर्द होता है, नीचे फर्श पर सोने से कमर दुखती है।" डॉक्टर झल्ला गया था।

"स्साले दंगे-फसाद करते हो। गुंडागर्दी करते हो और हमसे सेवा-चाकरी कराना चाहते हो। किसान हो तो किसानी करो, गुंडागर्दी क्यों करते हो?" डॉक्टर ने उसकी ओर एक नजर देखा और आगे बढ़ते हुए बोला, "मरहम-पट्टी कर दी। प्लास्टर चढ़ा दिया। यही बहुत समझो।"

निकट लेटे महिमाराम ने कहा, "नंगे फर्श में सोने से देह अकड़ जाती है

और फर्श पर धूल भी बहुत है। कीड़े-मकोड़े भी काटते हैं। ये तकलीफ दूर करा दो डॉक्टर साब।"

"अब देखो! गुंडे-मवाली भी पलंग की माँग करने लगे, भई खूब जमाना आ गया है। धूल में सोने से, कीड़ों के काटने से तुम मर नहीं जाओगे।" कहकर डॉक्टर कुछ बुदबुदाता आगे बढ़ा, उसकी बुदबुदाहट का स्वर धीमा था, लेकिन वासु के कानों ने पकड़ लिया कि "गर मर भी गए तो कौन दुनिया सूनी हो जाएगी।"

वासु और सारे किसान जिन्हें इस समय दवाइयों से ज्यादा हमदर्दी की जरूरत थी, लेकिन अस्पताल में दवाइयों के साथ हमदर्दी का स्टॉक खत्म हो गया था। डॉक्टर सोने जाना चाहता था, उसकी झुँझलाहट बढ़ रही थी। कमरे में नाइट ड्यूटी की नर्स उसकी प्रतीक्षा कर रही थी। डॉक्टर ने एक गुस्सैल उतावली में किसी मरीज की नाड़ी देखी किसी की आँख और सब कुछ ठीक है, कहता हुआ चला गया था। क्या डॉक्टर सच कहकर गया था कि किसानों के मरने से दुनिया सूनी नहीं हो जाएगी? क्या समाज में किसान होना सबसे छोटा और अनादर का काम है? पास लेटा महिमाराम सोचने लगा जो इन सब किसानों में मामूली-सा पढ़ा-लिखा था।

गलियारे में लगे एकमात्र बल्ब के किनारे कीट-पतंगे मँडरा रहे थे। उस पीली, बीमार-सी रोशनी में जाने क्या आकर्षण था कि कीट-पतंगे बल्ब के आसपास नाच रहे थे।

डॉक्टर के दुर्व्यवहार ने दवाई का काम किया था। दर्द से कराहते किसानों की कराह को डॉक्टर के व्यवहार से उपजे अचरज ने दबा दिया था। देह के दर्द के आगे अपमान का दुख खड़ा कर दिया जाए तो देह का दर्द मिटता चाहे न हो, लेकिन कम जरूर हो जाता है। अपमान का दुख बगैर कराह के रुलाता है। गाँव के गरीब, लेकिन इज्जतदार किसान शहर आकर गुंडे-मवाली प्रमाणित हो गए। गाँव में बहुत श्रम से बरसों-बरस में खेत में फसलों के साथ जो इज्जत की फसल उगाई थी आज डॉक्टर के एक वाक्य ने इज्जत की फसल को रौंद डाला। दुनिया में किसानों की मौजूदगी को ही गैरजरूरी बता दिया। आज वासु को बल्कि गलियारे में कराहते हर किसान को यही लगा कि किसान होना कठिन नहीं है, किसान बने रहकर जिन्दगी जी लेना कठिन है।

रात के उस मैले-कुचैले उजाले में जो हवा चलकर आ रही थी वह गरम भी

थी और वजनी भी। जैसे कोई भेड़िया पास खड़ा गरम साँसें छोड़ रहा हो। वासु गलियारे की छत को घूरता रहा या फिर गलियारे में सामने लगी जाली के पार अँधेरे में आँखें धँसी रहीं। गलियारे के कोने पर उसे एक सिपाही नजर आया। दोपहर में भी देखा था, लेकिन तब उसने ध्यान नहीं दिया था, लेकिन अब सिपाही बदल गया था और दूसरा सिपाही ड्यूटी पर आ गया था। वासु को अचरज हुआ कि उन्हें, यानी सभी किसानों को यहाँ किससे खतरा है जो यह बीड़ी फूँकता लापरवाही से स्टूल पर बैठा सिपाही हमें बचा लेगा।

अपनी तरफ देखता पाकर सिपाही उसके पास आ गया।

"नींद नहीं आ रही है?" सिपाही ने उससे पूछा।

"हाँ!" वासु ने धीरे से कहा, "यह तो बताओ हेडसाब कि आप अकेले हमारी हिफाजत कैसे कर पाओगे?"

सिपाही हेडसाब का सम्बोधन खुद के लिए सुनकर जितना खुश हुआ था हिफाजत वाली बात सुनकर चौकन्ना हो गया और बोला, "अरे करमजले, मैं तुम्हारी हिफाजत के लिए नहीं हूँ। यहाँ तुम्हें कौन मारने आ रहा है?"

"तो फिर यहाँ ड्यूटी क्यों दे रहे हो?" वासु भौंहें सिकोड़कर सन्देह भरे स्वर में बोला।

"अरे, अकल के अन्धो मेरी ड्यूटी तुम्हारे लिए लगाई गई है कि कहीं तुम लोग भाग न जाओ।" सिपाही कुढ़कर बोला, "मैंने साहब से कहा था कि ये लूले-लँगड़े कहाँ भागकर जाएँगे? लेकिन छोटे आदमी की सुनता कौन है?"

वासु की आँखों में अब अचरज आ गया था, "हमारे अस्पताल में रहने या चले जाने से पुलिस को क्या फरक पड़ता है?"

कुढ़ता हुआ सिपाही गुस्से में आ गया और बोला, "अरे हरामियो! खाद-बीज की दुकान पर तुम लोगों ने जो दंगा और मारपीट की थी उसका तुम लोगों पर पुलिस केस बना है।"

वासु का और पास ही लेटा महिमाराम और दूसरे किसानों के मुँह भय और अचरज से खुले-के-खुले रह गए। उनके पूरी देह में दर्द की ऐसी लहर उठी कि जैसे दुकान पर मार अभी पड़ी हो।

"लेकिन हम लोगों ने दंगा नहीं किया था। वो दूसरे गाँव के थे, भाग गए।"

वासु ने सिपाही को समझाने की कोशिश की।

"देख भाई!" सिपाही ने भी बदले में उसे समझाया, "जो मौके पर पकड़ा गया वही मुजरिम, जो भाग गए हैं उनको ढूँढ़ने की फुरसत किसके पास?"

"तो क्या बेगुनाह गरीबों को पकड़ोगे?" महिमाराम बोला।

"गुनाहगार हो या बेगुनाहगार यह तो अदालत तय करेगी। पुलिस का काम होता है केस बनाना। मुजरिम को पकड़ना।" सिपाही निस्पृह भाव से बोला।

"लेकिन हमने दंगा नहीं किया!" वासु के स्वर में याचना आ गई।

"मुझे मालूम है।" सिपाही उसी निस्पृह भाव से बोला, "लड़ाई-झगड़ा करनेवाले कभी मौके पर रुकते नहीं हैं। तुम्हारे जैसे बेगुनाह लोगों को ही पकड़ना पड़ता है।"

"क्यों? जब सब कुछ जानते हो, फिर क्यों पकड़ा?" महिमाराम के स्वर में थोड़ी तल्खी आ गई।

"देख भाई, ज्यादा गरमी मत खा।" सिपाही का लहजा थोड़ा बदल गया। वह ठंडे, लेकिन सख्त स्वर में बोला, "लड़ाई-झगड़ा करनेवाले भाग गए। तुम लोगों को भी छोड़ देते तो एस.पी. हमारे थानेदार साहब को डंडा करता कि निकम्मे थानेदार हो, एक भी मुजरिम नहीं पकड़ा।" कहकर सिपाही इत्मीनान से बीड़ी के कश लगाने लगा।"

वासु अवाक् सिपाही को देखता रहा। यही हाल महिमाराम का था। सिपाही ने उन दोनों को देखा फिर बीड़ी को फर्श पर मसलकर बोला, "अब अचरज करने से, गुस्सा करने से कुछ होनेवाला नहीं है। तुम लोगों पर इतनी धाराएँ लगी हैं कि अस्पताल से छूटे तो सीधे जेल जाना है।" सिपाही इतने सामान्य स्वर में बोला जैसे किसी शादी-ब्याह का निमंत्रण दे रहा हो।

"तो तुमको हमारी चौकीदारी के लिए मतलब इस बात की शंका में यहाँ छोड़ा है कि ये लूले-लँगड़े किसान कहीं भाग जाएँगे?" वासु ने खुरदरी आवाज में कहा, "हम लोग कहाँ जाएँगे भागकर?"

"कहीं नहीं जाओगे, मैं जानता हूँ।" सिपाही बोला, "लेकिन स्साली ड्यूटी लगी है मेरी तो ड्यूटी करनी तो पड़ेगी।"

"तुम्हें क्या लगता है कि हमारे जेब में छुरे-चाकू हैं? हम भाग जाएँगे या फिर लड़ाई-झगड़ा करेंगे? देखो, हमारी जेब में खाद के पैसों के सिवा कुछ नहीं है।" वासु

की खुरदरी आवाज जाने कब एक अजान पानी के रेले सी गीली हो गई जिसके गीले चिह्न उसकी आँखों में उतर आए। सिपाही जो उठ रहा था, उठते-उठते रुक गया।

"खाद के पैसे तुम्हारे पास अभी भी हैं?" सिपाही ने पूछा।

"हाँ, खाद मिलने से पहले ही तो झगड़ा शुरू हो गया और हमारे फूटे भाग हमें यहाँ अस्पताल में पटक गए।" वासु ने कहा तो निराशा में महिमाराम भी सिर हिलाने लगा।

"कितने रुपये हैं?" सिपाही धीमा हो गया।

"तीन हजार थे। दो सौ की दवाइयाँ आ गईं। अट्ठाइस सौ और बचे हैं।" वासु हताश स्वर में बोला, "अब दो सौ का इन्तजाम कहाँ से करूँगा?" उसने सेवन्ती को घूरते हुए कहा, "इस करमजली ने भी मुझसे पूछे बिना इन रुपयों में से दवाइयाँ मँगा ली।"

सिपाही नीचे बैठ गया। "तुम सभी के पास खाद खरीदने के लिए रुपये होंगे?" वह उसी तरह धीमे स्वर में बोला।

"हाँ, क्यों?" महिमाराम ने कहा, "खाद की जरूरत के हिसाब से सबके पास हैं।"

"ये अस्पताल वाले लुटेरे हैं स्साले। दर्द की गोली की जगह नींद की गोली दे देंगे, तुम लोग नींद में रहोगे और जेब से पैसे निकाल लेंगे। तुमको खबर भी नहीं हो पाएगी और तुम लोग लुट जाओगे।" अब सिपाही का धीमा स्वर थोड़ा मुलायम हो गया था।

"तो फिर?" वासु घबरा गया। बात ठीक लगी। नर्स या वार्डबॉय जब आते थे तो सेवन्ती और दूसरे मरीजों के परिजनों को भी बाहर भेज देते थे।

"आप लोगों को एतराज न हो तो रुपये मुझे सँभालने के लिए दे दो।" सिपाही के स्वर में आत्मीयता आ गई और उसने वासु और महिमाराम तथा और लोग जो इस वार्तालाप को सुनकर उठ गए थे और इधर देख रहे थे, उनके चेहरे पर सन्देह और हिचकिचाहट देखी तो तुरन्त बोला, "नहीं भाई, मेरी तरफ से कोई जोर-जबरदस्ती नहीं है। मैं तो तुम लागों के भले के लिए ही कह रहा था।" सिपाही कुछ क्षण इनके हिचकिचाहट भरे चेहरे देखता रहा फिर निस्पृह स्वर में बोला, "भाई लोगो, मेरा काम था तुमको संकट बताना। आगे तुम्हारी मर्जी। न...न...। मेरी तरफ से

कोई जोर नहीं। मैंने तो बस इसलिए कहा कि तुम भी गरीब, मैं भी छोटा आदमी। सिपाही कोई बड़ा अफसर थोड़े ही होता है।"

वासु को यह बात ठीक लगी। अस्पताल वाले पैसे निकाल लें इससे अच्छा तो पुलिस वाले के पास रहें। पुलिस से ज्यादा हिफाजत से पैसा कौन सँभालेगा? पुलिस तो खुद चोर को पकड़ती है। पुलिस भला खुद चोरी क्यों करने लगी?

गलियारे के सभी किसानों ने मंत्रणा की और कमीज के नीचे की बंडी में रखे अपने-अपने रुपये सिपाही को सँभालने को दे दिए। वे यह भी भूल गए कि यही सिपाही अभी थोड़ी देर पहले उनसे कैसी दुत्कार भरी भाषा में बात कर रहा था। उन्हें तो अपने रुपयों की फिक्र थी, क्योंकि खाद खरीदना जरूरी है वरना खेत चौपट हो जाएँगे।

सिपाही ने एक कागज पर सभी के नाम लिखे फिर नाम के आगे रुपये लिखे। सभी को कागज दिखाकर आश्वस्त किया कि सभी के नाम और रुपये मैंने लिख लिए हैं। कल सुबह या जब चाहे मुझसे ले लेना। हालाँकि सेवन्ती और दूसरे किसानों की पत्नी या परिजनों के चेहरे पर अविश्वास था, लेकिन वे चाहकर भी रोक नहीं पाए। इस आश्वासन के बाद देर रात गए सभी किसानों को इत्मीनान की नींद आई। सुबह जब नींद खुली तो सूरज थोड़ा ज्यादा ऊपर आ गया था, क्योंकि जालियों से आ रही धूप देह को तपा रही थी।

सभी ने गरदन पलटकर देखा, स्टूल पर सिपाही बैठा था, लेकिन रात वाला नहीं। यह तो कोई बूढ़ा था। ये सारे लोग जब उसे घूरने लगे तो सिपाही को भी सन्देह हुआ। सिपाही इनके पास आया, "क्या हुआ? घूर क्यों रहे हो मुझे?"

वासु ने रात की ड्यूटी के सिपाही के बारे में पूछा तो बदले में इस सिपाही ने भी कई सवाल किए और अन्ततः वह सारी कहानी सुनकर सब कुछ समझ गया।

वह सिपाही गुस्से में उठा और पहले तो गुस्सा इन किसानों पर निकाला।

"अरे, क्या अकल घर पर ताले में बन्द करके बाहर निकलते हो? अरे मूर्खों के सरताज, कमबख्तो! उसके हाथों में रुपये क्यों दिए?" कहकर सिपाही ने माथे पर हाथ मारा, "गए स्सालों तुम्हारे रुपये।" सुनकर तो सभी किसानों के कलेजे में एक ऐसी तीखी धारनुमा लहर उठी कि जैसे कलेजे को चीरकर लहर बाहर आ जाएगी।

"क्यों भाई, वह सिपाही अब कब आएगा? हम उसकी शिकायत करेंगे।" वासु ने कहा।

"अरे स्सालो, तुम लोग खुद मुजरिम और गुंडे-मवाली हो, तुम्हारी बात कौन सुनेगा, फिर वह थाने का सिपाही था। मैं होमगार्ड का आदमी हूँ। आज मुझे भेज दिया।" कहकर वह गुस्से में गलियारे में टहलते हुए कुढ़ते-कलपते बड़बड़ाने लगा।

उन लोगों ने सुना, वह कुढ़-कलप रहा था, "स्साला मुझसे भी झूठ बोला कि गरीब किसान हैं। इनके पास से कुछ भी माल-मत्ता नहीं मिला। हराम का मूत... स्साला मुझे भी चूना लगा गया।"

गुस्से में भी टहलते हुए वह ठिठका और बोला, "जहाँ भी मिला, छोड़ूँगा नहीं स्साले को, मेरा हिस्सा आसानी से पचाने नहीं दूँगा।" फिर सहसा वह पलटकर किसानों को घूरने लगा जैसे इस घटना के दोषी भी यही किसान हैं।

वासु और दूसरे किसान उसका गुस्सा और कुढ़ना-कलपना देखते रहे। अपना दुख किसे बताते?

जालियों से आनेवाली धूप तेज हो गई थी और देह को ज्यादा तपाने लगी थी। जिस फर्श पर वे लेटे थे वह भी गरम हो रहा था। उन लोगों को समझ नहीं आ रहा था कि देह पर आई चोटों का दर्द बड़ा है या इस घटना का। गलियारे और वार्ड में नर्सों और वार्डबॉय की चहल-पहल बढ़ गई थी और डॉक्टर सफेद चोगा पहने किसी देव पुरुष की भाँति आते-जाते नजर आ रहे थे। फर्श पर घायल पड़े किसानों की देह में अब कोई हरकत नहीं थी और उनके परिजन डॉक्टरों के आगे गिड़गिड़ा नहीं रहे थे और डॉक्टर अकारण अभ्यासवश झुँझलाए हुए व्यस्त थे। इन सबका मिला-जुला शोर गलियारे में फैला था, लेकिन किसानों को अब यह शोर सुनाई नहीं दे रहा था। उनकी आँखें गलियारे के पार अस्पताल के खुले हिस्से पर टिकी थीं। रात को जाने किस किसान के परिजन ने गाँवों में फोन लगाए थे। अस्पताल के कैम्पस में किसानों की भीड़ धीरे-धीरे बढ़ रही थी। रंग-बिरंगी पगड़ियों वाले सिर दिखाई दे रहे थे। डॉक्टर और पुलिस वालों का ध्यान इस ओर गया। अब तक की सहज रोजमर्रा की दिनचर्या में व्यस्त डॉक्टर और पुलिस वालों को पगड़ियों की यह रंगीनियत खूबसूरत नहीं, डरावनी लग रही थी।

धूप तेज हो गई थी और तपन अस्पताल के भीतर तक महसूस हो रही थी।

प्रेम गली अति साँकरी

लड़की खिड़की में बैठी थी। पुस्तक से निगाह उठाकर उसने खिड़की से बाहर देखा। धूप के टुकड़े अभी भी इमारतों की दीवारों और छत पर चिपके हुए हैं। उसने एक हल्की-सी अँगड़ाई ली। अभी सिर्फ पाँच बजे हैं। वह अभी दो घंटे और पढ़ना चाहती है। वह पिछले पाँचेक घंटों से पढ़ रही है। एग्जाम अभी दूर है लेकिन लगभग सात से आठ घंटे वह रोज पढ़ती है। आज रविवार है इसलिए आज रात को भी वह रोज की तरह पाँच घंटे पढ़ेगी। रविवार के अलावा बाकी दिनों में उसे कॉलेज जाना पड़ता है। फिर भी वह रात को या सुबह जल्दी उठकर अपनी पढ़ाई के सात या आठ घंटे पूरे कर लेती है।

लड़की के भाई को बहुत अचरज होता है। वह भी उसके साथ कॉलेज में पढ़ता है। एकाध साल छोटा है। वह लड़की पर हमेशा गुस्सा रहता है। उसका अचरज ही उसे गुस्सा दिलाता है। लड़की पर माँ-बाप की ओर से पढ़ाई का कोई दबाव नहीं है फिर जाने कैसे वह इतनी देर तक बगैर थके पढ़ लेती है। हर एग्जाम में टॉप करती है। लड़की के कारण ही भाई को घर में डाँट पड़ती है। ऐसा नहीं कि भाई पढ़ना नहीं चाहता लेकिन आठ घंटे बगैर थके एक ही कुर्सी पर बैठे वह पढ़ नहीं सकता है। वह जब भी पढ़ाई के लिए टेबल के आगे बैठता है, आधे घंटे या बमुश्किल एक घंटे बैठ पाता है। ऊब जाता है। थक जाता है। मन भटक जाता है। पापा-मम्मी पूछते भी हैं कि तेरा मन पढ़ाई में क्यों नहीं लगता है? तेरा मन पढ़ाई से उचटकर कहाँ भटक जाता है? तो वह सिटपिटा जाता है। घबरा जाता है। अब वह भला मम्मी-पापा को क्या बताए कि उसका मन कहाँ भटक जाता है? किसके

बारे में सोचने लगता है? क्या सोचने लगता है? लेकिन जब ऐसी चर्चा होती तो मम्मी-पापा को दिखाने के लिए उस रात वह कुछ देर ज्यादा पढ़ता है, लेकिन लड़की के बराबर तो वह लम्बी बैठक फिर भी नहीं दे पाता। वह अक्सर कहता है कि "आठ-आठ घंटे की पढ़ाई करना, लगातार इतनी देर तक टेबल के सामने बैठना सामान्य बात नहीं है। नमिता भी सामान्य नहीं है। भूत है उसमें। किशोरीलाल दादा का भूत है उसमें।"

किशोरीलाल दादा उसके दादा नहीं थे। उसके पापा के दादा थे। पापा बताते हैं कि उसके दादाजी भी घनघोर पढ़ाकू थे। अपने समय के बी.ए. थे। इंटरमीडिएट से लेकर बी.ए. तक टॉपर रहे। उनके खानदान में ही नहीं, उनके गाँव बल्कि आसपास के गाँवों में भी वैसा होशियार और होनहार लड़का नहीं था। अंग्रेजों का जमाना था। अंग्रेज हाकिम भी उनकी काबिलियत की तारीफ करते थे। दफ्तर में भी रात दस बजे तक काम करते थे। हालाँकि इतनी काबिलियत के बावजूद सरकारी नौकरी में उन्हें साथ काम करनेवाले अंग्रेज कर्मचारी से बड़ा पद नहीं मिला। काम भी उन्हें रात के दस-दस बजे तक करना पड़ता था। किशोरीलाल दादा खुश-खुश रात गए तक काम करते थे। पर इतनी मेहनत का कोई परिणाम नहीं मिला। टी.बी. हो गई। जवान पत्नी और दो बच्चों को छोड़कर एक दिन वे चल बसे। इस आखिरी बात को सुनकर भाई हमेशा उलाहना देते हुए कहता, "कि देखो, ज्यादा मेहनत का क्या नतीजा मिला? भरी जवानी में चल बसे।"

भाई हमेशा किशोरीलाल दादा की बीमारी को परिश्रम से जोड़कर उपहास जरूर करता लेकिन घर में उसे डाँट जरूर पड़ती। लड़की यानी उसकी बहन नमिता जब भी पढ़ाई की लम्बी बैठक के बाद थककर अँगड़ाई लेती और थकी आँखों को मिचमिचाकर देखती तो भाई कहता, "ऐसे मत देख। मुझे डर लगता है। तेरी आँखें वैसे ही बड़ी-बड़ी हैं। फिर तू जब आँखें फाड़कर देखती है तो मुझे ज्यादा डर लगता है।" फिर अपनी कुर्सी से उठकर उसके पास आता और कहता, "क्या तुझे सचमुच नहीं पता कि तुझमें किशोरीलाल दादा का भूत है!"

लड़की कुछ देर तक अपनी पढ़ाई की तल्लीनता और थकान में रहती फिर जब भाई की बात का अर्थ उसकी थकान की परतों को तोड़कर उस तक पहुँचता तो वह जोर से चिल्लाती और भाई हँसता हुआ अपनी कुर्सी पर वापस चला जाता।

दोनों भाई-बहनों को घर का कोनेवाला कमरा पढ़ाई के लिए दिया गया था। रविवार का दिन दोनों के लिए तकलीफदेह रहता है। भाई को दिखावे के लिए ही सही, बेमन से पर बहन के साथ बैठकर पढ़ना पड़ता है। अपनी थकान और ऊब दूर करने के लिए वह जो ठिठोली करता उससे लड़की को परेशानी होती। दोनों की पढ़ाई के लिए अपनी कोशिश भर सुविधाएँ जुटाई गई थीं। दोनों के लिए अलग-अलग टेबल-कुर्सी। अलग-अलग टेबल-लैम्प। एक अलॉर्म वाच। सोते समय बादाम का दूध। सुबह अंकुरित मूँग और रात को भिगोई गई बादाम। मम्मी का खयाल था कि इससे दिमाग तरोताजा रहता है। पढ़ने में मन लगता है। एकाग्रता बढ़ती है। मन भटकता नहीं है। इसके अलावा याददाश्त बढ़ाने के लिए लड़की शंखपुष्पी पीती है। यानी जिसने जो बताया वह सारे खटकरम अपनी पढ़ाई के लिए करती है। शिवलिंग को दूध से नहलाती है। सोमवार का व्रत रखती है। दीपावली पर सरस्वती पूजन करती है। जुबान पर चन्दन की तीली से 'सरस्वती नमः' लिखवाती है। कॉलेज वह नियमित जाती है। कभी ज्यादा बीमार पड़ जाए तो बात अलग है वरना कॉलेज में उसकी उपस्थिति लगभग सौ प्रतिशत रहती है। कॉलेज में सभी से उसकी हाय-हैलो होती है। कुछेक लड़कियों से अच्छी मित्रता भी है। खासी घनिष्ठता जिसे कहें खास सहेली तो वह है उसकी क्लास में पढ़नेवाली अपरा। अपरा को वह हमेशा अप्सरा ही कहती है। लड़की का कहना है अपरा बोलने की अपेक्षा अप्सरा बोलना ज्यादा आसान है। अपरा पढ़ाई में लड़की से थोड़ी कम होशियार है लेकिन हँसमुख थोड़ी ज्यादा है।

सोमवार को लड़की कॉलेज गई तो अपरा उसे क्लास में दिखाई नहीं दी। लड़की को अचरज हुआ। अपरा पिछले कई दिनों से क्लास गोल कर रही है। कभी आती है। कभी नहीं आती है। लड़की ने अपरा की अनुपस्थिति पर ज्यादा सिर नहीं खपाया। फिजिक्स वैसे भी लड़की का पसन्दीदा विषय है। उसका ध्यान लेक्चर पर रहा।

अगले ही पीरियड में मैथमेटिक्स की क्लास में अपरा नजर आ गई। अपरा उसके साथ नहीं बैठती है। दो कतार छोड़कर पीछे बैठती है। अपरा के आते ही क्लास में फिजिक्स के हेड ऑफ द डिपार्टमेंट आ गए। पिछले दिनों अपरा ने क्लास गोल की थी, उससे सवाल-जवाब होने लगे। अपरा ने बताया, उसकी माँ बीमार है। उसे अपनी माँ के पास समय-बेसमय अस्पताल जाना पड़ता है। एच.ओ.डी.

उसे नियमित क्लास के लिए हिदायत देकर चले गए। कॉलेज छूटने पर अपरा उसके साथ हो गई। लड़की को लाइब्रेरी जाना था। अपरा को कैंटीन। अपरा ने समझौता किया। वह पलटकर लड़की के साथ लाइब्रेरी आ गई। लड़की इतना तो समझ गई कि अपरा झूठ बोल रही है और बहुत आत्मविश्वास के साथ बोल रही है। क्यों बोल रही है, यह समझ में नहीं आया। यदि माँ बीमार होती तो वह सबसे पहले उसे ही बताती।

"फिजिक्स की क्लास में कहाँ मर गई थी?" लड़की ने पूछा।

"तुझे कैसे पता चला?" अपरा मुस्कराई।

"तू क्लास में दिखाई नहीं दी थी। और अब ये माँ की बीमारी की पुड़िया मुझे मत देना।" लड़की ने रैक से किताब उठाते हुए कहा।

"पर मेरे मरने का तुझे कैसे पता चला?" अपरा ने मुस्कान को थामे रखा।

"क्या बकती है?" लड़की की बोली में गुस्सा था लेकिन चेहरे पर अचरज था।

"आज फिजिक्स की क्लास में नहीं, चार दिन पहले मैथमेटिक्स की क्लास में ही मर गई थी।" अपरा ने एक बनावटी आह भरकर कहा। लड़की कुछ नहीं बोली। वह अपरा के आगे बोलने की प्रतीक्षा करती रही।

"मैं मर गई हूँ। या कहो मर मिटी हूँ।" अपरा रैक से पुस्तकें उतारनेवाले स्टूल पर बैठ गई फिर बोली, "तुझे याद है, चार दिन पहले मैं मैथमेटिक्स की क्लास से गायब हुई थी। बस, मैं मरने ही गई थी।" कहकर वह मुँह में दुपट्टा रखकर हँसने लगी।

लड़की बहुत पढ़ाकू थी इसका यह अर्थ नहीं कि वह मूर्ख थी। वह कुछ-कुछ समझ रही थी कि यह मरण-गाथा कहाँ जा रही है। लेकिन वह चुप रही, उसकी चुप्पी ने ऐसा माहौल बनाया कि अपरा के लिए आगे और बोलने के अलावा कुछ रास्ता ही नहीं बचा।

"मैं अकेली ही नहीं मरी। वह भी मर-मिटा।"

"कौन है वह?" लड़की ने अपरा के मुँह से दुपट्टा खींचा जिसने मुँह में हँसी को रोक रखा था। अपरा खिलखिलाकर हँस पड़ी।

"ललित। वही ललित जिससे केमिस्ट्री के नोट्स लिए थे।" अपरा ने याद दिलाया। लड़की को याद आ गया। उसने अपनी याददाश्त पर अपरा की सहमति चाही।

"वो बेलबूटे वाली शर्ट पहननेवाला छैला?"

अपरा ने उसके अचरज और उसमें छिपी अरुचि को अनदेखा करके मुदित मन से कहा, "हाँ, वही।"

"उसकी तो केमिस्ट्री में आठवीं पोजीशन थी। इससे तो नकुल योगी अच्छा लड़का है। केमिस्ट्री में उसकी फर्स्ट पोजीशन थी।" लड़की ने समझाया। अपरा झल्ला गई।

"अरे, मुझे कोई जिन्दगी भर केमिस्ट्री थोड़े ही पढ़ना है। और फिर प्रेम कोई इस तरह पढ़ाई की रैंक देखकर किया जाता है? हमारे प्रेम की केमिस्ट्री खूब मिलती है।" कहकर वह रुकी और थोड़ी कुटिल मुस्कान के साथ बोली, "और इस केमिस्ट्री में हमें महारत हासिल है।" कहकर अपरा जोर-जोर से हँसने लगी। यह भूलकर कि वह लाइब्रेरी में खड़ी है। लड़की उसे अचरज से देखने लगी। इसमें इतना हँसने की क्या बात है? लड़की नहीं जानती है कि प्रेम की केमिस्ट्री में एक लाफिंग गैस हमेशा मन को मुदित करती रहती है।

लड़की ने अपरा की ओर से गरदन पलटा ली और रैक में पुस्तक वापस जमाने लगी। अपरा की ओर पीठ करके जैसे वह अपने अचरज को छिपा रही थी। केमिस्ट्री में आठवीं रैंक का लड़का! फिर उसे याद आया कि ललित तो मैथमेटिक्स में भी एवरेज है। क्या देखा अपरा ने उसमें? क्या काम का ऐसा लड़का? उसे याद आया कि एक बार ललित किसी काम से केमिस्ट्री लैब में आया था। अचरज के उस सदमे को वह आज भी नहीं भूली है। ललित को ग्लूकोज का कम्पोजिशन नहीं मालूम था। वह मीथेन गैस के टेस्ट का रिजल्ट गलत बता रहा था। एम.एस-सी. का स्टूडेंट, वह भी एम.एस-सी. केमिस्ट्री में। लड़की का जी मिचलाने लगा। उसे अपरा पर दया आ गई। भोली है लड़की। फँस गई बेचारी। उसने बहुत गम्भीरता से अपरा के कन्धे पर हाथ धरा और कहा, "अप्सरा, गलती हर एक से हो जाती है। तू गलती सुधार ले। तू कहे तो मैं, नकुल से बात करूँ। तू ये वाला प्रेम कैंसिल कर दे।"

अपरा बिदक गई, "पागल हो गई है। कैंसिल कर दूँ? क्या कैंसिल कर दूँ? कोई एग्रीमेंट है क्या? ट्यूशन लेनी है?" फिर उसने हाथ ऊपर उठाकर एक उँगली को कनपटी पर रखकर धीरे से घुमाया और कहा, "इधर तेरा स्क्रू ढीला है क्या?" फिर एकाएक सहज भी हो गई और जोर से हँसकर बोली, "मेरी जान! इश्क के

लिए उपदेश देना आसान है। उसका मजाक उड़ाना आसान है। पर इश्क करना कठिन है। इक दरिया है आग का और डूबकर जाना है।"

लड़की कुछ हद तक तो अपरा की बात समझ रही थी लेकिन इतनी बड़ी मजबूरी वाली बात उसके गले नहीं उतर रही थी। घर के लोग भी शादी-ब्याह देखभाल कर करते हैं। लड़का या लड़की पसन्द आते हैं तो ठीक वरना इनकार कर देते हैं। कई बार हाँ करने के बाद भी इनकार किया जाता है। कोई मजबूरी, कोई दिक्कत की बात बता दी जाती है। न कुछ हुआ तो कह दिया जाता है कि 'जनम पत्रिका' मेल नहीं खा रही है। इसमें प्राय: कोई बुरा भी नहीं मानता है। फिर प्रेम में ऐसा क्या कि एक बार हाँ बोल दिया तो जैसे पत्थर की लकीर हो गई?

उसने एक बार फिर कोशिश की। "देख अप्सरा, मैं तेरा भला चाहती हूँ।"

"तो?"

"अभी भी समय है। तू ललित से कह दे। पत्रिका नहीं मिल रही है। कह दे, मैं मंगली हूँ।" लड़की ने गहरी सहानुभूति के साथ कहा।

"नमिता, मुझे समझ में नहीं आ रहा है कि तू सचमुच इतनी बेवकूफ है या आज कोई विशेष दिन है?" कहकर उसने लड़की का हाथ अपने हाथ में ले लिया और बोली, "यह क्षण का निर्णय होता है।" कहकर उसने चुटकी बजाई, "यूँ! बस हो जाता है।"

लड़की ने एक ठंडी आह भरी कि अब इसे समझाना बेकार है। लड़की को लग रहा था कि यह ज्यादा फिल्में देखने का परिणाम है। अपरा मूर्ख भावुक है।

कॉलेज से निकलकर दोनों अपने-अपने घर चल दीं। घर लौटकर लड़की रोज के काम में जुट गई। शाम को खाना खाकर जब वह आँगन में टहल रही थी तो उसे अपरा की बात फिर याद आ गई। कितनी अजीब बात है? क्या प्रेम में कोई इतना लापरवाह हो सकता है? इतना गैर जिम्मेदार हो सकता है? फिजिक्स की क्लास छोड़ दे? अरे, मिलना इतना ही जरूरी था तो कॉलेज के बाद मिल लेती। दो घंटे बाद क्या फर्क पड़ जाता? क्या प्रेम दो घंटे की मोहलत भी नहीं देता है? तो कॉलेज आने से पहले मिल लेती? ठीक फिजिक्स की क्लास के समय ऐसा कौन-सा मुहूर्त था? क्या प्रेम फिजिक्स से बड़ा है?

लड़की ने टहलना बन्द कर दिया। वह भीतर आ गई। माँ रसोई में बर्तन धो

रही थी। वह आगे बढ़कर माँ के पास खड़ी हो गई। "क्या बात है, आज बेवक्त रसोई में कैसे?" माँ ने बनावटी अचरज से कहा और हँस दी। लड़की कुछ देर सोचती रही फिर बोली, "माँ!" कहकर वह कुछ क्षण रुकी जैसे आगे के वाक्य के लिए खुद को तैयार कर रही हो।

"प्रेम में दीवानगी या कहें पागलपन यह सब फिल्मों या टेलीविजन के धारावाहिकों में ही होता है या जीवन में भी कहीं ऐसा होता है?"

माँ बर्तन धोते-धोते रुक गई। माँ को बेटी का सवाल इसलिए अजीब नहीं लगा कि माँ से बेटी ऐसा सवाल कैसे कर सकती है। उन दोनों में खूब घनिष्ठता है। मैत्री भाव है। लेकिन अपनी पढ़ाकू बेटी के जीवन में ऐसे सवाल की गुंजाइश कैसे बन गई, इस पर अचरज हुआ।

"तू क्यों पूछ रही है?" माँ ने पूछा।

"पहले तू मेरे सवाल का जवाब दे।" लड़की ने जिद की।

"फिल्मों या धारावाहिकों में भी जीवन का ही सच होता है।" माँ ने ऐसा जवाब दिया जो पहले धारावाहिकों को लेकर होती रही बहसों से उलट था।

"क्यों? पहले तो तुम कहती थीं कि इन फिल्मों या धारावाहिकों के पात्रों का परिवार, भाषा और जीवन का काफी सारा हिस्सा हमारे जीवन के हिस्से से उठाया जाता है फिर भी उनकी हरकतें, जीवन शैली हमारे जीवन से मेल नहीं खाती हैं। इन धारावाहिकों की माँएँ, पिता, भाई, बहन या प्रेमी सच के जीवन में ऐसे कहाँ होते हैं।"

"हाँ, इनमें अति तो हो जाती है। कुछ इतना अधिक हो जाता है कि वे सारे पात्र हमारे जैसे लगने पर भी हमारे जीवन से मेल नहीं खाते।" माँ थोड़े असमंजस के बाद बोली, "पर तू यह सब क्यों पूछ रही है?"

"आज कॉलेज में अप्सरा ने फिजिक्स की क्लास गोल कर दी।"

"धारावाहिक देखने के लिए?" माँ ने उसे घूरते हुए पूछा।

"नहीं माँ! वह एक लड़के से प्रेम करने लगी है। इस प्रेम के चक्कर में उसने फिजिक्स की क्लास गोल कर दी। प्रोफेसर से झूठ बोली।" कहकर वह चुप हो गई। उसकी बात में सवाल नहीं था। उसकी चुप्पी में प्रश्न आ गया।

माँ भी चुप हो गई। चुप्पी सामान्य थी। उसमें छिपा प्रश्न बड़ा था। क्या समझाए बेटी को?

"उसके घर, उसके माँ-बाप को मालूम है?" माँ ने लड़की की चुप्पी से किनारा किया।

"पता नहीं। मेरा अनुमान है कि नहीं मालूम है। जब उसने प्रोफेसर से झूठ बोला है तो घर के लोगों से तो पक्का झूठ बोला होगा।" लड़की ने अनुमान लगाया।

फिर माँ के हाथ से बर्तन लेकर कपड़े से पोंछने लगी। माँ के लिए अजीब-सी स्थिति हो गई। वह आस-पड़ोस में या पति से हमेशा यह बात गर्व से कहती आई है कि उसकी बेटी और उसके बीच कोई पर्दा नहीं है। वे दोनों आपस में सारे सुख-दुख और जिज्ञासाएँ शेयर करती हैं। पर आज उसे लगा कि फिल्मों, टेलीविजन-धारावाहिकों या दूसरी बातों पर बहस कर लेना और बात है, इस तरह के विषय पर बहस करना कठिन है।

"माँ! तुमने बताया नहीं कि अप्सरा प्रेम के पागलपन का नाटक कर रही है या सचमुच ऐसा होता है?"

माँ ने देखा, बेटी दरवाजे के पास खड़ी है। उसने दुपट्टे को गले में स्कार्फ की भाँति लपेट रखा है। माँ जानती है कि यह जिज्ञासा है। खुद के लिए किसी गुंजाइश का संकेत नहीं है लेकिन गुंजाइश की राह अन्ततः उसके जवाब से निकल सकती है। माँ ने बहुत सँभलकर जवाब दिया, "नमिता! ये सब व्यर्थ की बातें हैं। बुरी बातें हैं।"

"यानी नाटकबाजी है!" लड़की खुश होकर अपने तयशुदा निर्णय पर सहमति पाकर खुश हो गई।

माँ ने उसके इस जल्दबाजी में लिए गए निर्णय पर कोई टिप्पणी नहीं की पर बोली, "यह छल है। माँ-बाप के साथ। अपनी पढ़ाई के साथ। कॉलेज में वह पढ़ने जाती है। उसे पढ़ाई पर ध्यान देना चाहिए।"

यह बात लड़की को भी ठीक लगी। सचमुच अपरा को पढ़ाई पर ध्यान देना चाहिए। वह पलटकर अपने कमरे में आ गई। उसकी पढ़ाई का समय हो रहा था।

दूसरे दिन कॉलेज गई तो अपरा फिर फिजिक्स की क्लास से गोल रही। लड़की को थोड़ी झुंझलाहट हुई। मरेगी यह लड़की। वही हुआ। प्रोफेसर ने प्रिंसिपल को खबर की। प्रिंसिपल ने अपरा के पापा को मोबाइल किया। घंटे भर में अपरा के पापा कॉलेज में। तब तक अपरा भी आ गई। बाप-बेटी की प्रिंसिपल के सामने पेशी

हुई। अपरा ने माफी माँगी। अपरा के पापा ने लिखित में आश्वासन दिया कि अपरा अब कॉलेज में नियमित रहेगी। प्रिंसिपल ने अपरा के पापा को खूब खरी-खोटी सुनाई। अपरा के पापा को सुनना पड़ा। प्रिंसिपल के कमरे से बाहर आने के बाद अपरा के पापा ने बार-बार पूछा कि आखिर वह कहाँ गई थी? कॉलेज से गोल मारके वह गई कहाँ? पहले तो अपरा चुप रही फिर झल्लाकर बता दिया। यह बात कॉमन रूम के सामने की है। लड़की भी वहीं खड़ी थी।

अपरा के साहस पर वह दंग रह गई। गुस्से में सवाल पूछनेवाले अपरा के पापा सच्चाई जानकर चुप हो गए। "शाम को घर पर बात करेंगे।" कहकर वे चुपचाप चले गए। लड़की को लगा कि अपने पापा को दुखी करने के बाद अपरा पछताएगी। लेकिन अपरा पर कोई प्रतिक्रिया नहीं हुई। उसके चेहरे पर पछतावे का एक मामूली-सा छींटा भी नहीं था।

आखिरी क्लास के बाद लड़की और अपरा लाइब्रेरी आ गए। आज लड़की को लाइब्रेरी में कोई काम नहीं था लेकिन वह अपरा को लेकर इसलिए आई कि अपरा से कुछ बातें कर सके। लाइब्रेरी आकर अपरा अपना लैपटॉप खोलकर बैठ गई।

"मैं तुझसे बातें करने आई हूँ और तू लैपटॉप लेकर बैठ गई।" लड़की चिढ़कर बोली।

"मैं समझी, तू किताबें खोजेगी इसलिए मैं अपने मेल देख रही थी।" लड़की ने स्क्रीन से नजरें हटाए बगैर कहा।

लड़की ने अपरा की ठोढ़ी पकड़कर ऊँचा किया और बोली, "मेरी बात सुन!"

"सुन तो रही हूँ।"

"ध्यान से सुन!"

अपरा ने लैपटॉप से नजरें उठाकर लड़की की ओर देखा। जैसे पूछ रही हो कि क्यों तंग कर रही हो। लड़की ने उसकी ऐसी लापरवाह नजरों की परवाह नहीं की।

"इस तरह माँ-बाप से, प्रोफेसरों से, सबसे झूठ बोलना अच्छी बात है?"

"सच बता तो दिया।" अपरा ने तर्क दिया।

"तेरे पापा को कितना बुरा लगा है, मालूम? अपनों के साथ कोई ऐसा करता है?" लड़की ने मुलायम स्वर में कहा। ऐसा मुलायम स्वर जो अक्सर उसकी माँ उसके भाई को समझाते समय इस्तेमाल करती है।

"तो क्या करूँ? झूठ बोलूँ तो खराब, सच बोलूँ तो एतराज! क्या करूँ फिर?" अपरा थोड़ी उखड़ गई।

लड़की चुप रही। लैपटॉप के स्क्रीन पर मेल बॉक्स के बगल में कुछ विज्ञापन आ रहे थे। एक लड़की की तस्वीर थी। लड़की इस तरह देखने लगी जैसे वह उसे पहचानती हो। लड़की की नजरें स्क्रीन की लड़की पर थी पर वह कुछ सोच रही थी। फिर उसने स्क्रीन पर विज्ञापन की लड़की पर से नजरें हटा लीं।

"तेरे पास कुछ हल है?" अपरा ने गरदन उठाकर पूछा, "बता क्या करूँ?"

"मैं बताऊँगी तो तू मुझे नासमझ कहेगी। पर मेरी बात सुन। ऐसा नहीं कि मैं प्रेम-प्यार के बारे में कुछ जानती नहीं हूँ।" लड़की ने कहा तो अपरा मुस्करा दी, बोली, "प्रेम के बारे में कितना भी पढ़ लो। फिल्में, टेलीविजन देख लो। किस्से सुन लो। लेकिन प्रेम को प्रेम में पड़कर ही समझा जा सकता है...खैर फिर भी तू बता, क्या बता रही है।"

"स्वार्थी मत बन। मेरा मतलब है खुद के अलावा, घर-परिवार, पापा-मम्मी सबके बारे में सोच। तेरी ऐसी हरकतों से उन पर क्या गुजरेगी। और सबसे बड़ी बात तो यह तेरा पढ़ाई का समय है। अपने कैरियर के बारे में सोच।" लड़की बोलते-बोलते रुक गई। अपरा फिर भी कुछ नहीं बोली।

लड़की ने अफसोस और लाचारी में कुछ देर आँखें बन्द रखीं फिर बोली, "देख, शादी करते हैं और बाद में नहीं बनती है तो तलाक ले लेते हैं। तू भी पढ़ाई पूरी होने तक अपने प्रेम को तलाक दे दे।"

"फिर वही पागलपन की बातें।" अपरा ने तिक्त स्वर में कहा, "शादी में नहीं बनती है तो तलाक लेते हैं। हम दोनों में खूब बनती है। फिर तलाक कैसा?"

"तो तू लम्बी छुट्टी ले। डिग्री लेने के बाद प्रेम फिर शुरू कर देना।" लड़की ने कहा और अपरा ने कहने के लिए जैसे ही मुँह खोला लड़की तुरन्त बोली, "बिगड़ मत। प्रैक्टिकल बन। ऐसा मत समझ कि मैं तेरा या तेरे प्रेम का मजाक उड़ा रही हूँ। मैं नासमझ भी नहीं हूँ। पर जीवन में कैरियर सबसे पहले। अच्छा रैंक और अच्छी डिग्री रही तो इससे अच्छे, पचासों प्रेम कर सकेगी।" अपरा हक्की-बक्की रह गई। उसका मुँह खुला-का-खुला रह गया।

"मैं ठीक कह रही हूँ। लड़की फिर बोली, "तू हर रोज फिजिक्स की क्लास गोल कर रही है। जरा सोच।"

"ओ न्यूटन की अम्मा!" अपरा बनावटी उलाहने से उसके सामने दोनों हाथ जोड़कर बोली, "प्रेम के बारे में बड़े-बड़े ज्ञानी-ध्यानी कह गए हैं कि यह ऐसी पाठशाला है कि जिसने एक बार दाखिला लिया कि फिर छुट्टी नहीं मिलती है।"

"अब तू तो मजनू की नानी बन गई। फिलॉसफी झाड़ रही है।" लड़की तुनककर बोली।

"यह मजनू ने नहीं कहा है। मजनू फिलॉसफर नहीं था वो...।"

"मुझे नहीं समझना।" लड़की बात काटकर बोली, "मुझे प्रेम का इतिहास मत बता। मुझे क्या लेना-देना। मैं तो इतना समझना चाहती हूँ कि प्रेम दुबारा किया जा सकता है लेकिन डिग्री सुधारने का मौका नहीं मिलेगा। रिजल्ट बिगड़ा तो समझो बिगड़ा।" लड़की की आवाज में कम्पन था और कम्पन में एक नुकीली चिन्ता थी।

"तो?" अपरा ने असमंजस में उसे देखा।

"यही कि एक ओर तू विंडो सेवन में बैठी है और दूसरी तरफ अठारहवीं सदी की रूमानी बातें करती है।"

"अरे, कोई बिना कारण किसी को कैसे भूल सकता है। कारण के साथ भी भूलना सम्भव नहीं है।" अपरा ने एतराज जताया।

"मैं भूलने को नहीं कहती। तू अपने प्रेम को सेव करके डेस्कटॉप पर डाल दे। बस डिग्री मिलने तक क्लिक मत करना।" लड़की ने कहा तो अपरा ने देखा, लड़की की आँखों में थोड़ी शरारत जरूर है लेकिन उसके लिए चिन्ता भी है। उसे लड़की पर लाड़ आ गया। लड़की नासमझ है लेकिन उसके लिए चिन्तित है।

"यार, मेरा प्रेम कोई फाइल नहीं है।" अपरा ने भौंहें उठाकर कहा।

"पर, प्रेम की फाइल तो है।" कहकर लड़की हँसी। बहुत देर बाद हँसी। लाइब्रेरी में ज्यादा भीड़ नहीं थी। लड़की की हँसी के लिए जैसे ज्यादा जगह बन गई। लड़की ने रैक पर लगी पुस्तकों पर ऐसे उँगली फिराई जैसे अपनी अटकी हुई हँसी को खुरच रही हो।

"देख, नमिता।" सहसा अपरा गम्भीर हो गई, "दूसरों को समझाना, या

कहो उपदेश देना आसान है। क्या पापा को दुखी देख मुझे बुरा नहीं लगा लेकिन क्या करूँ!"

"क्या करूँ, मतलब?" लड़की ने घूरा।

"लाचार हूँ। प्रेम एक तरह की लाचारी भी है। एडिक्शन है। बिछड़ते ही मिलने की इच्छा होती है। पर तू क्या जाने! जिस दिन तुझे प्रेम हो जाएगा, ये समझाइश, ये उपदेश हवा हो जाएँगे।" अपरा की आवाज में लाचारी थी लेकिन लड़की को चुनौती महसूस हुई।

"तू चुनौती दे रही है।"

"नहीं, शाप दे रही हूँ।" कहकर अपरा मुस्कराई।

"कव्वे के बैठने से डाल नहीं टूटती। और मेरे सामने प्रेम का हौवा खड़ा मत कर! मैं नहीं डरती।" लड़की किंचित् झुंझला गई।

"हौवा नहीं खड़ा कर रही हूँ। पर हौवा की लाचारी तो समझती है ना?" अपरा को अब लड़की की झुंझलाहट में मजा आने लगा।

"मैं किसी की कोई लाचारी नहीं समझना चाहती हूँ।"

"क्योंकि तू प्रेम नहीं करती है। जिस दिन कोई ऐसा लड़का मिलेगा तो सारी शेखी धरी रह जाएगी।"

"चल तू कोई लड़का बता मुझे। मिला मुझे। देखते हैं कैसे प्रेम होता है।" लड़की की झुंझलाहट जारी रही।

"अरी मूढ़मति, अरेंज मैरिज सम्भव है। प्रेम कोई अरेंज होता है।" अब अपरा झुंझला गई।

"मैं प्रेम के बारे में डिटेल्स में जानना चाहती हूँ।" लड़की ने झुँझलाहट पर काबू पाया।

"अरे? प्रेम का कोई समीक्षा-सिद्धान्त है क्या? ऐसी कोई रेफरेंस बुक नहीं होती है। तू मसखरी छोड़। गुस्सा छोड़।" कहकर कुछ क्षण रुकी और बोली, "हो सके तो प्रेम कर।"

"तू तो कहती है प्रेम कोशिश से नहीं होता, हो जाता है।" लड़की ने तुरन्त बात पकड़ी।

"हाँ, कहा था। पर प्रेम के लिए भीतर जगह तो बना। एकाएक प्रेम आ भी

गया तो क्या ऐसे कबाड़खाने में रखेगी? जाने क्या तो उलटा-सीधा सोचती रहती है।" अपरा ने उसकी पीठ थपथपाई।

"मैं सोचूँगी इस बारे में।" लड़की ने कहा तो अपरा समझ गई कि वह टाल रही है। लड़की को अब घर जाने की जल्दी है।

अपरा ने लैपटॉप शट-डाउन किया और उठने ही लगे थे कि तभी ललित आ गया।

लड़की ने देखा कि अपरा का चेहरा फूल हो गया। क्षण भर के लिए तो अपरा जैसे लड़की की उपस्थिति भूल गई।

"तुम कैंटीन में नहीं थीं। फिर किसी ने बताया नमिता के साथ हो तो मैं समझा गया, लाइब्रेरी में होगी।" कहकर ललित मुस्कराया। कोई और समय होता तो लड़की इसमें अपने लिए 'पढ़ाकू' वाला व्यंग्य टटोलकर नाराज हो सकती थी लेकिन वह चुपचाप देखती रही। लड़की को देखकर ललित कुछ देर संकोच में रहा फिर उसकी झिझक जाती रही। अपरा और ललित दोनों बातों में व्यस्त हो गए। लड़की थोड़ी दूर दूसरी कुर्सी पर जाकर बैठ गई। लड़की को घर जल्दी पहुँचना था। इस तरह व्यर्थ होता समय उसे नापसन्द था। उसने अपरा को छोड़कर जाने का तय किया लेकिन फिर ठिठक गई। निकलने के रास्ते में वे दोनों खड़े हैं। एक ओर पुस्तकों की अलमारियाँ हैं। दूसरी ओर बैठकर पढ़ने के लिए लम्बी टेबल और बेंच लगी है। अलमारी और टेबल के बीच निकलने का एक तंग-सा रास्ता है। जहाँ से एक व्यक्ति सावधानी से निकले तो अलमारियों और टेबल से बचकर निकल सकता है। इसी तंग रास्ते पर अपरा और ललित खड़े हैं।

अलमारी से पीठ टिकाए ललित खड़ा है। सामने टेबल की ओर थोड़ी जगह है लेकिन फिर भी वहाँ से अपरा को हटाए बगैर निकलना कठिन है।

वह झल्ला गई। अपरा और ललित बातों में तल्लीन हैं। जैसे उन दोनों की तल्लीनता ने निकलने की राह को तंग कर दिया हो। उसने सोचा, क्या लाइब्रेरी का यह छोटा-सा रास्ता ही प्रेम की गली है? तो इसका मतलब है, प्रेम की गली सँकरी ही नहीं होती, ऐसे उजबकों के मिलने की पसन्द की जगह भी होती है या शायद ये लोग जहाँ खड़े होते हैं वहीं की राह सँकरी हो जाती है!

काफी देर तक उन दोनों की बातें खत्म नहीं हुईं तो उसे थोड़ा गुस्सा भी

आया और अचरज भी हुआ। आखिर ऐसी क्या बातें कर रहे हैं दोनों कि उसकी उपस्थिति भूल गए हैं। दोनों आमने-सामने खड़े हैं। इतनी देर हुई लेकिन बैठे भी नहीं और थके भी नहीं।

लड़की शुरू में तो कुढ़ती रही फिर उसे उत्सुकता होने लगी। हालाँकि वह उनकी बातें सुनने के लिए उठी तो नहीं लेकिन उसका मन किंचित् अशान्त हो गया। फिर उसने अपना मोबाइल पर्स में से निकाला और अपरा को घंटी दी। अपरा ने घंटी काट दी और हल्के-से हाथ उठाकर और एक बार हल्के से आँखें मीचकर ऊपर-नीचे सिर हिलाया कि बस आ रही हूँ।

थोड़ी देर बाद दोनों आ गए। ललित चला गया। अपरा उसके साथ चल दी। लड़की महसूस कर रही थी कि अपरा उसके साथ चल रही है लेकिन उसके चेहरे से लग रहा है कि वह हवा में उड़ रही है। अपनी चहक को वह गले में दबाकर बैठी है। बरसों से पोषित अपनी लज्जा से तनिक भी मुक्त हो जाए तो शायद वह गुनगुनाने लग जाती। लड़की ने सोचा, फिल्मों में नायिका इसी तरह गाने लग जाती है। बरसों से अस्वाभाविक लगनेवाला वह फिल्मी दृश्य आज सहज लग रहा है।

घर आकर लड़की ने सोचा था कि वह माँ से इस बारे में बात करेगी लेकिन फिर पता नहीं क्या हुआ वह टाल गई। अलबत्ता खाना खाकर अपनी दिनचर्या में टहलने के बाद पढ़ने बैठ गई।

नियत समय पर वह कुर्सी छोड़कर सोने चली गई। सोते समय जरूर अपरा की याद आई, फिर ललित के साथ बातों में तल्लीन अपरा का चेहरा याद आया। वह थोड़ी बेचैन हो गई लेकिन थोड़ी देर बाद उसे नींद आ गई।

एक बार ललित का संकोच खत्म हुआ तो वह अक्सर लड़की और अपरा के बीच आ जाता। धीरे-धीरे वह बातों में शामिल होने लगा। उन दोनों के साथ लाइब्रेरी में बैठने लगा। लड़की में इतनी तब्दीली आई कि वह खाली पीरियड में कभी-कभी ललित और अपरा के साथ कैंटीन चली जाती। लड़की ने मन को समझाया कि वह खाली पीरियड में जा रही है। पढ़ाई का नुकसान करके नहीं जाती है। ऐसी किसी भी स्थिति में वह दृढ़ता से मना कर देती। फ्रेंड्स डे पर इस बार अपरा के साथ ललित का भी एस.एम.एस. आया। लड़की ने न सिर्फ थैंक्स लिखा बल्कि इसी एस.एम.एस. से मिलता-जुलता एक एस.एम.एस. भी कर दिया।

ऐसे ही एक दिन बातों-बातों में अपरा ने लड़की के सामने ललित से कह दिया कि यह तो हमारे प्रेम के सख्त खिलाफ है। ललित हँस दिया तो लड़की पहले तो संकोच में पड़ गई फिर सँभलकर बोली, "मैं तुम दोनों के प्रेम के खिलाफ नहीं हूँ। पर मेरा कहना था कि प्रायोरिटी में पढ़ाई और हमारा कैरियर होना चाहिए। प्रेम बाद में भी किया जा सकता है। और यह बात तो मैं आज भी कहूँगी।"

"प्रेम में किसी की प्रतीक्षा की जा सकती है लेकिन प्रेम की प्रतीक्षा नहीं की जा सकती है। प्रेम को स्थगित नहीं किया जा सकता है।" ललित ने कहा और अपरा की ओर देखा, जिसने तुरन्त सहमति में सिर हिलाया।

"देख नमिता, प्रेम टूथपेस्ट के ट्यूब से निकले टूथपेस्ट की तरह है जिसे वापस ट्यूब में नहीं डाला जा सकता है।" अपरा ने हँसते हुए कहा, "वरना तू प्रेम करके देख फिर उसे टालकर बता। स्थगित करके बता।" ललित हँसने लगा तो लड़की भी हँसने लगी। फिर हँसते हुए बोली, "मुझे तो कोई ऐसा लड़का दिखाई नहीं देता जिससे प्रेम कर सकूँ वरना तुझे मैं अपनी बात साबित करके बता देती।"

"लड़का मैं खोज लाऊँगा।" ललित अपनी कुर्सी आगे खिसकाते हुए उत्साह में बोला, "तुम मुकर मत जाना।"

"मैं क्यों मुकरने लगी। तुम तलाश तो करो।" लड़की फिर हँसी। उसकी चुनौती मजाक में लिपटी है यह जानकर ललित मुस्करा दिया और बोला, "जरूर खोजकर लाऊँगा। वरना एक्सपेरिमेंट के लिए मैं खुद का बलिदान कर दूँगा। मतलब मेरी सेवाएँ भी ले सकती हो!" कहकर वह हँसा। अपरा ने अपना पर्स उठाकर उसकी पीठ पर मारा और हँसने लगी। लड़की भी हँस दी।

लड़की को धीरे-धीरे यह सब सामान्य लगने लगा। लड़की अब अपरा और ललित के बीच श्रोता नहीं रही, वह बातों में हिस्सेदारी करने लगी। मजाक के लिए स्पेस बनने लगा।

एक दिन अपरा कॉलेज नहीं आई। ललित उसे खोजता हुआ हमेशा की भाँति लाइब्रेरी आया। अपरा को न देखकर वह निराश हो गया। लड़की को उस पर दया आ गई। लड़की उसे लेकर कैंटीन में आ गई। दोनों कॉफी पीते रहे। ललित अपरा के और उसके जाने कितने किस्से सुनाता रहा। वह पहले ललित का मन रखने के लिए सुनती रही फिर उसे लगा कि ये निरर्थक बातें उसे अच्छी लग रही हैं। फिर

ऐसा अक्सर होने लगा कि अपरा के न रहने पर ललित और लड़की लाइब्रेरी में गप लगाते रहते या कैंटीन में कॉफी पीने बैठ जाते।

एक दिन अपरा ने बताया कि ललित की माँ बीमार है। वह माँ को लेकर बड़ौदा गया है। अब खाली समय में अपरा और लड़की लाइब्रेरी में या कैंटीन में बैठ जाते। एक दिन इसी तरह कॉफी पीते हुए अचानक लड़की ने कहा, "क्या कोई लड़की यहाँ तक कि लड़का भी, अपने माँ-बाप से पूछकर प्रेम नहीं कर सकता है?"

अपरा कुछ देर तक उसकी कही बात को मन में शायद दुहराती रही फिर बोली, "नमिता! कस्बों या छोटे शहरों के माँ-बाप की बात ही निराली है। यहाँ एक लड़की एक अनजान, अजनबी लड़के से शादी करके उससे प्रेम कर सकती है। उसके साथ सो सकती है। लेकिन शादी से पहले चार हाथ दूर बैठकर किसी परिचित दोस्त के साथ एक कप कॉफी नहीं पी सकती है।"

लड़की कहीं दूर पेड़ को देख रही थी। उसका सिर धीरे-धीरे हिल रहा था जैसे हवा में कोई टहनी धीरे-धीरे हिल रही हो। अपरा खाली प्याले में धीरे-धीरे चम्मच बजाती रही।

लड़की शाम को घर लौटी तो वह समझ नहीं पाई कि उसका मन खिन्न है। लड़की खुद नहीं समझ पाई कि जाने-अनजाने वह खुद किस चक्रव्यूह में फँसती जा रही है। उसकी जिज्ञासाएँ बढ़ती जा रही थीं। उसने नेट पर प्रेम के बारे में जानना चाहा लेकिन वहाँ प्रेम के किस्से थे। लड़की ने सोचा ललित आएगा तो वह उससे पूछेगी। ग्लूकोज का कम्पोजिशन चाहे उसे न मालूम हो लेकिन प्रेम का बड़ा जानकार है। हालाँकि वह खुद नहीं जानती थी कि वह ठीक-ठीक क्या जानना चाहती है। माँ से इस बारे में बात की जा सकती थी लेकिन उस दिन की ठंडी चर्चा के बाद उसे माँ से बात करना ठीक नहीं लगा। उसने चाहा कि वह ललित को मोबाइल लगाए। फिर वह टाल गई। ऐसा वह कुछ ही देर कर पाई। आखिरकार उसने मोबाइल पर नम्बर पंच किया। ललित का नम्बर कवरेज से बाहर था। अब उसे थोड़ी बेचैनी होने लगी। उसने दुबारा कोशिश की। वही नतीजा रहा। मोबाइल नहीं लगा।

रात जब वह पढ़ाई के लिए टेबल के सामने बैठी तो उसे पहली बार लगा कि मन की एकाग्रता थोड़ी भंग हो चुकी है। फिर उसने सिर को झटका दिया और

किताब खोली। बमुश्किल आधे घंटे पढ़ पाई कि उसे पता नहीं चला कि उसकी नजरें खिड़की के बाहर अँधेरे में पेड़ पर टिकी हैं और उसी के सहारे मन कहीं भटक रहा है। लड़की ने देखा दूर रोशनी के दो धब्बे तेजी से आगे सरकते आ रहे हैं। जब रोशनी के धब्बे बड़े हुए तो देखा कि वह कोई कार थी जो ठीक उसके मकान की बगल की सड़क से गुजर गई। थोड़ी देर के लिए अँधेरे में डूबा पेड़ जिन्दा हो गया जैसे। कार के जाते ही पेड़ का हरापन गायब हो गया। पत्तियाँ फिर अँधेरे रंग की हो गईं। जैसे भूरे कैनवस पर काले रंग से किसी ने पेड़ की आउटलाइन खींच दी हो। वही स्केच अँधेरे में डोल रहा है। कैनवस दूर तक फैला हुआ है।

उसके बाद लड़की बमुश्किल आधे घंटे और पढ़ पाई। उसे लगा उसकी तबीयत थोड़ी ठीक नहीं है। वह बिस्तर पर लेट गई। भाई ने अपने बिस्तर से करवट लेकर उसे देखा और अचरज में परिहास डालकर बोला, "क्या बात है आज आइंस्टीन जल्दी सो रहा है?"

लड़की ने एक बार उसे घूरा तो वह हँस पड़ा। लड़की कुछ नहीं बोली। करवट लेकर दूसरी ओर मुँह कर लिया।

क्या वह प्रेम करना चाहती है? उसके मन में खयाल आया। किससे? कॉलेज के कई लड़के उसे याद आए। कौन ठीक रहेगा? ललित आएगा तो वह उससे मशविरा करेगी। पहले तो यही पूछेगी कि क्या यही प्रेम के लक्षण हैं? लड़की धीरे से उठी और फिर खिड़की पर आकर खड़ी हो गई। पेड़ कहीं नहीं गया था। अपनी जगह पर खड़ा था। कहीं गया भी था तो लड़की को लगा उसके आने की आहट सुनकर जैसे जल्दी से आकर खड़ा हो गया था। अँधेरे में पेड़ उसे थोड़ा पीछे जाते हुए लगा। खुली खिड़की से अँधेरा उसके कमरे में भी गिर रहा था।

ललित की माँ को क्या हुआ होगा? उसकी माँ ज्यादा बीमार होगी तो फिर ललित जल्दी नहीं लौट पाएगा। अपरा को शायद मालूम होगा। वह बता सकती है कि वह कब लौटेगा। उसकी माँ की तबीयत अब कैसी है? उसने सोचा, अपरा को फोन लगाया जाए! फिर उसे लगा इतनी रात को अपरा उसका फोन सुनकर पता नहीं क्या सोचेगी? उसने सेलफोन की ओर बढ़ा हाथ हटा लिया। बहुत बेमन से। भारी दबाव के साथ। सेलफोन को हाथ में घुमाते हुए एक अजान बेचैनी के साथ वह बिस्तर पर आ गई। उसने सिर उठाकर देखा। भाई सो रहा है। कुछ देर लेटकर

वह छत को घूरती रही। आखिरकार उसने तकिये के नीचे से सेलफोन निकाला और ललित का नम्बर पंच किया। इस बार ललित का सेलफोन बजा। एक बेहद रोमांटिक गीत का रिंगटोन था, इस तरह का रिंगटोन को सख्त नापसन्द करनेवाली लड़की को यह रिंगटोन सुनना अच्छा लगा।

"अरे नमिता, स्ट्रेंज! तुमने फोन कैसे लगाया?" ललित की आवाज आई।

"माँ कैसी है?" लड़की ने कहा और उसे लगा कि उसने झूठ बोला। क्या उसने इसलिए फोन लगाया?

"माँ अब ठीक है। सम्भव हुआ तो कल सुबह आ जाऊँगा। तुम इतनी रात गए जाग रही हो?" कहकर वह हँसा जैसे एकाएक कुछ याद आया हो, "अरे हाँ, तुम तो बहुत बड़ी पढ़ैया हो। पढ़ रही होगी अब तक। चलो, लौटकर तुम्हारे लिए कोई खोजते हैं। फिर भूल जाओगी इतना पढ़ना। पुस्तकें फेंककर करवटें बदलोगी।" बदले में वह भी हँसी—एक चोर हँसी।

"थोड़ी देर पहले भी ट्राय किया था। मोबाइल लगा नहीं।" लड़की ने बात बदली।

"मैं अस्पताल के भीतर था। वहाँ सेलफोन बन्द रखना पड़ता है। अभी दूध लेने बाहर आया हूँ। चलो, ओ.के.। फिर मिलते हैं।" कहकर उसने फोन काट दिया।

लड़की दहल गई। पुस्तकें फेंककर वह तो पहले ही करवटें बदल रही है। तो क्या उसे प्रेम हो चुका है? प्रेम हो गया और उसे मालूम भी नहीं पड़ा? तब उसे याद आया कि आज शाम उसने खाना नहीं खाया है। दूध का गिलास भी टेबल पर रखा है। उसकी भूख उड़ गई है और उसे पता नहीं चला? वह किचन में आई। उसने पानी का गिलास भरा और एक ही साँस में पी गई। फिर दूसरा गिलास। फिर तीसरा गिलास। उसे लगा, उसका कंठ दहक रहा है। पानी कंठ को गीला कर रहा है, प्यास नहीं बुझा पा रहा है। कैसी अबूझ प्यास है यह? वह वापस लौटकर बिस्तर पर गिर गई। जाने कितनी देर बाद उसे नींद नसीब हुई। नींद में भी उसे बेचैनी महसूस होती रही। वह लगातार एक सपने से दूसरे सपने तक भागती रही। एक ऐसी दौड़ थी जिसमें वह थक रही थी लेकिन भागते जाने का अजीब-सा आकर्षण था। आखिरकार एक आखिरी सपने में जाकर वह ठहरी तो लगा यहीं रुकना है।

सुबह वह कॉलेज पहुँची तो अपरा उसे गेट पर मिल गई। उसे देखकर अपरा चौंक पड़ी।

"क्या बात है, पूरी रात जागी है?"

"नहीं तो!" लड़की घबरा गई जबकि घबराने जैसी कोई बात नहीं थी।

"लगता है, रात भर पढ़ती रही।" कहकर अपरा अफसोस में इस तरह सिर हिलाने लगी जैसे रात भर पढ़ना कोई अपराध हो।

"लेकिन तेरे चेहरे पर तो बहार है।" लड़की मुस्कराई।

"हाँ, बिलकुल!" कहकर अपरा खुश हो गई। "ललित लौट आया है। आज सब कुछ खिला-खिला लग रहा है। मेरे चेहरे पर बहार है। कॉलेज के गार्डन में बहार है। सभी दूर हरियाली है। ललित अभी आता ही होगा।" फिर थोड़े संकोच, थोड़े अपराध भाव से बोली, "यार, आज फिजिक्स की क्लास में नहीं आऊँगी! सॉरी!" लड़की मुस्कराई, एक भारी और जबरदस्ती की मुस्कराहट। फिर बोली, "आज फिजिक्स की क्लास में मैं भी नहीं जाऊँगी। मेरी तबीयत ठीक नहीं है।"

अपरा जैसे आसमान से गिरी।

"क्या बात है? सुनामी आ जाएगा भई! सूरज पश्चिम से निकल आएगा!" कहकर अपरा हँसने लगी। लड़की कुछ नहीं बोली। ललित के लौट आने की बात सुनकर उसे भीतर से एक अजीब-सी खुशी हुई। उसने अपरा से आँखें बचा लीं। फिर उसे धीरे-धीरे भय लगने लगा। एक ऐसा भय जिसमें एक अजीब-सी खुशी शामिल थी—एक बीहड़ खुशी। इस खुशी के बीहड़ में सहसा उसे लगा कि अपनी कल रात की बेचैनी और असीम प्रतीक्षा के छिपे डकैत अर्थ मिल जाएँगे। लेकिन वह इस बात की अदेखी करना चाहती है कि खुशी के इस बीहड़ में एक अपराधी भय भी है। अपरा के अपराधी होने का? उसने खुद से पूछा। संकोच एक आवरण है। भय का कारण है। वह आवरण के पीछे भय को छूना नहीं चाहती है। भय को छू देगी तो अपराध प्रकट हो जाएगा।

यह प्रतीक्षा यह बेचैनी कुछ जान लेने के लिए नहीं थी बल्कि ऐसा लगता है कि यह जान चुके होने की बेचैनी थी। जान लिए जाने, सब कुछ समझ लिए जाने के बाद खुद की बेचैनी थी। धीरे-धीरे वह उस बीहड़ में दाखिल हो गई।

टूटे हुए सपनों के टुकड़े जैसे इसी बीहड़ में पड़े थे। छूटी हुई हँसी। गुम हुई भूख, अधूरी प्यास जाने कितनी चीजें बीहड़ की रेत और मिट्टी में दबी थीं। बस उसे एक बात नहीं समझ में आई।

अपरा और वे दोनों कॉलेज में फर्स्ट फ्लोर पर लाइब्रेरी में आकर बैठ गए। उसने अपरा से पूछना चाहा। एक अपराधी झिझक उसका मुँह बन्द कर देती। वह उठकर खिड़की पर आ गई। सोचने लगी, अपरा तो कहती है कि प्रेम में आनन्द है। सब कुछ खिला-खिला और धुला-धुला लगता है फिर यह अहसास उसे क्यों नहीं? उसने अपरा से सीधे-सीधे नहीं, बात का दूसरा सिरा पकड़कर पूछा।

"लोग कहते हैं, प्रेम में सब कुछ उजाड़-सा लगता है। सूना-सूना। एक अजीब-सी बेचैनी रहती है।"

अपरा खिड़की से बाहर झाँकने लगी। फिर खिड़की की ग्रिल को पकड़कर बोली, "यह तब होता है जब आपका साथी रूठ गया हो। बाहर गया हो या फिर साथी को बता नहीं पा रही हो!"

अपरा बात तो उससे कर रही थी लेकिन उसकी आँखें शून्य में कुछ टटोल रही थीं। ऊपर आसमान था। खाली-खाली-सा। अपरा कुछ देर तक देखती रही फिर बोली, "देख, सामने पेड़ कितना भरा-भरा है। खिला-खिला है। कनेर पर फूल खिले हैं। हरियाली के भी कितने संकेत होते हैं।"

कहकर अपरा ने पलटकर नहीं देखा। वह अपने कहे हुए को जी रही थी। वह डूबकर बाहर देख रही थी। लड़की को बेहद अचरज हुआ। खिड़की से बाहर वह भी देख रही थी। बाहर ऐसा कुछ भी नहीं देखा। यह अपरा सचमुच पागल हो गई है। एक इकलौते पेड़ की हरियाली से क्या होता है? लड़की ने देखा, दूर तक उजाड़ है। छोटे पौधों पर धूल है। और मकानों की दीवारों पर धूप का सन्नाटा फैला है। उसने अचरज से अपरा को देखा और बताया तो अपरा अचरज से उसे देखने लगी। दोनों अचरज से एक-दूसरे को देखने लगीं।

जंगल

ऑफिस से उठने का समय हो गया है। मैंने आखिरी फाइल पर दस्तखत किए और पेन कोट के ऊपर की जेब में रख लिया। फिर मैंने दिल के ऊपर कोट की जेब को धीरे से थपथपाया। सहसा मेरा हाथ रुक गया। जेब में कुछ है। मुझे अचरज हुआ। मैंने तो कुछ रखा नहीं था। मैंने जेब में हाथ डाला। बिलकुल नीचे, कुछ था। उँगलियों में दबाकर बाहर निकाला। किसी छोटे से पंछी का छोटा-सा पंख है। मुझे याद आ गया। बरसों हो गए, जंगल में घूमते हुए भानु ने सहसा पुकारकर बुलाया था। अपनी हथेली पर पंख रखकर बोला था, "इस जंगल के दुर्लभ पंछी का पंख है।" पंख बिलकुल छोटा और गहरे नीले रंग का है। जिस पर हल्के हरे रंग की कुछ धारियाँ बनी हैं। उसने कहा था, "आदिवासी इसे भाग्यशाली पंछी मानते हैं।" फिर हँसकर मेरी कमीज की जेब में रख दिया था। मैंने घर में कहीं रख दिया था। फिर बात लगभग भूल गया था। पता नहीं कोट की जेब में कैसे आ गया? और फिर इतने बरसों में कोट कितनी ही बार धुल गया है, लेकिन पंख सलामत है।

क्या है इसमें भाग्यशाली होने जैसा?

अपर्णा? अपर्णा मुझे मिल गई, तो क्या भानु के मन में अपर्णा के लिए कोई एकान्त जंगल था?

मैंने उस पंख को अपनी बड़ी टेबल पर बिछे काँच के नीचे दबा दिया। मैं उठा और खिड़की पर से पर्दे को थोड़ा हटाकर देखा, हल्की-सी बारिश शुरू हो गई है।

मैंने सोचा, घर फोन कर दिया जाए। पकौड़े बनाकर तैयार रखे। यह मौसम पकौड़े खाने के लिए हमेशा उकसाता है। फिर फोन करने का विचार छोड़ दिया।

घर पहुँचने में वक्त ही कितना लगेगा। ऑफिस से बाहर निकलकर जब मैं कार में बैठा तो बारिश की हरकतें बन्द नहीं हुई थीं। ड्राइवर ने धीमी गति से कार घर के रास्ते पर डाल दी।

घर पहुँचते ही एक बार तो मन में आया कि अपर्णा को पंख के बारे में बताए फिर विचार झटक दिया। कपड़े उतारकर बाथरूम में चला गया। मुँह-हाथ धोकर कपड़े पहनकर जब मैं बरामदे में पड़ी कुर्सियों में से एक पर आकर बैठा तो अपर्णा ने किचन से आवाज लगाई, "आज पकौड़े बनाए हैं, बस, कॉफी तैयार हो जाए तो लेकर आती हूँ।"

मन खुश हो गया। कुछ देर में जब वह पकौड़ों की प्लेट और कॉफी र्क. केतली लेकर आई तो मुस्करा रही थी। मैं भी मुस्करा दिया। कितना अजीब संयोग है। उधर मैंने सोचा, इधर पकौड़े तैयार।

"जैसे ही बारिश शुरू हुई, मैंने सोचा पकौड़े बनाए जाएँ।" कहकर वह प्लेट में कैचप डालने लगी फिर बोली, "तुम्हें याद है, बारिश शुरू होते ही हम पहली फरमाइश पकौड़े की ही करते थे? माँ तो कहे बगैर बनाकर रखती थी। पकौड़े मुझे तो बहुत पसन्द हैं।" कहकर वह गिलास में पानी निकालने लगी। मुझे लगा, अपर्णा, 'उसे पसन्द थे' बोलते-बोलते 'मुझे पसन्द है' बोल गई। मैंने उसकी तरफ देखा, उसके चेहरे पर कोई सतर्कता नजर नहीं आई। एकाएक तो मैं कुछ बोल ही नहीं पाया। मुझे इतना जरूर अहसास हुआ कि मैं दूसरे की इच्छा के हिस्से में हूँ। अपर्णा का चेहरा सपाट है। वहाँ एक हल्की-सी स्वाभाविक पुलक है जो मौसम के स्वागत में भी हो सकती है। वहाँ कुछ भी तलाशा नहीं जा सकता है। बाहर हो रही बारिश भीतर से कुछ धो रही है या फिर ऐसा महज मैं सोच रहा हूँ।

भानु उसका अभिन्न था। गहरा दोस्त। यहीं झाबुआ जिले में आदिवासियों की जीवन पद्धति पर कोई शोध कर रहा था। अपर्णा के पिता उन दिनों यहाँ जंगल विभाग के बड़े अफसर थे। भानु कलकत्ता के उनके किसी दोस्त का बेटा था। झाबुआ में अपर्णा के घर रहता था। यहीं उससे दोस्ती हुई थी। मैं अपर्णा का पड़ोसी था। मेरे पिता का बँगला भी अपर्णा के पिता के बँगले के पड़ोस में था। कई-कई दिनों, बल्कि हफ्तों तक वह घर से गायब रहता था। झाबुआ से लेकर कट्ठीवाड़ा और मथवाड़ के जंगलों में वह घूमता रहता था। शायद एक साल गुजर गया था। जिले

के कुछ क्षेत्र के डी.एस.पी. ने मेरे कप्तान पिता को गोपनीय रिपोर्ट भेजी थी, भानु रिसर्च के अलावा दूसरी गतिविधियों में भी हिस्सा ले रहा है। फिर भी इस बात ने कोई तूल नहीं पकड़ा, क्योंकि झाबुआ जिले को फिलहाल नक्सली बेल्ट में शामिल नहीं किया गया था। हालाँकि अपर्णा के पापा ने उसे डाँटा जरूर कि अपनी पढ़ाई करो। नेतागिरी मत करो। फिर वह एकाएक आज्ञाकारी बन गया था।

हम तीनों अक्सर साथ ही जंगल में घूमने निकलते थे। वो जाड़ों के आते हुए दिन थे। हम तीनों, अपर्णा के पापा के साथ जंगल गए थे। बहुत पुराने समय का कोई रेस्ट हाउस था। तब पहली बार उस जंगल में अपर्णा के लिए मेरे मन में एक जंगल खिलने लगा था। मैंने अपर्णा पर प्रकट नहीं किया था, बल्कि किसी पर भी प्रकट नहीं किया था। अपर्णा के पापा रेस्ट हाउस में बैठे अफसरों की बैठक में थे और हम तीनों शाम को जंगल में पहाड़ी चढ़ रहे थे। 'नवई' देखने जा रहे थे। आदिवासियों का नाच देखना था।

थोड़ी ही देर में अँधेरा हो गया। अपर्णा चलते-चलते रुक गई।

"चलो, वापस चलते हैं। रास्ते में कोई जंगली जानवर मिल गया तो?" कहते हुए उसने सागौन के पेड़ का सहारा ले लिया।

"हम दोनों साथ में हैं। डरती क्यों हो?" मैंने अपर्णा को साहस बँधाना चाहा।

"जंगली जानवर के सामने तुम दोनों क्या करोगे?" वह थोड़ा व्यंग्य में बोली।

"अकेला जंगली जानवर दो जंगली जानवरों को देखकर डर जाएगा।" भानु ने मेरी ओर फिर खुद की ओर इशारा करते हुए कहा और हँसने लगा। मैं भी मुस्करा दिया था। अपर्णा का डर तो कम नहीं हुआ था, लेकिन उसने फिर चलना शुरू कर दिया। गाँव पास ही था। चार टापरों का गाँव लेकिन आसपास के फालियों से भी आदिवासी आ गए थे। काफी देर बाद पूजा-पाठ से निबटने के बाद नाच शुरू हुआ। वे लोग समूह बनाकर आपस में नाच रहे थे। औरत-मर्द एक साथ। एक पंक्ति में खड़े होकर, एक-दूसरे की कमर में हाथ डाले। एक ऐसी बोली में गीत गा रहे थे जो मेरी तो समझ में बिलकुल नहीं आ रही थी, लेकिन गीत में लय थी। हम तीनों नंगी खटिया पर बैठे थे। तीनों के पैर जमीन पर खुद-ब-खुद ताल दे रहे थे।

"वे लोग देवता का आभार मान रहे हैं। पहली फसल आती है तो ये लोग अपने देवता की पूजा करते हैं। पूजा में अन्न चढ़ाए बगैर, समर्पित किए बगैर उस

फसल का अन्न नहीं खाते हैं।" एकाएक भानु पलटकर मुझे बोला। जवाब अपर्णा ने अचरज प्रकट करके दिया।

"अच्छा?"

"हाँ!" भानु गरदन हिलाकर बोला, "इस त्योहार पर ये लोग अपने रिश्तेदारों को, आसपास के गाँव-फालिए के लोगों को आमंत्रण भेजते हैं।" कहते हुए क्षण भर वह रुका फिर बोला, "सिविल सोसाइटी में कहीं ऐसा होता है? किसी एक पूजा में किसी एक जगह पूरा गाँव, रिश्तेदार सभी इकट्ठे हो जाएँ? फिर निराशा और क्षोभ में गरदन हिलाता हुआ बोला, "हमारे यहाँ पचास लोग मिलकर पच्चीस मन्दिरों में त्योहार मनाते हैं। कई मन्दिर, कई मस्जिद और अनेक चर्च। हम सभ्य होते जा रहे हैं और बिखर रहे हैं।"

अपर्णा और मैं अचरज से उसे देखने लगे। ऐसी बातें वह कभी नहीं करता है। उसने हमारे गम्भीर चेहरे देखे तो एकाएक हँस पड़ा। मुझे लगा, वह अपनी हँसी से अप्रत्याशित बोले गए को सहज करना चाहता है। फिर वह उठकर बोला, "रुको, मैं आता हूँ।" कहकर किसी के बोलने से पहले ही वह उठकर थोड़ी दूर स्थित उस टापरे में चला गया। कुछ देर बाद आया तो उसके हाथ में पीतल की थाली थी। करीब आकर वह हम दोनों के बीच बैठ गया। फिर मुस्कराकर बोला, "लो खाओ।"

हम दोनों ने आश्चर्य से उस पीतल की थाली को देखा। हमारे अचरज से लड़ने के लिए अब उसके पास हँसी थी। वह हँसने लगा, बोला, "खिचड़ा है यह। अलग-अलग फसलों के अन्न मिलाकर बनाते हैं। ज्यादा हिस्सा इसमें मक्का का है।" फिर हम दोनों का संशय और झिझक देखकर हाथ से खुद ही खाने लगा।

"चम्मच नहीं है?" अपर्णा ने पूछा तो भानु ने जोर से ठहाका लगाया। खिसियाकर अपर्णा ने उँगली को मुँह में चम्मच की तरह इस्तेमाल करके खिचड़ा उँगली सहित मुँह में रख लिया। फिर जूठी उँगली को अपने सफेद रूमाल से पोंछने लगी। कुछ आग्रह के पहले ही अस्वीकृति में उसका सिर हिलने लगा। मैंने कुछ कौर ज्यादा खाए। फिर मैं भी रुक गया। भानु बहुत निश्चिन्तता से खाता रहा। सहसा अपर्णा ने भानु को कोहनी छूकर कहा, "तुम्हें सब कुछ कैसे मालूम है?"

अपर्णा उसे अचरज से देखने लगी। वह एकाएक चुप हो गया। इस बार मदद

के लिए वह एकाएक हँसी को नहीं बुला पाया। थाली उसने पीछे खटिया के कोने पर रख दी। फिर एकाएक वह किसी कल्पित ठंड को भगाने के लिए दोनों हाथ रगड़ने लगा। सहसा उसने आवाज देकर एक बूढ़े आदिवासी को बुलाया। वह उस बूढ़े के साथ उसी की बोली में कुछ बातें करने लगा। बूढ़ा सहमति में सिर हिलाते हुए चला गया। कुछ देर बाद वापस आया तो उसके हाथ में काँच की मटमैली-सी बोतल थी जिसमें महुए की कच्ची शराब थी। दूसरे हाथ में मैले-से, टूटे किनारे वाले चीनी के कप थे। वह बूढ़ा नीचे बैठ गया और तीन कप भरकर एक-एक करके हमारे हाथ में थमाने लगा। अपर्णा ने इनकार कर दिया। भानु ने अपना कप नीचे रख दिया और अपर्णा की ओर पलटकर बोला, "ये शराब नहीं है। प्रसाद है, प्रसाद समझकर पी लो। आज हम यहाँ हैं। जंगल में हैं, तो जंगल के आग्रह को मानना चाहिए।"

अपर्णा ने फिर भी इनकार कर दिया। बोली, "कोई प्रसाद-वसाद नहीं। साफ-साफ शराब है और तुम लोग भी मत पियो।"

अब भानु खटिया से नीचे उतरकर अपर्णा के सामने बैठ गया। फिर व्यंग्य से बोला, "अच्छा, लोग जब उज्जैन जाते हैं तो वहाँ के भैरव मन्दिर में रखी गई शराब को बहुत खुशी के साथ पी लेते हैं। क्यों? क्योंकि गाइड अंग्रेजी में बोलकर बताता है कि यह शराब नहीं, प्रसाद है और ताँबे के पात्र में से अचवनी से दी गई शराब प्रसाद हो जाती है? और यहाँ एक सीधा-सादा आदिवासी इस बोतल को बगैर किसी ड्रामे के दे गया तो यह शराब हो गई? घृणित हो गई?"

अपर्णा इस बेतुके तर्क के आगे चुप हो गई, लेकिन फिर भी कप की ओर हाथ नहीं बढ़ाया। भानु घुटनों के बल बैठकर, बड़ी अदा से गरदन झुकाकर पूरी नाटकीयता के साथ कप अपर्णा के सामने करता हुआ बोला, "इस चाँदनी रात में समझो यह महुआ नहीं, शैम्पेन है। सेलिब्रेशन ड्रिंक...प्लीज..!" उसने प्लीज कुछ ऐसी नाटकीय प्रार्थना में कहा कि अपर्णा हँस दी। "ठीक है, तुमसे तो भगवान न जीत पाए। सिर्फ एक घूँट से ज्यादा नहीं लूँगी।" कहकर उसने भानु के हाथ से प्याला लेकर एक घूँट लिया तो उसे इतनी जोर से खाँसी उठी कि आँखों से आँसू आ गए। भानु हँसने लगा। मैं घबरा गया। भानु ने अपर्णा के हाथों से प्याला ले लिया।

"ठीक है...ठीक है...बस, रहने दो, यह प्याला मैं पी लूँगा। शराब जूठी नहीं

होती है और फिर प्रिंसेस की जूठी शराब तो और नशीली होगी।" कहकर उसने फिर अदा से सिर नवाया। हम हँस पड़े थे। मैं भी एक कप से ज्यादा नहीं पी सका। शराब बहुत तेज और आक्रामक थी। सहसा भानु ने फिर एक आदिवासी लड़के को बुलाकर उसी की बोली में कुछ पूछा। वह भी सहमति में सिर हिलाते हुए चला गया। अब अपर्णा और मुझे, दोनों को अचरज हुआ।

"तुम इनकी बोली कैसे बोल-समझ लेते हो?" अपर्णा ने भानु की ओर देखते हुए कहा, "और यहाँ इस अजनबी जंगल में इतने लोग तुम्हें कैसे पहचानते हैं? तुम इन सबको कैसे जानते हो और वह भी इतनी घनिष्ठता के साथ?" अपर्णा का गोरा चेहरा एक घूँट पी लेने से लाल हो गया था। भानु ने हाथ में थामे कप से एक घूँट भरा और उसे नीचे रखकर हम दोनों के पास खटिया पर आकर बैठ गया।

"बहुत आसान है इनकी बोली सीखना। हालाँकि किसी स्कूल, किसी कॉलेज में नहीं पढ़ाई जाती है। फिर भी आसान है।" कहकर उसने हाथ बढ़ाकर नीचे रखा कप उठा लिया।

"क्या खाक आसान है?" अपर्णा झुँझलाकर बोली, "घर पर काम करनेवाला नौकर आदिवासी ही है। मैंने उससे सीखने की बहुत कोशिश की। बहुत समय दिया, बहुत दिमाग खपाया, लेकिन नहीं सीख पाई।"

"देखो यार, शुरुआत ही गलत की।" वह कप खाली करके बोला।

"सिर्फ समय देने भर से काम नहीं चलता। कुछ और भी देना पड़ता है। दिमाग के बजाय दिल से सीखी होती तो सीख जाती। जंगल की बोली सीखने के लिए जंगल को घर बुलाया यह गलत बात हुई। खुद जंगल में जाना पड़ता है।" वह कुछ देर के लिए चुप हुआ, क्योंकि उसे लगा, हम दोनों उसे बहका हुआ समझ रहे हैं। जो कि वह गलत नहीं समझ रहा था। वह हँस पड़ा। बोला, "मैं नशे में नहीं हूँ। ठीक कह रहा हूँ। जंगल को समझने के लिए जीप से नीचे उतरना पड़ता है। टाई उतारे बगैर आप जंगल को नहीं समझ सकते हैं।" कहकर वह फिर सामने जाकर खड़ा हो गया। कुछ देर पहले जिस लड़के को उसने कुछ कहा था वह हाथ में एक थाली लिए हुए वापस आया। मैंने देखा, काले बदन का वह लड़का नंग-धड़ंग था। मात्र एक लँगोटी लगाए हुए था। सिर पर एक छोटी-सी पगड़ी बाँधे हुए था। मैंने एतराज उठाते हुए कहा, "तुम्हारी बात पूरी तरह ठीक नहीं है। दोनों

हाथ से ताली बजती है। हम दो कदम आगे आएँ। हम आपनी टाई उतारें तो ये भी एक कदम आगे आएँ।"

"और क्या करें?" मेरी बात काटकर वह बोला, "क्या उतारें? ये लँगोटी?" कहकर उसने पास खड़े उस आदिवासी लड़के के कन्धे पर हाथ धर दिया। फिर वह ठहाका मारकर हँस पड़ा। बोला, "यार हर कोई इनको नंगा करने पर ही क्यों उतारू है?" फिर वह जोर-जोर से हँसने लगा। अपर्णा ने मुझे इशारा किया कि बहस मत करो। वह नशे में है। भानु ने यह इशारा देख लिया। वह तत्काल संजीदा हो गया। वह उस लड़के के हाथ से थाली लेकर हम दोनों के पास आकर बैठ गया।

"बढ़िया चिकन है, खाओ!" कहकर उसने थाली मेरी ओर बढ़ा दी। इनकार करके एक और बहस को दावत देना था। मैंने मुर्गे की टाँग उठाने में ही भलाई समझी। फिर उसने थाली अपर्णा की ओर बढ़ाई।

"लो, खाओ। तुम्हारा वो क्रिश्चियन कुक है ना? उसका बाप भी ऐसा चिकन नहीं बना सकता।" कहकर अपनी ही बात के समर्थन में वह सिर हिलाने लगा। महुए ने उसके सिर का वजन बढ़ा दिया था। महुए ने और मदद की तो सिर काफी देर तक डोलता रहा। अपर्णा ने लाख समझाया, मनाया, प्रार्थना की, लेकिन वह नहीं माना। अपर्णा को चिकन का एक टुकड़ा उठाकर खाना पड़ा। मुझे अचरज इस बात पर हुआ कि भानु ने कोई जोर-जबरदस्ती भी नहीं की, लेकिन उसकी बातें, उसके तर्क और मनुहार कुछ ऐसी ही थी कि अपर्णा इनकार नहीं कर पाई। मुझे लगा, कोई और भी होता तो भानु के आग्रह को इनकार नहीं कर सकता था। उसकी आवाज, उसकी बोली में कुछ ऐसा ही जादू था।

वह फिर धीरे-धीरे हँसने लगा और बोला, "ब्राह्मण की लड़की का धर्म भ्रष्ट कर दिया आज मैंने। सॉरी बाबा...सॉरी...।" कहकर वह एक हाथ से अपना कान पकड़ने लगा। अपर्णा मुस्करा दी। मैं भी हँस दिया। उसने मेरे कन्धे पर हाथ रखा और बोला, "देखो यार, बड़ी-बड़ी पार्टियों में जाना पड़ता है। अपने अफसर के यहाँ जाना पड़ता होगा लोगों को। पेट भरा हो, इच्छा न हो, उपवास हो...तब भी खाना पड़ता है। ऊपर से तारीफ भी करनी पड़ती है। उपकार मानना पड़ता है बुलाने का।" वह तिरस्कार और लापरवाही से सिर झटकने लगा फिर बोला, "ये लोग कुछ नहीं करते हैं। जो जैसा है वैसा ही परोस देता है। कोई ढोंग नहीं है।

इनकी जुबान वही बोलती है जो भीतर से दिल बोलता है। आँखें भी वही कहती हैं। इसलिए इनके बोलने-चालने, उठने-बैठने और नाचने-गाने में सारी देह बोलती है। आत्मा बोलती है। ये भीतर-बाहर एक जैसे हैं।"

वह बोलता जा रहा था। मुझे ऊब महसूस होने लगी। मैंने देखा, अपर्णा ध्यान से उसकी बातें सुन रही थी। एकटक उसको देख रही थी। क्या पता नींद का प्रभाव या एक घूँट महुए का असर, लेकिन वह कुछ नहीं बोली।

रात ग्यारह के करीब रेस्ट हाउस से चौकीदार हमें खोजता हुआ आ गया। अपर्णा और मैं तत्काल उठे। भानु को, जो इस बीच खटिया पर सो गया था। हमें लगा था, नशे की अधिकता में इसे उठाना मुश्किल होगा, लेकिन वह फुर्ती से उठ गया। चलने से पहले भानु देर तक आदिवासियों को कुछ कहता रहा, समझाता रहा। उनकी न समझ में आनेवाली बोली में।

तीनों वापस चल दिए, चौकीदार आगे-आगे चल रहा था। चाँदनी रात थी। घने जंगल में चाँदनी के कुछेक टुकड़े रास्ते पर यहाँ-वहाँ बिखरे थे। हवा चलने पर पेड़ों से अजीब-सी सरसराहट की आवाज निकल रही थी। हमारे चलने की आवाज से जंगल की नींद में भी खलल पड़ रहा था। एकाएक जब किसी पक्षी के फड़फड़ाने की आवाज आती तो अपर्णा डर जाती। भानु मस्त होकर चौकीदार के पीछे-पीछे चल रहा था। उसे मेरी असुविधा और अपर्णा के डर से जैसे कोई मतलब ही नहीं हो। जैसे एक ही रास्ते पर वह अजनबियों के साथ चल रहा हो। वह हल्के स्वर में कोई गीत गुनगुना रहा था। तभी वह रुक गया। चाँदनी के एक धब्बे के पास ठिठक गया। मैं और अपर्णा भी ठिठक गए। वह नीचे झुका और पेड़ के नीचे पत्तों पर पड़ा किसी पंछी का छोटा-सा पंख उठा लिया।

"यह बहुत दुर्लभ पंछी होता है। आदिवासी इस पंख को रखना शुभ मानते हैं। लकी पंख है।" कहकर उसने अपनी हथेली पर रखकर, हथेली हमारे सामने फैला दी। वह एक गहरे नीले रंग का छोटा-सा पंख था, जिस पर हल्के हरे रंग की धारियाँ बनी थीं।

"क्या है इसमें ऐसा, किस तरह से लकी है?" अपर्णा ने उसे छूते हुए कहा, भानु ने मुट्ठी बन्द कर ली। फिर वापस खोलते हुए बोला, "बहुत लकी है, जादुई है समझो। जो माँगोगे वही मिलेगा जैसा कुछ है।" मेरी ओर देखकर पंख मेरी

कमीज के ऊपर की जेब में रख दिया। फिर हँसकर बोला, "सँभालकर रखना।"

अपर्णा तो कुछ नहीं बोली। हम दोनों हँस पड़े। अपर्णा पता नहीं क्यों एकाएक झुंझला गई थी। बोली, "चलो भी अब। कब तक यहाँ खड़े रहोगे? मुझे डर लग रहा है।"

"इतनी शानदार चाँदनी रात में डरने की क्या बात? फिर पंख हमारे पास है। डर किस बात का?" मैंने हँसकर कहा था।

"जंगल में डर तो लगता ही है।" दूर किसी जानवर की गुर्राहट सुनकर डरते हुए वह बोली, "शेर आ जाए तो क्या करेंगे हम?"

"हम क्या करेंगे? जो करना होगा वो तो शेर करेगा।" कहकर भानु हँसने लगा। चौकीदार भी हँस पड़ा। मैं भी हँसा तो अपर्णा कुछ कुढ़ गई। बोली, "तुम लोग मेरे डर को एंजॉय कर रहे हो?" सहसा भानु गम्भीर हो गया था।

"नहीं, ऐसी कोई बात नहीं। वैसे तुम्हें बता दूँ। इस जंगल में शेर नहीं है।" फिर वह आगे चलते हुए चौकीदार से बोला, "क्यों फेरसिंग, सच्ची बात है ना?"

चौकीदार ने भी भानु की बात का समर्थन किया। बोला, "डर की बात नहीं। अब यहाँ शेर कहाँ बचे हैं।" अपर्णा आश्वस्त तो हो गई, लेकिन उसके चेहरे से डर नहीं गया। हम लोग चुपचाप चलने लगे। कुछ दूर चलकर वह रुक गया।

"यार, जंगल नाराज हो जाएगा। कुछ आपस में बातें करो। कुछ जंगल से बातें करो।" कहकर उसने उचककर पेड़ से पत्ता तोड़ लिया। हम लोग धीरे-धीरे उतरने लगे। ढलान थी। मेरी इच्छा हुई कि अपने पीछे सावधानी से चल रही अपर्णा का हाथ पकड़कर सहारा दूँ ताकि वह फिसल न जाए। मैंने पीछे पलटकर देखा और ठिठक गया, अपर्णा धीरे से चलती हुई आई और मुझसे चार कदम आगे बढ़कर उसने भानु का हाथ थाम लिया, "धीरे चलो भानु, मैं फिसल जाऊँगी। हाथ-पैर टूट जाएँगे।" वह उसका हाथ खींचकर बोली।

"लो! और मैं समझा, तुमने मुझे सहारा देने के लिए हाथ थामा है। शायद तुम समझती हो, मैं नशे में कहीं किसी खाई में न गिर पड़ूँ।" कहकर वह उसी इत्मीनान से अपर्णा को लिए हुए उतरने लगा। मैं फिर से चल पड़ा। लेकिन रात के सन्नाटे में जंगल का कोई एक हिस्सा मेरे भीतर ठिठक गया था। मैंने अपना खाली हाथ जेब में डाल दिया था। मैंने देखा, घने ऊँचे पेड़ों ने चाँदनी को ऊपर ही रोकने की

कोशिश की थी। सागौन के मोटे भूरे पेड़ रात के सन्नाटे में चुपचाप खड़े हमें जाते हुए देखते रहे थे, अपनी जगह पर अचल खड़े।

पलास की छोटी-छोटी झाड़ियाँ जरूर हवा का वजन नहीं सँभाल पा रही थीं। हवा के धकेले जाने पर झुक जाती थीं।

रेस्ट हाउस पहुँचे तो अपर्णा के पापा जाग रहे थे। सभी को डाँट पड़ी थी। मुझे खास तौर पर...

"शरद! तुम तो समझदार हो। तुम इन्हें हाँककर जल्दी क्यों नहीं लाए?"

मैं चुपचाप खड़ा रहा था। डाँट-फटकार का कार्यक्रम ज्यादा नहीं चला।

वे सोने चले गए थे। हम तीनों भी सोने चले गए थे। अपर्णा अपने कमरे में, मैं और भानु एक ही कमरे में सोए थे।

हमेशा की भाँति सुबह भानु ही जल्दी उठा था। हवा में ठंडक थी। फिर उसकी खटपट से मेरी नींद खुल गई। मैंने ओढ़ी हुई चादर में से मुँह निकालकर कहा, "खिड़की खोलकर क्यों खड़ा है इतनी सुबह? हवा में ठंडक है।"

"यूँ हवा से थप्पड़ खाना अच्छा लगता है।" कहकर उसने खिड़की से सिर बाहर निकाला और गुनगुनाने लगा। फिर कुछ देर बाद वह कमरे से बाहर निकल गया।

थोड़ी देर बाद मैंने उठने की कोशिश की तो पता चला, बुखार है। बमुश्किल बाथरूम तक जा पाया। कुछ देर बाद वापस बिस्तर पर आकर ढेर हो गया। अपर्णा और उसके पापा जब तैयार होकर कमरे में आए तो चिन्ता में पड़ गए थे। मैंने उन्हें आश्वस्त किया, लेकिन उनके माथे से चिन्ता की लकीरें नहीं मिटी थीं। भानु घूमने निकल गया था। कुछ देर बाद लौटा। वापस आने पर जब उसे पता चला तो मेरे पास पलंग पर आकर बैठ गया था। मेरे माथे पर हाथ रखा और किसी विशेषज्ञ डॉक्टर की तरह बोला, "चिन्ता की कोई बात नहीं, रात की थकान है। मामूली-सा बुखार है, उतर जाएगा।"

बात उसकी काफी हद तक सच भी थी, लेकिन जिस मामूली ढंग से उसने कहा था मुझे अच्छा नहीं लगा। मुझे अपर्णा के पापा और खासतौर पर चिन्तित अपर्णा अच्छी लगी। फिर भी मैंने कहा, "मैं भी तो यही कह रहा हूँ।"

इसी बीच अपर्णा के पापा उठकर अपने कमरे में गए और एक छोटा-सा बैग

उठाए भीतर आए। उसमें से एक गोली और कैपसूल निकालकर मुझे दिया और बोले, "इसे खा लो। अभी मेरा एस.डी.ओ. आएगा। वह किसी को भेजकर डॉक्टर को बुला लाएगा।"

अपर्णा ने संजीदगी से गरदन हिलाई। मैंने प्रतिवाद करना चाहा तो उसके पापा ने रोक दिया। मैंने देखा, भानु थोड़ा पलटकर चोरी से हँस रहा था।

भानु जब तक नहाकर तैयार हुआ तब तक डॉक्टर आकर मुझे देख चुका था। उसने भी यही कहा कि चिन्ता की कोई खास बात नहीं है। मौसम बदल रहा है। उसी का प्रभाव है। कुछ थकान भी है। शाम तक ठीक हो जाएँगे। तब तय हुआ कि अपर्णा और उसके पापा रेस्ट हाउस ही रुकेंगे और भानु डॉक्टर को छोड़ने बस्ती जाएगा और लौटते हुए दवाइयाँ भी ले आएगा। भानु और डॉक्टर जीप से चले गए।

घंटे भर बाद जीप वापस लौट आई। हम लोग लॉन में कुर्सियों पर बैठे थे। ड्राइवर ने दवाइयाँ देते हुए बताया, भानु साहब कुछ देर बाद लौटेंगे। कहाँ गए हैं पता नहीं।

ड्राइवर बस्ती से अखबार ले आया था। मैं अखबार खोलकर वहीं पढ़ने बैठा तो सहसा तेज हवा में अखबार उड़ा। अपर्णा हँसकर बोली, "लो, आपकी खबरें तो भाग रही हैं। ये तो पूरे लॉन में यहाँ-वहाँ उड़ रही हैं।"

मैंने उठना चाहा तो अपर्णा ने टोक दिया। फिर उसने ही दौड़कर अखबार को पकड़ा और लाकर मुझे दिया और कहा, "देखो, कहीं कोई खबर उड़कर जंगल में तो नहीं निकल गई?"

मैं उसके परिहास पर मुस्करा दिया। मैं कहना चाहता था कि कोई एक खबर मेरे भीतर के जंगल में उड़ रही है, इसे पकड़ो। लेकिन कह नहीं पाया। अपर्णा का पूरा व्यक्तित्व कुछ ऐसा वजनदार है कि इस तरह की बात शायद हल्की लगती।

मैं दवाई लेकर लेट गया। अपर्णा के पापा अपने मातहतों में व्यस्त हो गए। फिर बैठक शुरू हो गई। अपर्णा मेरे पास कुर्सी खींचकर बैठ गई। काफी देर तक हम बातें करते रहे थे। फिर मुझे नींद लग गई।

नींद खुली तो देखा, खानसामा मुझे उठाने आया था। खाना तैयार हो गया था। मैं उठकर डायनिंग रूप में आया तो मालूम हुआ, भानु अभी भी नहीं आया है। डायनिंग रूम में एक ठंडा-सा धुँधलका था। अपर्णा ने बताया, बादल छा गए हैं।

खाना खाकर हम लोग उठकर बाहर बरामदे में रखी कुर्सियों पर आ बैठे। अपर्णा के पापा के मातहत शाम को आने के लिए, इजाजत लेकर फिलहाल जा चुके थे। खाना खिलाकर खानसामा नीचे बस्ती में किसी काम से चला गया था।

लॉन में घास थी। चहारदीवारी के किनारे आम, अमलतास और गुलमोहर के पेड़ थे। अमलतास के पेड़ अभी छोटे थे। उसके बाद क्यारियों में गुलाब और गेंदे के पौधे लगे थे, जिन पर इक्का-दुक्का फूल खिले थे। हल्की बूँदाबाँदी शुरू हो गई थी। हवा में एक लुभावनी नमी आ गई थी। बूँदें पत्तों पर ठहरी हुई थीं, लेकिन हवा में चलते ही फिसलकर नीचे आ गिरती थीं।

अपर्णा के पापा भीतर से अपनी फाइल उठा लाए थे। पहले पन्ने को पलटते हुए सहसा वे बूँदाबाँदी को देखने लगे। फिर थोड़ी चिन्ता के साथ अपर्णा से बोले, "अपर्णा! ये चौकीदार हमारे कपड़े, पीछे झाड़ियों के पास सूखने डाल आया है। जरा उसको देखो कहाँ गया है? कपड़े भीग जाएँगे।" अपर्णा ने सिर जरा ऊँचा किया और चौकीदार को आवाज लगाई, लेकिन शायद वह वहाँ नहीं था। कोई जवाब नहीं आया। कुछ देर अपर्णा ने प्रतीक्षा की और उठकर खड़ी हो गई। उसके पापा फिर फाइल पढ़ने लगे।

तभी मेन-गेट से चौकीदार आया। लँगड़ाकर चल रहा था। पूछने पर बताया, चढ़ाई पर फिसल गया। मैंने देखा उसकी एड़ी के आसपास खून निकल रहा था। अपर्णा भीतर जाकर फर्स्ट-एड बॉक्स उठा लाई और चौकीदार के लाख संकोच और इनकार के बावजूद उसको पट्टी बाँधने लगी। तभी चौकीदार ने एक और खबर दी।

पुलिस मुठभेड़ में फूलसिंग मारा गया। हम सभी चौंक पड़े। फूलसिंग फरार और घोषित अपराधी था। डकैती और अवैध वन कटाई से लेकर कत्ल तक के आरोप उस पर थे।

"कैसे? कैसे हुआ?" अपर्णा बोली। पट्टी की गाँठ लगाते हुए वह रुक गई।

"कैसे क्या? जंगल में खोज निकाला होगा पुलिस ने। आमना-सामना हुआ होगा और पुलिस की गोली से मारा गया होगा।" फाइल से निगाह उठाकर पापा ने अपर्णा की ओर देखकर कहा।

चौकीदार चुप हो गया। मुझे उसके चेहरे को देखकर लगा, जैसे वह अपर्णा के पापा से सहमत नहीं था। तभी अपर्णा बोली, "नहीं पापा...मैं तो आज भी नहीं

मानती कि वह अपराधी था। डकैत था। कातिल था।" वह कुछ देर चुप रही जैसे कुछ याद कर रही थी। फिर खोई हुई आवाज में बोली, "आपको याद है पापा, कुछ साल पहले वह हमारे घर आया था। आप ऑफिस में नहीं मिले तो घर आ गया था। कैसा दुबला-पतला शर्मीला-सा था।"

"ये लोग ऐसे ही दिखाई देते हैं। लेकिन बहुत बेरहमी से कत्ल करते हैं। बेखौफ अपराध करते हैं।" वे फाइल पर नजरें गड़ाए बोले।

"नहीं पापा, आदमी पहचानने की कुछ समझ तो मुझे भी है। वह आदमी ऐसा नहीं था। जो आदमी किसी को बचाने में विश्वास करता हो वह कैसे लूट सकता है? वह जंगल माफियाओं द्वारा जंगल काटने की खबर आपको करने आया था। नीचे के अफसर उसकी बात सुन नहीं रहे थे। जो आदमी जंगल को बचाने की चिन्ता में सौ किलोमीटर से अधिक पैदल चलकर आप तक आया, क्या वही आदमी जंगल काटने का अपराध करेगा?" कहकर उसने मेरी ओर देखा। मेरे लिए यह दुविधा का क्षण था। उससे सहमत होने पर उसके पापा के साथ ही अपने पुलिस कप्तान पिता की काबिलियत और नीयत दोनों पर सन्देह करना था। मैं चादर को अपने चारों ओर लपेटने में व्यस्त हो गया। उसकी ठहरी हुई नजर मुझ पर से उठ गई। मैंने देखा, उसके माथे पर सिलवट थी, जो तिरस्कार की थी या निराशा की, मैं पढ़ नहीं पाया। मेरे लिए यह कठिन घड़ी थी। मुझे क्षण में निर्णय करना था और क्षण बीत चुका था। चादर लपेटने की व्यस्तता का अभिनय निरर्थक हो चुका था। उसके पापा ने फाइल बन्द करके रख दी। फिर वह अपनी बेटी को देखने लगे।

"देखो बेटी, इस इलाके में हर अपराधी, अपराध से पहले सामान्य और सीधा-सादा ग्रामीण होता है। अपराध में धँसते जाने के बावजूद वह खुद के साथ अपनी इस छवि को बचाता रहता है।"

"नहीं पापा, आप सरकारी भाषा बोल रहे हैं। वह मुठभेड़ में नहीं मरा है। उसका एनकाउंटर किया गया है। यह हत्या है।" वह फर्स्ट-एड बॉक्स को टेबल पर रखते हुए बोली। उसके पापा कुछ क्षण चुप रहे फिर बोले, "खैर छोड़ो। तुम पीछे से कपड़े निकालकर लाओ। हवा तेज हो गई है और बूँदा-बाँदी बारिश में बदल रही है। यह लँगड़ा तो अब जाने से रहा।" वे बारिश को चिन्ता से देखने लगे। अपर्णा

जो उठ खड़ी हुई थी फिर चौकीदार के करीब आकर अपने पापा से बोली, "पापा, कपड़ों की चिन्ता मत करो। इससे पूछते हैं क्या हुआ?" वह चौकीदार से मुखातिब हुई, "बताओ तो जरा...सच-सच बताओ, क्या हुआ?"

चौकीदार लँगड़ाता खड़ा हो गया। वह घबरा गया। अपने बड़े अफसर के खयालात वह सुन चुका था, लेकिन अपर्णा के जोर देने पर और बार-बार पूछने पर उसने डरते हुए बताया। फूलसिंग गाँव अपने परिवार से मिलने आया था। पुलिस को खबर लग गई। घर को घेर लिया। पकड़कर रस्सियों से बाँध दिया और गाँव बाहर जंगल में ले जाकर गोली मार दी।

"कायर कहीं के!" अपर्णा आवेश में बोली, फिर आवेश हताशा में तब्दील हो गया तो वह वहीं आरामकुर्सी पर धम्म से बैठ गई। उसने दोनों हाथों से अपना सिर थाम लिया। कोई कुछ नहीं बोला। थोड़ी देर बाद उसके पापा धीरे से बोले, "छोड़ो अब इस बात को। उठो, जाओ मुँह-हाथ धो लो और पीछे कपड़े समेट लो। नदी में गिर जाएँगे तो बह जाएँगे।"

वह सिर उठाकर अपनी बड़ी-बड़ी आँखों से पिता को देखते हुए कुछ रोष से बोली, "पापा! एक आदमी मर गया। सीधा-सादा, अपने परिवार से मिलने आया था। पता नहीं, खाना खा रहा था या बातें कर रहा था और उसको इतनी निर्दयता से मार दिया गया? हत्या है यह। और हम सिर्फ बारिश में अपने कपड़ों की चिन्ता कर रहे हैं, पापा। भीग जाने दो, बह जाने दो सब कपड़े। मेरे लिए तो यहाँ से उठना मुश्किल है।" कहते-कहते उसकी आवाज भारी हो गई थी, "मुझे तो आज भी उसकी निश्छल हँसी याद है। घर आया था तो उपहार में आम लाया था देने के लिए। कुर्सी पर तो दूर जमीन पर बैठने में संकोच कर रहा था।" विषाद में अपर्णा का सिर हिलने लगा। अब खामोशी छा गई। प्रायः कम बोलनेवाली, लेकिन अपनी हँसमुख बेटी का यह अप्रत्याशित गुस्सा और दुख देखकर उसके पापा चुप हो गए फिर उठकर भीतर चले गए थे। मैं चुपचाप यह सब देखता रहा। काफी देर बाद भानु आया। इस तरह सभी को खामोश देखकर उसने फिर मुझसे पूछा। मैंने पूरा किस्सा सुनाया।

"छोड़ो यार, जानेवाला चला गया। उसके लिए अब क्या शोर मचाना? हल्ला करने से दुख बँट जाता है। दुख में किसी को भागीदार नहीं बनाना चाहिए।" फिर

वह नाटकीय अन्दाज में हाथ फैलाकर बोला, "दुख तो महुए की शराब है। अपना कप खुद पीना चाहिए। जूठा कप किसी को नहीं देना चाहिए।" कहकर वह पीछे चला गया जहाँ कपड़े सूख रहे थे। कुछ देर बाद उसने लौटकर बताया, मात्र शरद की एक कमीज बची है बाकी कपड़े हवा में उड़कर नदी में गिरे और बह गए। कोई कुछ नहीं बोला। खामोशी थी जो जंगल से ज्यादा घनी हो गई थी। वह खुद ही बोला, "लेकिन कपड़े धोने की ऐसी क्या जरूरत आ पड़ी थी?"

"गलती मुझसे हुई।" अपर्णा बोली, "मैंने चौकीदार से कहा, बाथरूम में पड़े कपड़े धोकर सूखने डाल दो, मेरा आशय नहाने के बाद छोड़े गए गीले कपड़ों से था। चौकीदार बाथरूम में टँगे कुरते-पाजामे, पैंट-कमीज सभी उठाकर ले गया और धोकर सूखने डाल आया।" कहकर उसके चेहरे पर थोड़ा अपराधबोध आ गया। भानु हँसने लगा। बोला, "गनीमत है, दो जोड़ी कपड़े साथ रखकर और लाए थे। वरना नंगे जाने की नौबत आ जाती।"

मैं मुस्कराया फिर अपर्णा मुस्करा दी। बहुत ही उजबक है भानु। जो मुँह में आता है बकता रहता है, लेकिन उस तनाव के बाद मुझे अपर्णा का मुस्कराना अच्छा लगा। माहौल जंगल की हवा की तरह हल्का हो गया।

उस रात बारिश तेज हो गई, मैं अपर्णा और उसके पापा चिन्ता में पड़ गए। मजबूरी में हमें रुकना पड़ा।

रात का खाना खाकर अपर्णा के पापा तो जल्दी सोने चले गए। हम लोगों ने उनके साथ खाना नहीं खाया। अपर्णा और मुझे भानु के आग्रह में वहीं रुकना पड़ा। पापा के जाने के बाद डायनिंग-टेबल पर बैठे हुए वह कोई आदिवासी गीत गुनगुना रहा था। तभी खानसामा ताड़ी से भरी छोटी मटकी लाया। शायद भानु ने पहले ही कह दिया था। अपर्णा और मैंने पीने से स्पष्ट मना कर दिया और उसने कोई ज्यादा आग्रह भी नहीं किया। अपर्णा ने उसे रोका जरूर, "आज तो त्योहार खत्म हो गया है। आज क्यों पीने बैठ गए?" वह टेबल पर दूर कोने पर बैठा था। सफेद ताड़ी काँच के गिलास में ऊपर तक भरी थी। बड़ी सावधानी से उठाकर पीने लगा। लगभग आधा गिलास खानी करने के बाद जवाब दिया, "त्योहार तो बहाना होता है और फिर ये शराब नहीं है भाई! ताड़ के पेड़ से निकला हुआ रस है। फ्रूट-जूस!" कहकर फिर खिलखिला दिया। आज उसने पीने में ज्यादा समय

नहीं लगाया। उसने खानसामा को इशारा किया। खानसामा ने खाना लगा दिया।

खाना खाकर हम लोग बाहर बरामदे में रखी कुर्सियों पर आ बैठे। मैं सोना चाहता था, लेकिन भानु ने मना कर दिया, "यार, कोई इतने भी बीमार नहीं हो, बैठते हैं, इतनी जल्दी सोकर क्या करेंगे?" मैं प्रतिवाद करता उसके पहले ही अपर्णा दीवार से लगी कुर्सी पर जाकर बैठ गई। मुझे भी बैठना पड़ा, कुछ देर के लिए हम तीनों चुप हुए तो जंगल में बारिश का शोर कुछ अजीब-सा सुनाई दिया। रेस्ट हाउस के पीछे की नदी में पानी उतर आया था। तेज बहता पानी किनारों से जोर-आजमाइश कर रहा था। मैं अधिक देर नहीं बैठ पाया। हवा ठंडक ले आई थी। मैं उठकर सोने चला गया था। पता नहीं फिर अपर्णा और भानु कितनी देर तक बातें करते रहे या चुपचाप बैठे रहे थे। अपने बिस्तर पर पड़े-पड़े मैं काफी देर तक सोचता रहा फिर नींद लग गई।

सुबह जागने पर मालूम हुआ कि बारिश रात को बन्द हो गई थी। हम सभी जल्दी तैयार होकर जीप से लौट आए थे।

बाद में अपर्णा की माँ ने मेरे घर आकर मुझे डाँट लगाई। अपर्णा के पापा को भी उसी डाँट का कुछ हिस्सा मिला। रात को इतनी परेशानी उठाकर नवई जाने की क्या जरूरत थी? उसकी माँ डाँटती रही, समझाती रही। मुझे अचरज हुआ। इन्हें कैसे मालूम हुआ कि रात को हम लोग पहाड़ी पर उत्सव देखने गए थे? बाद में अपर्णा ने बताया कि भानु ने माँ से कहा था। कुछ इस अन्दाज में जैसे उसकी तो जाने की इच्छा नहीं थी। शरद और अपर्णा ने जिद की तो उसे भी जाना पड़ा था। उसके बाद घूमने तो कई बार गए थे, लेकिन वे यात्राएँ कुछ घंटों तक ही सीमित रहीं। लेकिन दुबारा उसी जंगल में फिर कभी जा नहीं पाए और फिर भानु से मुलाकातें कम होती गईं। अपर्णा ने बताया, वह कई-कई दिनों तक घर से गायब रहता है। मेरे और अपर्णा के इम्तहान करीब आ रहे थे। हम लोग पढ़ाई में व्यस्त होने लगे। मेरी छुट्टियाँ खत्म हो रही थीं। मुझे वापस शहर अपने हॉस्टल लौटना था। एक दिन अचानक भानु अपर्णा को लेकर घर आ धमका। मैं पलंग पर लेटा हुआ किताब पढ़ रहा था।

"यार शरद! एक पार्टी दे डालो। मैं तुम्हारा शहर छोड़कर जा रहा हूँ।" वह पलंग पर मेरे नजदीक बैठते हुए बोला, "और शहर ही क्यों, यह जिला ही छोड़कर

जा रहा हूँ। जरा शानदार विदाई दो मुझे, क्यों अपर्णा?" उसने चुपचाप बैठी अपर्णा से हुँकारा दिलाना चाहा, लेकिन मैं पहले ही बोल उठा, "कहाँ जा रहे हो? एकाएक क्या हो गया तुम्हें?"

"मैं भी यही कह रही हूँ। एकाएक यह प्रोग्राम क्यों?" अब अपर्णा भी बोली, उसके स्वर में एक अजीब-सी झुँझलाहट थी। एक ऐसी झुँझलाहट जो थोड़ा सा आगे जाती तो रुलाई तक पहुँचती। भानु के एकाएक जाने का अचरज तो मुझे भी हो रहा था, लेकिन उसमें इस तरह दुख शामिल नहीं था जिस तरह दुख अपर्णा की झुँझलाहट में उतर आया था। अब मुझे भी थोड़ा दुख हुआ। तब मुझे लगा भानु मेरे घर अपर्णा को लेकर नहीं आया है। अपर्णा ही उसे लेकर यहाँ आई है ताकि मैं भी उसके जाने का विरोध करूँ। जाहिर है, उसके जाने की बात सुनकर मुझे भी धक्का लगा।

"बस यार, यहाँ से दाना-पानी उठ गया मेरा। अब बस्तर जा रहा हूँ।" वह पलंग पर चित लेट गया और छत को घूरने लगा।

"लेकिन बस्तर क्यों?" मैंने अपर्णा की ओर देखते हुए पूछा, जैसे इसका जवाब उसके पास हो। लेकिन वह सिर्फ कन्धे उचकाकर रह गई। मैंने गौर किया, उसके चेहरे पर अब दुख के साथ निराशा भी उतर आई थी।

"भई, झाबुआ कोई अकेला आदिवासी जिला नहीं है। कहीं और भी जाना था। सोचा, चलो बस्तर देख लिया जाए।" वह जोर से हँसा और उठकर बैठ गया। फिर मेरे कन्धे पर हाथ मारकर बोला, "बस, मैं पहुँचते ही, कोई ठिकाना मिलते ही तुम लोगों को चिट्ठी लिखकर अपना पता-ठिकाना भेजूँगा। तुम दोनों आना। उधर बस्तर में यहाँ की ताड़ी की तरह ही सल्पी मिलती है। बैठकर पिएँगे। शानदार पार्टी होगी।" फिर जैसे एकाएक उसे कुछ याद आया, वह उठकर अपर्णा के पास जाकर बैठ गया। फिर मुझसे बोला, "पहले तुम लोग पार्टी दो।" इस तरह बातें पार्टी की तरफ पलट गईं तो उसके जाने की वजह फिर मैं भी नहीं पूछ पाया। पार्टी इम्तहान के बाद तय हुई। जगह वही रेस्ट हाउस। जहाँ जंगल में पापा के साथ गए थे और रात बिताई थी। मेरे इम्तहान तो जल्दी खत्म हो जानेवाले थे, लेकिन अपर्णा मुझसे दो हफ्ते बाद फ्री हो रही थी। वह सहमत हो गया, लेंकिन अपर्णा के इम्तहान खत्म होने के तत्काल बाद वह बीमार हो गई। एक दिन मैं अपर्णा से मिलने उसके घर

गया तो मालूम हुआ भानु जा चुका है। उसे न तो पार्टी का मोह और न अपर्णा की बीमारी की चिन्ता रोक पाई। बताया कि वह तो एक दिन सुबह सोकर उठा और तैयार होकर एकाएक चला गया।

उसके बाद महीनों नहीं, बरस गुजर गए। उसकी कोई खबर नहीं आई। कोई चिट्ठी नहीं आई। वहाँ जाकर न उसने अपना कोई पता भेजा और न कोई ठिकाना?

तभी मेरे इंजीनियर हो जाने का नियुक्ति-आदेश और पापा के तबादले का आदेश आगे-पीछे हो गए। उसी दौरान घर पर मम्मी-पापा के बीच मेरी शादी को लेकर चर्चा चली। इसी चर्चा में अपर्णा का नाम आया और उन्होंने अपर्णा के मम्मी-पापा से अपर्णा और मेरी शादी के लिए बात की। मैं अपर्णा की इच्छा को लेकर सशंकित था। अपर्णा के मम्मी-पापा ने प्रस्ताव न केवल स्वीकार किया, बल्कि बहुत खुश हुए कि बरसों की मित्रता सम्बन्ध में बदल जाएगी। इस रिश्ते की मंजूरी में अपर्णा की सहमति भी थी या नहीं, यह मुझे कभी मालूम नहीं हो सका। एक अजीब-सा डर था कि मैंने उससे इस बारे में कभी पूछा नहीं।

आज वह पंख क्या हाथ में आया जैसे गुजरे हुए सारे दिन पंछियों की तरह फड़फड़ाकर मेरे पास आ गए। पंख तो मैं ऑफिस में टेबल पर काँच के नीचे दबाकर आ गया, लेकिन अतीत जैसे मेरे साथ मेरे घर तक आ गया।

"क्यों, क्या बात है?" अपर्ण ने अपनी बड़ी-बड़ी आँखों को चारों ओर फैलाकर पूछा।

"कुछ नहीं, बस, अब बारिश बन्द हो गई है।" मैंने हँसकर कहा।

"तो क्या हुआ? बारिश तो बहाना था।" वह भी हँसकर बोली। अचानक मैंने पानी का गिलास उठाया। जैसे कहीं सुनी हुई इस बात को पानी में घोलकर मिटाया जा सकता है।

"क्या हुआ?" वह चौंककर चिन्ता के साथ बोली।

"कुछ नहीं, हरी मिर्च आ गई दाँतों के नीचे।" कहकर मैंने पकौड़े की प्लेट परे सरका दी और धीरे-धीरे पानी पीने लगा। अपर्णा प्यालों में कॉफी निकालने लगी। कॉफी पीने के बाद जब वह ट्रे उठाकर जाने लगी तो सहसा मैंने कहा, "अपर्णा! कल मुझे इंस्पेक्शन के लिए डेम-साइट जाना है। चलोगी? पूरा तालाब पानी से भर गया है। पास का जंगल भी बहुत खूबसूरत हो गया है।"

वह धीरे से हँसकर बोली, "जंगल भी भला कभी कम खूबसूरत होते हैं?" फिर खुद ही जवाब दिया, "जंगल तो हमेशा खूबसूरत होता है।"

"तो चलोगी तुम?" मैंने दुबारा पूछा।

"मैं क्या करूँगी? तुम चले जाओ।" उसने कहकर इस तरह भीतर देखा, जैसे ट्रे रखने जाना बहुत जरूरी काम हो और वह यह सफाई भीतर किसी को सुना रही हो।

"यहाँ अकेले, सूने घर में बैठी बोर हो जाओगी, फिर मुझे तो थोड़ी देर का काम है वहाँ। तुम साथ रहोगी तो मुझे भी अच्छा लगेगा।" मैंने मनुहार में इच्छा भी डाल दी।

"ठीक है, चली चलूँगी।" कहकर वह इस तरह मुझे देखने लगी जैसे इजाजत माँग रही हो कि अब जाऊँ?

शाम को मैं ऑफिसर्स क्लब चला गया। उसने साथ चलने से इनकार कर दिया। वह टी.वी. देखती रही। मैं रात को वापस लौटा तो नौकर ने दरवाजा खोला। मैं कमरे के भीतर आया तो देखा वह खुली खिड़की के करीब खड़ी है। मैं कुछ देर देखता रहा फिर करीब जाकर उसे टोका। ठंडी हवा चल रही है। खिड़की बन्द करो। वह मुस्करा दी, "इस तरह हवा की मार अच्छी लगती है।"

मैंने भी मुस्कराने की कोशिश की। यह बरसों पहले भानु का बोला गया वाक्य था। अपनी ही मुस्कान मुझे भीतर चुभने लगी। भानु की एक अदृश्य परछाईं हर समय इस घर में, हम सबके आसपास डोलती रहती है। कोई व्यक्ति साथ न रहकर भी इस तरह रहन-सहन और बोलचाल में, हर बात में क्या इस तरह अपनी छाया छोड़ जाता है? सोचते हुए मैं पलटा और कपड़े बदलने लगा। मैं देर रात तक किताब पढ़ता रहा।

सुबह नींद खुली तो देखा, अपर्णा नहाकर तैयार हो चुकी है। मेरे हाथ में चाय का प्याला थमाकर न्यूज पेपर को टी-टेबल पर रख दिया और किचन में चली गई। मैं चाय पीकर सीधे बाथरूम में घुस गया। रोज की अपेक्षा जल्दी तैयार होकर अपर्णा के सामने आया तो वह मुस्कराने लगी, "आज तो बड़ी जल्दी तैयार हो गए।" जवाब में मैं भी मुस्करा दिया। दोनों बाहर आए तो जीप तैयार थी। अपर्णा को डाक-बँगले छोड़कर मैं पास ही डैम-साइट चला गया। दोपहर से पहले ही काम जल्दी से निबटाकर मैं डाक-बँगले लौट आया। अपर्णा ने खाना नहीं खाया

था। मैंने पूछा तो कहने लगी, "एक यही काम तो दोपहर में बचा था। वह भी हो जाता तो तुम्हारे आने पर क्या करती?"

"नॉनवेज बनवाया जाए, खाओगी? यहाँ का कुक बहुत अच्छा चिकन बनाता है।" मैं उसके निकट बैठते हुए बोला।

"तुम्हें मालूम है, मैं नॉनवेज नहीं खाती हूँ।" वह थोड़े लाड़ भरे रोष से मुझे देखते हुए बोली।

"कभी भी नहीं खाया?" मैं उसकी ओर देखते हुए आहिस्ता से बोला।

"कभी भी नहीं खाया?" फिर कुछ क्षण चुप रही, जैसे कुछ याद कर रही हो, फिर बोली, "बहुत पहले कभी तुम्हीं लोगों की सोहबत में जोर-जबरदस्ती की थी तो खाया था। फिर किसी ने जोर दिया नहीं। मैंने अपना धर्म बिगाड़ा नहीं।" कहकर वह हँस दी। मैं भी हँस दिया। मैंने अपनी जिद की परीक्षा नहीं ली।

खाना खाकर मैं अपने मातहत इंजीनियर्स के साथ कंस्ट्रक्शन की ड्राइंग लेकर बैठ गया। चर्चा काफी देर चली। फिर वे लोग उठकर डैम-साइट चले गए। मैं भीतर कमरे में आया तो देखा, अपर्णा किताब पढ़ते-पढ़ते सो गई है। मैंने धीरे से उसे जगाया तो वह जागकर खड़ी हो गई। मैंने माफी माँगने के अन्दाज में अपने दोनों कान पकड़े।

"सॉरी! मैं मीटिंग छोड़ नहीं पाया।"

"कोई बात नहीं। नौकरी में यह सब तो होता है। फिर मुझे भी कुछ देर सोने को मिल गया।" उसने मुझे आश्वस्त किया। उसके चेहरे पर उलाहना नहीं, बहुत ही मोहक वात्सल्य है।

"चलो घूमने चलते हैं।" मैंने पलटते हुए कहा। हम दोनों डाक-बँगले से बाहर आ गए।

डाक-बँगले के बाजू से ही एक कच्चा रास्ता ऊपर पहाड़ी पर जंगल में निकल जाता है। वहीं कहीं एक पुराना मन्दिर है। हम दोनों उसी रास्ते पर उतर गए। दोपहर ढल रही है। साँझ के आने की आहट धूप के धुँधलके में मिलने लगी। रास्ता जंगल में इस तरह गुम है कि आगे बढ़ने पर ही प्रकट होता। रास्ता जैसे रोल की तरह बन्द कालीन-सा हमारे आगे बढ़ते जाने पर खुलता जा रहा है। सागौन और तेंदू के इन पेड़ों के बीच कहीं-कहीं गुलमोहर हैं जो रास्ते के किनारे से शायद बाद में किसी ने

लगाए होंगे। हमारे पैर रखने से नीचे गिरे सूखे पत्ते चरमराहट के साथ दब रहे हैं। मन्दिर तक आए तो साँझ मन्दिर के बाहर ही मिली। मन्दिर के आसपास पेड़ों की संख्या कम है। सामने के आँगन को किसी ने गोबर से लीप दिया है। उसी जगह अपर्णा ने चप्पलें छोड़ीं तो मैंने भी जूते उतार दिए।

मन्दिर के भीतर गए तो मैंने देखा, कोई पुरानी-सी मूर्ति है। जो आकार-प्रकार में भव्य है और थोड़ा आकार उसे देवी की तरह दे दिया गया था। शेष तीनों दीवारों के ताक में भी छोटी-छोटी मूर्तियाँ रखी हैं। इन सब पर कुंकुम-हल्दी से लेकर फूल तक चढ़े हुए हैं। इसका मतलब, यहाँ कोई आता है? तभी अपर्णा मुझसे थोड़ा हटकर कोने में जाकर दोनों हाथ जोड़कर खड़ी हो गई। उसकी दोनों आँखें बन्द हैं और उसके होंठ धीमे-धीमे हिल रहे हैं। मैं एक बार फिर हाथ जोड़कर मन्दिर से बाहर आ गया। अपर्णा जब बाहर आई तो उसका चेहरा बहुत शान्त और सौम्य लगने लगा। तभी बहुत महीन आवाज में कोई पंछी चहचहाया। मुझे अचानक याद आया।

"अपर्णा! मेरे कोट की जेब में वह पंख रखा मिला। याद है वह पंख? लेकिन मेरे कोट की जेब में कैसे आया?" मैंने ठिठककर पूछा, वह भी रुक गई। बोली, "मैंने रखा।"

"क्यों?" अचानक मेरे मुँह से निकला जबकि ऐसे प्रश्न का कोई औचित्य नहीं था।

"ताकि आगे भी भाग्य आपका साथ देता रहे।" वह सहजता से बोली। 'आगे भी भाग्य साथ देता रहे' के निहितार्थ तलाशने मैं अपने मन के अँधेरे जंगल में न चाहते हुए भी उतर गया। आगे भी यानी पहले मेरे भाग्य ने मेरा साथ दिया है क्या?

अपर्णा मिल गई। मैंने खुद ही जवाब दिया। अपने विचारों से आहत होता उससे पहले ही मैं अपने भीतर के जंगल से बाहर आ गया। मैं अपर्णा के नजदीक आ गया। मैंने देखा, उसके चेहरे पर व्यंग्य नहीं है, हँसी नहीं है। कुछ भी नहीं है। माथे पर सिलवट है सूचनां की खरोंच जैसी। दोनों वापस लौट पड़े। शाम का धुँधलका बढ़ गया है। ढलान पर मैं बहुत सावधानी से उतरने लगा। तभी मेरे पीछे आती हुई अपर्णा ने करीब आकर मेरा हाथ थाम लिया। फिर दोनों चलने लगे। मैं समझ नहीं पाया कि उसने ढलान की वजह से मुझसे सहारा लिया या मुझे सहारा दिया है।

तभी हमारे आगे एक खरगोश दौड़ा। उसके दौड़ने से नीचे गिरे सारे फूल हवा

में उछले तो अपर्णा के चेहरे पर आकर्षक मुस्कान आ गई। हल्की-सी हवा चलने लगी तो तेंदू के पत्तों में सरसराहट होने लगी। हम दोनों की चाल धीमी हो गई। मेरा हाथ अपर्णा के हाथ से निकल गया। मैंने अपर्णा के कन्धे पर हाथ धर दिया। रास्ते पर हल्की-सी सरसराहट हुई। "रात में जंगल सूने हो जाते हैं।" वह पत्तों पर पैर रखते हुए बोली। मैंने उसकी ओर देखा, उसकी आँखों में जंगल की रात है। हम दोनों रुक गए। कुछ भी नजर नहीं आया। हवा एकाएक रुक गई। मैंने धीरे से उसका सिर उठाया और उसके चेहरे पर झुक गया। पेड़ साँस रोके खड़े हैं। बारिश में भीगे पंछी की तरह काँपती उसकी देह मेरी देह के कम्पन में गुम है। जंगल की जाने कितनी ही जानी-अजनबी वनस्पतियों की खुशबू के खरगोश मेरे ऊपर दौड़ने लगे। देह का संगीत जंगल की साँसों में घुलने लगा। अपर्णा की नीली साड़ी सूखे पत्तों पर झील की तरह फैली है। कुछेक पत्ते साड़ी पर गिरकर तैरने लगे। गुलमोहर के लाल फूलों की पत्तियाँ अपर्णा के चेहरे से लेकर सीने तक बिखरी हुई हैं जिससे हवा मेरे होंठों की मदद से चुन रही है। अँधेरा पेड़ों पर रेंगता हुआ नीचे उतरकर रास्ते पर फैल गया है।

अपर्णा उठकर साड़ी पहनने लगी। मैंने उसकी थकी हुई देह को सहारा दिया। डाक-बँगले आकर हम दोनों ज्यादा देर नहीं रुके। कुछ ही देर बाद घर लौट आए।

हमेशा की भाँति सुबह मेरी नींद देर से खुली। अपर्णा नहाकर किचन के कोने में रखे देवताओं के सामने बैठी अगरबत्ती जला रही है। मैं बाथरूम से निकलकर आया तो देखा वह किचन में है। मैं किचन के सामने बाहर बरामदे में पड़ी कुर्सी पर आकर बैठा तो देखा, मेन-गेट पर अखबार पड़ा है। मैं उठकर अखबार उठा लाया और वापस कुर्सी पर बैठ गया।

"अभी नाश्ते में आलू के परांठे बना रही हूँ आज रविवार है कहीं जाना नहीं है। खाना देर से खाएँगे।" किचन के भीतर से अपर्णा की आवाज आती है। मैं कुछ नहीं बोला। यह प्रश्न नहीं सूचना है।

मैंने पैर फैलाकर अखबार सामने किया। कुछ देर पढ़ता रहा फिर चौंक पड़ा। पुलिस मुठभेड़ का जिक्र है। खबर पूरी पढ़ी तो सन्देह की गुंजाइश नहीं रही। मैंने अपर्णा को आवाज लगाई।

"अपर्णा! अपर्णा! दोबारा पुकारने में मेरी आवाज की विकलता बढ़ गई

तो वह बाहर आई। मैंने अखबार से चेहरे को थोड़ा ढक लिया कि इस तरह मैं अपनी असहजता को छुपा सकता हूँ। मैंने बहुत साहस और धैर्य के साथ कहा, "अपर्णा बस्तर की खबर छपी है। भानु पुलिस की गोली से मारा गया।" कहकर मैंने अखबार थोड़ा नीचे किया और उसकी ओर भय और आशंका से देखने लगा। किसी अप्रत्याशित को घटित होते देखने के लिए मैं खुद को तैयार करने लगा। "कब? कहाँ...?" उसके मुँह से इतना ही निकला।

मैं उसे पूरी खबर सुनाने के लिए फिर अखबार पर झुका तो वह सहसा बोली, "रुको जरा। तवे पर परांठा है, जल जाएगा।" कहकर वह दौड़कर भीतर चली गई।

मैं काफी देर तक हिलते हुए पर्दे को देखता रहा। पर्दे के पीछे की किसी हलचल की मुझे खबर नहीं हो पा रही है। मेन-गेट के पास अमलतास के पेड़ पर चिड़िया शोर कर रही है।

हवा थोड़ी तेज हो गई है और उसी हवा की जिद में अखबार मेरे हाथों में फड़फड़ा रहा है। तभी अखबार उँगलियों से निकला और लॉन में उड़ गया। मुझे लगा, इस बार सिर्फ अखबार उड़ा है, खबर मेरे पास ही रह गई है। सहसा मैं उठा और हवा के साथ भागते हुए अखबार को पकड़ लिया।

पलटा तो देखा, अमलतास पर बैठी चिड़िया मेरी हलचल से खामोश होकर थोड़ी सहमी हुई चुपचाप बैठी है।